Re:제로

Re: Life in a different world from zero

부터 시작하는 이세계 생활

마수와 암약 자매의 행진

Evil beasts and sisters parade

판도라
Pandora

『허식의 마녀』.
백금발이 인상적인,
비인간적인 미모를 지닌 자.

아치
Archi

에밀리아의 오빠처럼 구는
엘프 마을의 소년.

Characters

Re: Life in a different world
from zero

The only ability I got in a different world "Returns by Death"
I die again and again to save her.

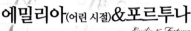

에밀리아 (어린 시절) & 포르투나
Emilia & Fortuna

어린 에밀리아와 그 양어머니 포르투나

쥬스
Geuse

포르투나와 숲의 엘프들을 지원하는 인물.
포르투나와의 사이는 양호.

Re: Life in a different world from zero

The only ability I got in a different world "Returns by Death"
I die again and again to save her.

CONTENTS

Re:제로

Re: Life in a different world from zero

부터 시작하는 이세계 생활

나가츠키 탓페이 지음
오츠카 신이치로 일러스트

표지 · 본문 일러스트
오츠카 신이치로

제1장 『──기억의 여로』

1

──되살아나는 기억이 있었다.

그것은 멀리, 멀리, 아득히 멀리서 느껴지는 시작의 기억.

『──미안해. 미안해.』

흐느끼는 목소리로 누군가가 계속 사과하고 있다.

참을 수 없는 죄책감과 견디기 어려운 비탄에 시달리며 목소리는 한없이 사과하고 있다.

그 목소리에 "왜?" 하고 되물은 기억이 있다.

『──널, 외톨이로 만들어서.』

"외톨이로, 만든 거야?"

『──널, 내내 찾아내지 못해서.』

"하지만, 여기 있는데?"

괴로워하는 목소리에, 울먹이는 소리에 가르쳐 주고 싶었다.

사과할 이유도, 슬퍼할 이유도 당신에게는 없다고, 가르쳐 주고 싶었다.

그러니 그 대신에 당신도 가르쳐 줬으면 해.

"당신의, 이름은?"

『내 이름은…….』

그것은 한때 몇 번씩 꾼 꿈이었다.

꿈의 결말은 빛에 휩싸여서, 이어지는 말을 듣지 못한 채로 몇 번씩 연거푸 반복하며 꾼 꿈――.

그 꿈의 결말을 알아서 가족이 될 수 있었고, 그것이 자신의 시작이었다.

――그러나 되살아나는 기억은 그 빙결의 인연보다 더 과거로 거슬러 올라간다.

쭈욱, 쭈욱. 과거로, 더 과거로. 봉인된 과거로 거슬러 올라가서――.

2

에밀리아는 키 큰 나무들로 둘러싸인 길 아닌 길을 익숙한 발걸음으로 유유히 나아갔다.

풀로 뒤덮인 지면을 밟고 큰 나무 그늘에 가린 꽃을 조심하면서 발을 내디딘다. 발바닥에 전해지는 딱딱한 흙의 감촉에 신기한 기분을 느끼고 에밀리아는 갸우뚱했다.

왜냐면 이곳은 꿈속이니까. 에밀리아의 기억에 잠든 고향을 재현한 가상의 세계인데.

"그런데 여기에는 바람 냄새도, 흙의 감촉도 있어서…… 왠지 엄—청 신기해."

"_____."

"에키드나? 얘, 듣고 있니? ……아."

의문에 대답하는 말이 없어서, 이를 이상하게 여긴 에밀리아가 뒤돌아봤다. 그러자 에밀리아의 후방에서 백발을 길게 기른 아름다운 마녀가 숲길에 악전고투하며 뒤처진 모습이 보였다.

숲에 어울리지 않게 긴 치맛자락을 질질 끌다가 나무에 손을 짚은 마녀에게 에밀리아가 달려갔다.

"미안해. 괜찮니? 내가 좀 빨리 걸었어?"

"속 보이게 동정한다고, 내 태도가 조금이라도 변할 줄 알아? 그렇다면 참 미련한걸."

걱정하는 에밀리아에게 마녀── 에키드나는 고개를 들어 눈처럼 하얀 머리카락을 털고 야멸차게 내뱉었다. 그 말투에 아무리 에밀리아라도 욱해서 뾰로통해졌다.

"아유, 그냥 걱정했을 뿐인데 그렇게 말하지 마. 신발이 불편한 걸지도 모르니까, 맨발이 더 나을 거야. 숲의 풀은 부드러우니 맨발이라도 끄덕없는걸."

"……끝까지 심각하게 헛짚는군. 네 걱정은 하나도 필요 없어. 꿈에 좀 깊이 겹쳐졌을 뿐이지. 금방 조정돼. ──이렇게, 말이야."

"와."

여봐란 듯 신발을 벗는 에밀리아의 행동에, 냉소를 띤 에키드나가 『조정』을 과시했다. 옆에 있는 나무를 만진 마녀의 손이 굵은 줄기를 쑥 통과했다. 발 디디기가 힘든 수풀도 마찬가지다. 세계의 틀에서 벗어난 것만 같은 그 현상에 에밀리아는 저절로 눈이 동그래졌다.

"앞서 나온 저속한 의문에 답하자면, 꿈의 세계라 함은 어디까지나 비유에 불과하다. 이곳은 정확히 말해서 『시련』을 받는 자의 기억을 재현해 의식만을 옮긴 별세계라고 불러야 할 공간이지. 너 자신의 체험을 가져온 이상, 세계에 색이나 형상, 맛이 있는 건 당연하잖아?"

"잘은 모르겠지만…… 내가 날뛰면 숲이 난장판이 된다는 뜻이야?"

"실로 야만스럽고 마녀다운 발상이군. 하지만 그건 불가능해. 지금의 넌 이 세계에서 반 발짝 어긋난 상태에 존재하므로 세계에 영향을 줄 만큼 간섭할 수는 없다. 기억 속 사람들과 접촉하는 것 또한. 하긴 『시련』이 다른 형식이었으면 얘기는 달랐겠지마는."

"흠흠……. 그, 다른 형식이라는 건?"

"묻지만 말고 조금은 자기 머리로 생각해 보지? 원하면 다 준다고, 남을 의지하며 쉽게 살아온 네게는 도통 무리일지도 모르겠다만."

에밀리아 이상으로 존재를 비껴놓아 숲을 관통한 에키드나가 경멸적으로 콧방귀를 뀌었다. 그러나 에밀리아는 에키드나에게 무지를 조소받았음에도 그 말 또한 지당하다고 자기 자신을 나무랐다.

묻기만 하고 생각하려 들지 않는 건 어리광이다. 자기 나름대로, 더 생각해야만 하는 법——.

"생각해 봤는데 모르겠어. 답 가르쳐 줘."

"————."

"왜 그래? 배 아파?"

"그 신물이 나는 태도……. 불쾌감이기는 해도, 내게 이토록 감정을 유발시키는 건 그 사람과 벗들을 제외하면 너 정도밖에 없겠지."

"에키드나, 친구 있구나."

부럽다는 선망이 서린 에밀리아의 중얼거림에 에키드나는 짜증스럽게 혀를 찼다. 별로 좋은 의미로는 받아들이지 않은 모양이다.

"——『시련』에서 엿보는 후회는 천차만별. 크게 분류하는 행위조차 주세넘을 성노야."

"어? 아, 응, 네."

"사람의 마음에 뿌리내린 후회란 순간적인 한 장면일 때가 있는가 하면, 누군가와의 관계성에 기인한 것도 있다. 과거의 후회와 마주하는 방법도 그때마다 바뀌지. 접촉해서 말을 나눠야만 극복할 수 있는 과거도 있어. 그러니 천차만별인 거야."

"……그렇구나. 그런 뜻이구나."

에키드나의 설명에 에밀리아는 이해가 갔다.

확실히 사람의 후회는 단순히 하나로 뭉뚱그릴 수 있는 게 아니다. 남과 다툰 과거를 후회할 때가 있으면, 사이가 틀어진 채로 보낸 시간을 억울해하는 일도 있을 것이다.

  같은 일을 경험했다고 해도, 무엇이 과거를 극복하는 계기가 될지는 당사자에게 달려 있다.

  "응, 고마워. 설명해 준 거랑, 미워하는 내 질문에 똑바로 대답해 준 것도."

  "엄—청 좋은 사람이란 착각만은 절대로 안 해 줬으면 하는데. 내게는 네가 호의적으로 느낀다는 것만큼 굴욕인 것도 없어. 물음에 대답하고 마는 건 단순히 내 성미야."

  "그래그래."

  에키드나는 가시와 거리감이 있지만, 말을 붙이면 대답해 주는 만큼 에밀리아가 대하기 어려운 상대가 아니다. 에키드나가 에밀리아를 끔찍하게 미워하더라도, 에밀리아는 그녀를 미워할 수 없다. 아직 그 결론을 내릴 만큼 에키드나를 많이 아는 것이 아니기에.

  그렇게 엎치락뒤치락 하며 두 사람은 에밀리아의 기억에 있는 고향의 숲을 깊이, 더 깊이 나아갔다.

  이 앞에 필시 에밀리아가 떠안고 있던 『후회』로 이어지는 광경이 있다고 확신하며.

  "지난번 『시련』에서 보인 꼴사나운 악전고투는 기억해?"

  "그 악담을 받아치지 못할 만큼 완전히 못난 애였다는 것은."

  결코 옆에는 서지 않고 뒤에서 따라오는 에키드나의 험담에 에밀리아의 표정이 떨떠름해졌다.

　에밀리아가 『시련』에 도전하는 건 두 번째지만 지난번 실패는 스스로도 얼굴을 가리고 싶어질 정도로 못났었다. 뭐가 가장 못났느냐면, 그 내용을 떠올릴 수 없다는 사실이 그렇다.

　──에밀리아는 지난번 『시련』에서 자신이 무엇을 봤는지도 또렷하게 기억하지 못했다.

　"아마 보기 싫다고 기억을 덮어둔 거겠지. 그래서 난 스스로 떠올리지 못하는 거야. 그리고 지금도…… 아직, 내 준비는 다 되지 않았고."

　"그래서, 이번에도 실패해도 상관없다고? 먼저 예방선을 다 치다니, 마음도 약하군그래."

　"으응, 그게 아냐. ──지금부터, 그 준비를 하러 가는 거야."

　에키드나의 모멸에 에밀리아는 고개를 젓고 힘차게 단언했다.

　그 말에 마녀가 눈썹을 찌푸리고, 동시에 녹음에 뒤덮인 시야가 트였다. 오래도록 이어지던 숲길을 빠져나와 눈앞에 나타난 것은 엘리오르 대삼림에서도 유달리 키가 큰 나무──.

　"──그저 크기만 한 나무는 아니겠지. 뿌리 주변에 문이 있군. 옹이구멍을 이용했나 보지?"

　그 거목을 보고 에키드나가 지표에 노출된 나무뿌리의 중심을 눈치 빠르게 알아챘다.

　거목 중앙에 있는 옹이구멍. 그 안쪽에는 웬만한 방 크기의 공간이 있었다. 입구에는 문이 단단히 닫혀 있고, 엄중하게 밖에서 빗장을 걸 수도 있다.

"어지간히도 안에 가두고 싶은 게 있었던 것 같군."

"……에키드나, 알고 하는 말이야?"

"주어가 빠진 질문을 받아도 난처한데. 대관절 무슨 말인지."

물끄러미 노려보지만 에키드나는 어깨를 으쓱이고 모르는 척했다. 정말로 모르는지, 알면서 따라왔는지. 아마 후자일 거라고 에밀리아는 짐작했다.

"여기는 『공주님 방』.——어릴 적에 언제나 내가 놀던 곳이야."

말로 표현하니 당시 기억이 선명하게 되살아났다. 『공주님 방』이란 말 그대로 이 숲에서 공주님 대접을 받던 에밀리아가 혼자서 안전하게 놀게끔 준비한 특별한 장소였다.

종종 이곳으로 이끌려 와서, 종종 이곳에서 홀로 시간을 보냈었다.

"아, 문은 못 만진댔나. 이대로 통과할 수 있는 거야?"

"그런 인식이 힘을 쓰는 세계지. 물론 사고가 유연하지 않은 사람은……."

"와, 진짜다. 지나갔다, 지나갔어. ……에키드나, 안 오니?"

"————."

문에 몸을 절반만 푹 집어넣은 에밀리아의 모습에 말없이 에키드나의 눈이 가늘어졌다. 속상한 눈치지만 그 이유를 이야기해 줄 생각은 없어 보인다. 하는 수 없이 에밀리아는 먼저 문을 지났다.

그렇게 안에 들어가자 희미한 빛밖에 의지할 게 없는 방 안에서 사람의 그림자가 눈에 띄었다.

"아……."

그림자는 둘. 어른과 어린애가 서로 쳐다보며 뭔가 말을 주고받고 있는 광경이었다. 그 모습을 남보랏빛 눈에 포착한 순간, 에밀리아의 목이 희미하게 그렁거렸다.

입구 쪽을 바라보는 어린 소녀는 길게 기른 은빛 머리카락과 동그란 남보랏빛 눈이 특징적이었다. 기억에 있는 풍모와 일치해서 에밀리아는 그게 곧 과거의 자신임을 알 수 있었다.

──벌써 오래도록 거울을 보지 않은 자신의 기억에 있는 용모는 여전히 이 당시와 같다.

"저 어린아이는 너겠지. 아직 아무것도 모른다고는 해도 기가막힐 만큼 태평한 얼굴인걸."

"조그만 나한테까지 투덜대지 말아 줘. 그리고 지금은 어린 나보다……."

에키드나의 악담보다, 어린 자신보다 더 중요한 것은 다른 한 명 쪽이다.

"_____."

에밀리아는 숨을 집어삼키고 각오와 함께 그림자 옆을 돌아서 들어갔다. 그리고 어린 자신과 마주 보며 말을 거는 인물──사람보다 살짝 긴 귀와 고운 용모를 가진 엘프를 보았다.

에밀리아와 마찬가지로 은빛 머리카락과 남보랏빛 눈을 가진 여성이었다. 단, 에밀리아와 달리 반짝이는 은발은 거추장스럽다며 짧게 쳤고, 보석처럼 예쁜 두 눈은 길게 찢어져서 날카롭다.

본인은 스스로 눈매가 사납다고 평가했었지만, 에밀리아는 그 눈매가 정말 좋았다.

거침없고 늠름하며 강렬하게, 고통으로 착각할 정도로 뜨겁게 되살아나는 기억. 그녀가 바로──.

"──포르투나 어머니."

이 엘리오르 대삼림에서 에밀리아와 함께 살던, 어머니를 대신하던 여성.

적어도 에밀리아에게는 진짜 어머니 같은 가족이었다.

"────."

──순간, 망각 속에 있던 기억이 천천히 밀어닥쳤다.

이 『공주님 방』에서 자신과 어머니가, 이때 무슨 이야기를 하고 있었는지.

3

"──에밀리아, 지금부터 중요한 용무가 있어. 그러니 방에서 얌전히 있어 주렴."

그렇다. 어린 에밀리아는 이 『공주님 방』에 떠밀려 들어가는 게 대단히 불만이었다.

엘리오르 대삼림에 있는 엘프의 촌락에선 때때로 이렇게 에밀리아를 따돌리며 어른들끼리만 중요한 용무인지 뭔지 때문에 외출할 때가 있다. 평소에는 에밀리아를 귀여워해 주는 어른들도 이때만은 절대로 투정을 들어주지 않았다.

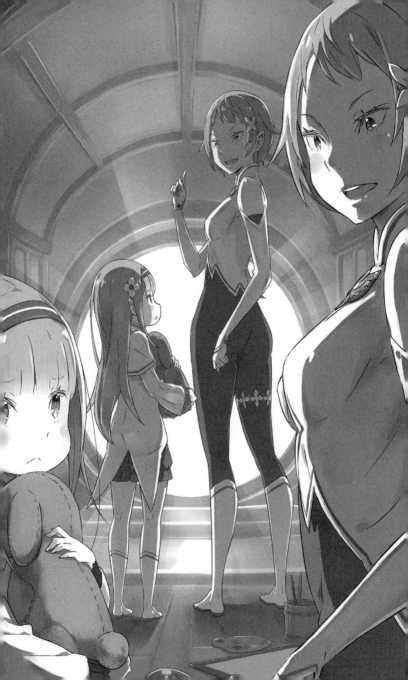

물론 에밀리아도 뭐든지 자기 의견이 먹히리라 생각할 만큼 막무가내로 자라지 않았다.

　——어른의 당부를 지키고, 상대를 공경하며, 약속을 소중히 할 것.

　에밀리아는 그러한 가르침을 어머니나 다름없는 포르투나로부터 바르게 교육받았다.

　『어머니나 다름없다』니 살짝 에두른 표현이지만, 에밀리아한테 단단히 당부한 사람은 다름 아닌 포르투나 본인이었다. 포르투나는 자신이 어디까지나 어머니 대신이라고 거듭 밝혔다.

　"난 에밀리아의 아빠의 여동생이야. 오빠…… 에밀리아의 아빠랑 엄마는 바빠서 지금은 같이 있을 수 없어. 그래서 너는 내가 소중히 맡고 있는 거란다."

　그것이 포르투나의 주장이며, 처음에 그 설명을 들었을 때의 충격은 잊기 어렵다.

　그러나 그것은 상처받아서 그런 게 아니다. 반대였다. 대단하다고 생각해서 그렇다.

　사실이 어쨌든 에밀리아에게 어머니란 포르투나를 말하는 것이었다. 그런데 자신에게는 어머니가 한 명 더 있다고 한다. 원래라면 분명히 아빠와 엄마는 한 명씩일 것이다. 그런데 자신에게는 엄마가 두 명 있다——. 이 말에는 너무 행복해서 깜짝 놀랐다.

　"에밀리아의 은발은 오빠한테 물려받은 거지. 눈색도 우리 피가 강하게 나왔나 봐. ……하지만 자상한 생김새는 엄마한테 물려받았어. 우리는 다들 눈매가 안 좋은걸."

"……난 포르투나 어머니의 눈, 좋아하는데?"

짐승 이빨처럼 날카로운 눈매. 이따금 당부한 말을 어기는 바람에 포르투나의 화를 부르면 그 눈매는 더욱더 엄해져서 에밀리아를 달달 떨게 만들었다.

그렇지만 기분이 상했을 때를 제외하면 포르투나는 에밀리아의 이상적인 어머니였다. 그 날 선 눈매에도 진심으로 애정을 느꼈다.

포르투나는 엄격하지만 자상한 어머니였다. 엄격해도 자상하게 엄했다.

"엄—청 후회하는 일이 있어. 많은 사람에게 더 자상하게 대할걸 그랬지. 더 일찍 그런 마음을 먹을 수 있었더라면 분명히 오빠도 나한테 의지하는 걸 맨 나중으로 미루진 않았을 텐데."

『엄—청』 하고 말버릇처럼 중얼거릴 때, 포르투나의 옆얼굴은 몹시 쓸쓸하게 보였다.

그것이 에밀리아 안에 또렷이, 아주 또렷하게 남아 있었기에 에밀리아는 일부러 어머니의 말버릇을 흉내 내기로 했다. 슬플 때가 아니라 기쁠 때나 웃었을 때 쓰기로 했다.

자기가 좋아하는 어머니가 슬프고 쓸쓸한 감정을 가진 것은 아니라고, 포르투나의 말버릇을 좋은 추억으로 덧칠하겠다는 어린애의 얄팍한 소망이었다.

"우……. 재미없어—."

그래서 이야기는 첫머리로, 에밀리아가 홀로 『공주님 방』에 남은 시점으로 돌아온다.

어른들은 에밀리아를 금이야 옥이야 아꼈다. 그런 에밀리아가 답답하지 않게끔 『공주님 방』에는 그림책과 인형, 각종 그림 그리기용 도구가 골고루 갖춰져 있었다. 그래도 심심한 건 심심하다. ——에밀리아는 이 시간을 좋아하지 않았다.

"거짓말이나 비밀은 안 돼—라고 어머니는 나한테 그랬으면서, 피—."

어른은 치사하다. 자기들이 아이들에게 가르친 것을 때와 경우에 따른다며 금방 어긴다. 틀림없이 에밀리아에게 비밀로 하고 다들 밖에서 재미있게 놀고 있을 것이다.

그 놀이를 보러 가고 싶고, 가능하면 끼고 싶다. 하지만 에밀리아의 생각은 늘 소망에만 그치고 여기서 얌전히 어머니가 맞이하러 오기를 기다리는 게 일과였다. 그런데——.

"밖에, 나가고 싶어라……."

나직한 목소리. 어느 누구에게 하는 말이 아니라 그저 중얼거리기만 했을 뿐인 소망이었다. 그런데 에밀리아가 읊조린 소원은 어른들에게는 닿지 않았으나 이 순간 『그들』에게는 닿았다.

"——?"

방 한구석에 별안간 파르스름한 인광이 떠올랐다. 불안정하게 일렁이는 작은 빛이 난데없이 출현해 에밀리아는 어안이 벙벙했다. 인광은 그런 에밀리아의 눈길을 빼앗으면서 천천히 방을 가로지르다가 그대로 벽에 빨려들어 사라지고 말았다.

"치사해! 거기 서! 거기 서!"

그 광경에 놀란 마음보다 어린 질투가 앞섰다. 에밀리아는 아장아장 방구석으로 가서 빛이 빨려든 벽을 더듬더듬 만졌다. 불안감은 있었지만 호기심이 앞섰다.

"아!"

에밀리아는 벽에서 자기 팔이 쑥 지나가는 작은 구멍을 발견했다. 빛은 여기를 통해 밖으로 도망쳤다. 구멍은 서로 엉킨 나무뿌리가 만든 틈새로, 노력하면 넓힐 수 있을 것 같았다.

"응~."

에밀리아는 구멍에 팔을 쑤셔 넣은 채로 크게 골머리를 썩였다.

『공주님 방』의 입구는 빗장으로 닫혀 있어서 포르투나가 돌아오기 전까지는 절대로 열리지 않는다. 즉, 이 구멍은 에밀리아에게 자유로 이어지는 활로였다. 단, 에밀리아는 여기서 기다리라는 어머니의 당부를 들었다. 호기심과 가르침 사이에서 마음이 기세게 흔들렸다.

"……그치만 포르투나 어머니랑 다른 사람들도 비밀로 하는 게 있으니까 똑같은걸."

결국 에밀리아는 기어코 그런 변명과 함께 나무뿌리 틈새로 몸을 들이밀었다.

어린 에밀리아의 몸은 작지만 틈새는 그보다 더 작았다. 억지로 몸을 욱여넣어 얼굴과 옷을 진흙으로 더럽히면서 우여곡절 끝에 옹이구멍 밖으로 기어 나왔다.

"──아."

바깥바람을 이마에 느낀 에밀리아는 기묘한 달성감에 눈을 빛냈다.

어머니 말씀을 어긴 직후인데 지금 당장 포르투나에게 『에헴, 잘했죠?』하고 자랑하러 가고 싶어졌다. 물론 그런 짓을 하면 불같이 혼날 것은 확실했으니 에밀리아는 달려가기 직전에 자기 자신을 말렸다. 위험한 순간이었다.

"좋──아, 가자!"

가벼운 몸놀림으로 에밀리아는 『공주님 방』에서 의기양양하게 뛰어나왔다. 이 숲은 에밀리아에게 앞마당 같은 곳이다. 포르투나와 다른 사람들이 있는 곳은 왠지 모르게 알 수 있었다.

에밀리아는 곧바로 숲의 광장에서 어른들을 찾았다. 어른들 사이에는 에밀리아 다음으로 어린 아치도 보인다. 에밀리아의 오빠처럼 구는 엘프 소년은 자기도 애면서 에밀리아만 따돌리는 어른들의 첨병이었다. 도저히 용서하기 어렵다.

다만 그런 배신자 아치와 어른들 이상으로 궁금한 것은 그들과 함께 광장에 모인 검은 옷의 집단── 그 낯선 손님들이었다.

"살금살금……."

나쁜 짓을 하고 있다는 자각이 있던 에밀리아는 숨어서 엿보는 행동을 선택했다.

광장에 있는 사람들에게 들키지 않게끔 에밀리아는 큰 나무를 골라 가뿐하게 뛰어서 술술 나뭇가지를 타고 올랐다. 나무 타기는 장기 중의 장기여서, 아치나 다른 사람들도 이것만큼은 속을 썩였다.

"──당신들에겐 언제나 신세만 지네."

굵은 가지에 에밀리아가 눕고, 거의 동시에 그 목소리가 들렸다.

나뭇가지 위에서 보이는 광장에는 촌락의 엘프가 모두 모여 있다. 에밀리아 외의 주민은 다 해서 50명 정도. 한편, 검은 사람들은 그보다 적은 20명 정도였다.

광장 한복판에선 쌍방의 대표가 뭔가 대화하고 있었는데, 엘프 쪽의 대표는 바로 포르투나였다. 먼저 말을 꺼낸 포르투나가 계속해서 대화의 주도권을 쥐고 있었다.

"숲에선 좀처럼 수중에 안 들어오는 것뿐이라 다들 고마워하고 있어."

"그 말씀이야말로 감사하죠. 저희야말로 이와 같은 형태로밖에 지원할 수 없는 게 분합니다. 포르투나 님께는 늘 부담만 끼쳐드리고."

"그건 피차일반이지, 쥬스."

에밀리아는 살짝 긴 귀를 쫑긋 세우고서 포르투나와 상대의 대화를 열심히 들었다. 들어도 의미는 잘 모르겠지만 왠지 모르게 어머니의 쓴웃음에선 친밀함이 느껴졌다.

어머니가 친밀함을 보내는 것은 쥬스라고 불린, 검은 로브 복장의 키 큰 사람이었다.

낙낙한 로브 차림이지만 탄탄하게 단련된 체격임을 알 수 있다. 엘프는 선이 가는 사람이 많아서 그 사실이 무척 신선하게 비쳤다. 가지런히 자른 녹발 아래에는 씩씩한 얼굴이 있지만, 눈썹 끝을 내리고 매우 정중하게 포르투나를 대하는 분위기였다.

그 광경에 에밀리아는 우쭐했다. 다 큰 남자를 굽실거리게 할 만큼 어머니는 대단한 것이다.

"그리고 매번 하는 확인입니다만…… 봉인은, 무사한지요?"

에밀리아가 엉뚱하게 자랑스러워하며 가슴을 펴고 있었지만 이어지는 남자의 말에 그 감상은 날아갔다. 그만큼 남자의 목소리에는 무겁고 복잡한 감정으로 가득했다.

"걱정도 팔자라고 웃을 생각은 안 드네. 괜찮아. 변함없이 튼튼해. 만에 하나라도 풀리게 할 수는 없지. ――오빠에게도, 새 언니에게도 들 낯이 없어지는걸."

"오빠분과, 그 부인분 일은……."

"됐어. 아니까. 단지 난 내가 맡은 책임의 무게를 절대로 안 잊어. 그걸 팽개치거나 대충 하기도 싫어. 당신도 그렇잖아?"

"저는…… 제게는, 그것밖에 없는지라. 포르투나 님과 같은 사명감이나 책임감과는 또 다른 것이겠죠. 집착, 미련……. 망집에 가까운 것에 매달리고 있을 뿐이지."

힘없이 웃은 쥬스의 말에 포르투나가 안타깝게 눈을 내리깔았다. 두 사람의 배후에선 검은 옷의 집단이 들고 온 짐수레에서 어른들이 짐을 내리는 작업 중이었다. 멀찍이서 보이는 짐은 옷과 식량, 책 등이었다. 하나같이 숲에선 입수할 수 없는 것.

"정령 덕분에 숲에 계절 변화는 별로 없지만, 그래도 의류와 책을 들고 와주는 건 엄—청 도움이 돼. 항상 고마워."

"본래라면 여러분은 더 후대받아야 할 공적이 있는 분들입니다. 이와 같은 곳에서 불편을 강요받다니, 있어선 안 될 일이에요."

"그런 소리 하지 마. 우리는 숲을 정말 좋아하니까."

농담 같은 투로 말하고 포르투나는 부드럽게 미소 지었다. 그 미소를 보고 쥬스도 입가에 웃음을 띠었다. 잠시 둘 사이에 따스한 분위기가 흐르고——.

"——포르투나 님, 짐을 다 인수했습니다. 교도 여러분께도 인사를."

"그래, 고마워. 아치."

그렇게 보고한 사람은 금발을 가늘게 땋아서 내린 소년—— 아치였다. 하얀 옷을 두른 젊은 엘프는 포르투나에게 묵례한 다음, 쥬스를 돌아보았다.

"주교님, 매번 오시는 지원, 숲의 모두를 대신해 감사드립니다."

"이 정도야 당연한 일입니다. 아치 공은 또 약간, 씩씩해지셨군요."

"언제까지나 풋내기 대접을 받아선 다음 수호자 노릇을 못 해 먹으니까요."

존경과 선망. 스스럼없는 수준까지는 아니지만 두 사람은 적절한 거리감으로 말을 주고받았다.

"부디 그대로 건승하시길. 숲과 봉인, 가족과 본인을 위해서도."

그 말을 아치에게 선사한 쥬스는 미련이 남는 눈치로 광장을 흘긋 보았다가 묵례했다. 그 동작을 주위의 검은 옷들도 따라 했다. 그리고 포르투나와 아치, 다른 어른들도 자신의 가슴에 손을 얹고서 눈을 감고 엘프식의 경례로 그들의 인사에 화답했다.

인사 교환을 끝으로 검은 옷들은 짐수레를 끌고 광장을 떠나려다가——.

"맞아. 마지막으로 한 가지만. ——에밀리아 님은, 건강하십니까?"

"——읍."

떠날 때, 발길을 멈춘 쥬스의 물음에 에밀리아는 심장이 멎을 것만 같았다.

설마 여기서 자기 이름이 튀어나올 줄이야. 당황해서 입을 막고 비명을 참았다.

"걱정하지 마. 에밀리아는 건강하고, 엄——청 착한 아이로 크고 있어. 우리에게는 아까울 만치 착한 애로. ……하지만 미안해. 당신과 만나게 할 수는."

"괜찮습니다. 그 이상은 바라지 않아요. 그저 에밀리아 님이 튼튼하게 커 주신다면 그걸로 충분할 뿐. 그 이상을 바라는 건 이 죄 많은 몸에겐 과분한 소원입니다."

자조가 아니다. 남자의 목소리에 담긴 그것은 자기 자신을 경계하는 감정이었다.

눈을 내리깐 쥬스에게 포르투나는 안이한 위로를 건네지 않았다. 그리고 쥬스도 그 침묵에야말로 구원받았다는 듯이 끄덕이고 있었다.

"——로마네콩티 주교님, 다 되셨습니까?"

출발하는 짐수레의 최후미, 검은 옷 중 한 명이 부르는 소리에 쥬스는 느릿하게 두 팔을 벌렸다.

"네, 충분합니다. 자, 죄 많은 저희는 떠나죠. 포르투나 님, 또 가까운 시일에."

"……다른 누가 말 안 하더라도, 우리는 당신들에게 감사하고 있어. 엄—청 진심으로."

"그 말씀만으로 저는 백 년의 고통에 몸을 바칠 수 있겠지요."

끝으로 미소만을 남기고 쥬스는 이번에야말로 광장을 떠났다. 포르투나는 그들의 모습이 눈에서 사라질 때까지 배웅하다가 딱 한 번 눈을 감은 다음 깊이 숨을 몰아쉬었다.

"포르투나 님, 피곤하신가요? 힘드시면 다음 일은…….."

"……건방지긴. 너무 노인네 취급하지 말아 주겠니? 그야 겉보기만이 아니라 정말로 젊은 너와 비교하면 노인네지만, 아직 현역이라고."

"다, 당치도 않아요! 단지 수호자의 역할도 있으니까, 힘드실 때는 쉬셨으면 하는 생각에…….."

배려하려던 생각이 오해를 산 아치가 해쓱한 표정으로 당황했다. 그러나 금세 웃음을 터트린 포르투나의 모습에 소년도 놀림받았을 뿐이라고 깨달았다.

"너무 순진하면 아무리 재능이 있어도 수호자를 맡길 수 있을지 걱정인걸. 내 소중한 보물을 맡기는 거잖니. 엄—청 믿을 수 없어서야 되겠어?"

"노, 놀리지 말아 주세요, 포르투나 님……."

"그래그래, 미안해. 하지만 방금 호의를 받아서 이 자리는 맡겨도 될까? 난 틀림없이 심심해하고 있을 공주님을 꺼내 주러 가야 하거든."

"으——?!"

여태까지 생긴 갖가지 의문이 포르투나의 말 한 방에 깔끔하게 날아갔다. 에밀리아는 구르듯이 나무에서 뛰어내리고는 서둘러서 『공주님 방』으로 돌아갔다.

탈출에 이용한 틈새로 겨우 방에 굴러들어갔다. 이걸로 됐다며 일어났다가 바로 자기 차림새가 진흙투성이로, 뻔히 밖에서 놀다 온 아이 티가 나고 있음을 깨닫고 절망했다.

"어떡해, 어떡해, 어떡해……!"

처음에는 사과하면 용서받을 수 있을 줄 알았다. 그러나 광장의 이야기를 훔쳐 들은 지금은 그런 생각은 안 든다. 아마 포르투나는 틀림없이 그 이야기를 듣는 것을 원하지 않았을 것이다.

포르투나에게 미움받으면 에밀리아는 인생의 파멸이다. 세상의 종말이다. 하다못해 몸의 생채기만이라도 숨기지 않으면 포르투나는 곧장 눈치챈다. 목욕하다 따가운 것도 무섭고.

"어……?"

어떻게든 해야 한다고 마음만이 조급한 가운데, 에밀리아는 다시 파르스름한 인광을 목격했다.

아까, 에밀리아의 탈출 계획의 참모를 맡은 빛이었다. 그것은 하늘하늘 흔들리면서 곤혹스러워하는 에밀리아 쪽으로 다가왔다. 그리고 빛은 서서히 그 광량을 높이며──.

"──굉장해."

희미한 빛이 에밀리아에 닿자 따뜻한 감각에 몸의 생채기가 아물기 시작했다. 몇 초 만에 상처는 싹 사라졌다. 이제 남은 진흙투성이 옷만 어떻게 수를 쓰면.

"이걸로……!"

그림 그리기용 잉크병을 엎어서 입고 있던 옷을 끈적끈적하게 채색했다. 빨아도 빠지지 않는 얼룩으로 옷을 몽땅 더럽혀서 진흙투성이였던 걸 알 수 없어진 직후──.

"──에밀리아, 일어났어?"

"먀우! 이, 일어나, 있는데? 일어나 있어, 포르투나 어머니! 하, 하지만……."

"왜애? 그렇게 당황해서…… 응?"

빗장 푸는 소리가 나고 열린 문 너머에서 포르투나가 얼굴을 내비쳤다. 포르투나는 다정하게 미소 짓고 있었지만 방에 들어온 순간 얼굴을 찌푸렸다.

"잉크 냄새 엄청나네……. 무슨 일이니?"

"응, 저…… 죄, 죄송해요. 그림용 병, 잔뜩 쏟아버려서……."

"아이코──."

방에 충만한 냄새와 나뒹구는 잉크병을 본 포르투나는 이마에 손을 짚었다. 그러나 그녀는 어쩔 줄 몰라 하는 기색인 에밀리아에게 웃고 말했다.

"저지른 건 어쩔 수 없지. 그 옷을 벗고 잉크를 닦아내야겠다. 갈아입을 건…… 있네. 있어. 이게 없으면 벌거숭이 에밀리아를 데려가야 했는걸."

"저, 포르투나 어머니, 나……."

"참, 걱정도 많지. 에밀리아. 그렇게 안 무서워해도 일부러 한 게 아니니까 화 안 내. 그보다 다친 곳은 없지?"

포르투나는 에밀리아에게 걸어와 만세 포즈를 시킨 다음 옷을 벗겼다. 그리고 어머니는 어린 알몸에 상처가 없는 것을 확인한 다음 사랑하는 딸을 살며시 껴안았다.

"어머니?"

"으응, 아무것도 아니란다. 그냥, 엄―청…… 에밀리아를 만나고 싶어서."

에밀리아를 껴안은 채로 포르투나는 그렇게 말하고 볼을 맞대었다.

평소에는 멋쩍어서 스스로 이런 행위는 하지 않는 포르투나인 만큼 에밀리아에게는 신기했으며, 또한 어머니가 무척 불안해하는 것처럼 보였다. 그래서―.

"……건방져."

껴안은 에밀리아가 짧은 은발을 쓰다듬자 실눈을 뜬 포르투나가 중얼거렸다.

그러나 그만두라는 말은 없었다. 어머니는 조용히 딸의 손바닥 감촉을 받아들였다.

다정하게, 다정하게 에밀리아는 사랑스러운 어머니의 머리를 마냥 쓰다듬었다.

"얘, 에밀리아."

"……응."

"──사랑한단다."

자상하게 미소 지은 포르투나는 그 눈에 눈물방울을 머금고 말했다.

묻고 싶은 것도, 알고 싶은 것도 많이 있었다.

──하지만 지금은 어머니의 그 말 하나로 만족해 두자고 어린 에밀리아는 마음먹었다.

4

"조금씩, 마음 깊은 곳에 갈무리한 정경과 기억의 경치가 겹치기 시작한 것 아닌가?"

『공주님 방』의 중앙에서 얼싸안는 모녀의 모습을 바라보면서 에키드나가 물었다. 악의 없는 순수한 물음. 에밀리아는 뜻밖으로 느꼈다.

"놀랐어. 아까 나나 어머니에 대해 더 꼬집어댈 줄 알았는데."

"……가령 그렇게 생각해도 그걸 상대에게 전하는 건 추천하지 못하겠군. 가뜩이나 내 안에서 떨어지는 네 평가가 그야말로 힘차게 하락하고 있어."

"아, 괜찮아. 나도 이런 말, 에키드나 말고는 안 해. 걱정하지 마."

"……좋든 나쁘든, 넌 점점 그 사람의 영향을 강하게 받아가고 있군."

"진짜로? 고마워."

에키드나는 가증스럽다는 듯 입술을 일그러뜨렸지만 『그 사람』이란 대명사가 가리키는 상대가 나츠키 스바루임을 알 수 있어 에밀리아는 아주 살짝 가슴을 폈다.

"──하기야 그 유들유들함은 그 사람 흉내가 아니라 타고난 것 같지만 말이지. 그건 어린 네 방자한 행동을 보면서 똑똑히 확인했다."

"그건…… 나도 좀 변명 못하겠지만."

에키드나의 지적에 에밀리아는 방금 지켜본 어린 자기 자신을 반성했다. 어머니 말씀을 어기고 방을 빠져나가 어른들의 대화를 몰래 들은 끝에 은폐 공작까지.

"비열한 근성은 말 그대로 뿌리가 깊지. 저토록 훌륭한 어머니에게 사랑받았는데, 구제불능이군."

"……절반만, 고마워."

포르투나 어머니를, 훌륭한 어머니라고 칭찬해 준 것은 기뻤다. 그렇다. 어머니는 멋지다. 존경한다. 자신의 못난 면과 동시에 그 애정도 기억났다.

그리고 기억이 난 것은 그뿐만이 아니다.

"쥬스와, 요정님……."

눈을 내리깐 에밀리아가 중얼거린 말은 이 기억 속에서 큰 역할을 완수한 둘의 호칭이었다. 한쪽은 광장에 있던 녹발 남자, 쥬스. 다른 한쪽은──.

"네게 벽의 틈새를 가르쳐 주고 상처를 고쳐준 미정령(微精靈)…… 요정이라니, 또 짓궂은 이름으로 부르는걸."

"짓궂은지 아닌지는 모르겠지만 이때는 잘 몰랐거든."

야유하는 에키드나의 말은 요정이라고 불린 미정령에 대한 동정이기도 했다.

『요정』이란 사정령(邪精靈)의 호칭 중 하나다. 기피하고 꺼리는 사정령 취급을 받았는데 좋아하는 정령이 있을 리 없다. 그런데도 에밀리아가 미정령을 요정이라고 부른 데에는 이유가 있었다.

"이 방에서 읽은 책 중에 그런 이야기가 있었어. 요정이 나쁜 존재가 아니라 좋은 존재로 적힌 책이. 내용은 기억이 잘 안 나지만."

아마 이국에 전해지는 옛날이야기 책이었다고 기억한다. 지금은 제목도, 내용도 떠오르지 않는 한 권이지만 자상하며 믿음직한 요정은 강한 인상이 남았었다.

그래서 어린 에밀리아는 이때 도와준 미정령을 요정이라고 부른 것이리라.

"어머니와, 지인과, 요정님인지 뭔지를 기억해냈지. 이제 과거에 도전하겠나?"

"아니, 아직. 아직…… 아직 내게는 부족한 추억이 있어."

고개를 가로젓고 에키드나의 물음에 대답한 에밀리아는 거목의 옹이구멍을 나섰다. 발길이 가는 곳은 지금까지의 기억 속 광경 중 어느 곳도 아닌 무수한 나무들이 길을 막는 숲속 깊은 곳이었다.

그곳에 기억해내야만 하는 것이 있다. 그곳에——.

"뭐가 있지?"

"——봉인이야."

5

——어린 에밀리아가 『봉인』을 의식한 건 탈주극을 몇 번 펼친 다음이었다.

"영차! 됐다! 오늘도 성공!"

머리카락이 잎사귀로 범벅된 에밀리아가 에헴 가슴을 펴고 만족스럽게 말했다.

장소는 『공주님 방』——의 밖, 자유로 이어지는 활로 코앞의 지점이다. 오늘도 어김없이 에밀리아는 방에 남겨졌지만, 포르투나의 눈을 피해 화려하게 방을 탈출했다. 구멍 밖에 낙엽을 깔아서 충격을 누그러뜨린 에밀리아는 영락없는 탈옥 상습범이었다.

"요즘 아치가 엄—청 잔걱정 많으니 조심해야지."

빈틈없이 주위를 둘러보며 에밀리아는 감시역인 아치가 없는지 신중에 신중을 기했다.

어른 편을 드는 배신자 아치는 에밀리아를 감시하는 입장이다. 아치와 노는 건 재미있지만 그거랑 이거는 딴 얘기다. 절대로 빈틈은 보여서는 안 된다. 주먹 꽉.

"좋——아. 이리 온, 요정님."

적 그림자의 유무를 확인하고 에밀리아가 부르자 머리 위에 인광이 떠올랐다. 첫 조우 이래로 에밀리아는 이 인광과 완전히 허물없는 관계가 되어, 지금은 요정님이라고 부르며 친해진 사이였다.

요정과 협력한 에밀리아는 숲의 지배자가 된 기분이다. 어른들의 대화를 엿듣고, 허가 없이 남의 간식을 먹으며, 남의 집 가구 위치를 어긋나게 하는, 털이 쭈뼛 서는 대죄인이었다.

"오늘도 쥬스네가 와 있을까."

에밀리아는 머리의 잎사귀를 떼면서 앞으로 할 방침을 가다듬고 또 가다듬었다.

재범행을 거듭한 덕분에 에밀리아는 자신이 『공주님 방』에 남는 처지가 되는 건 반드시 숲에 쥬스 일행이 왔을 때라고 밝혀냈다. 쥬스 일행은 늘 짐수레에 음식이랑 옷을 싣고 온다. 다들 그걸 받으러 광장에 모이는 것이다.

"더 재미있는 걸 숨기고 있을 줄 알았는데, 다른 사람들은 참 이상해."

처음에는 흥미진진하던 비밀도, 은밀한 놀이가 아니었음을 안 지금은 심심할 따름이다. 그런데도 뻔질나게 엿들으러 가는 건, 포르투나와 쥬스의 대화에 에밀리아의 이름이 나오거나,

에밀리아의 부모를 암시하는 단어가 이따금 튀어나오기 때문
이었다.

포르투나는 진짜 부모님에 대해서 많이 이야기해 주지 않는
다. 묻는 것도 망설여졌다. 그래서 에밀리아는 쥬스와의 대화
가 이를 알 수 있는 절호의 기회라고 봤다.

"좀처럼 얘기가 안 나오지만……. 영차, 영차."

계획은 계속 헛돌지만 에밀리아는 오늘도 꿋꿋하게 나무를 타
고 지정석에 앉았다.

눈 아래 펼쳐진 광장에는 어른들의 평소와 같은 풍경이 있으
며, 포르투나와 쥬스도 그곳에 있다. 환담 중인 두 사람은, 멀찍
이서 보는 거지만 포르투나의 표정이 유달리 부드럽게 느껴졌
다.

"요새 에밀리아는 엄—청 기운차서, 만날 옷을 진흙투성이로
만들고 돌아오더라. 매일같이 이래선 빨아도 빨아도 못 따라잡
겠다니까."

"튼튼하신 것은 다행이군요. 되도록 여벌 옷도 마련하죠. 숲
밖은 슬슬 한기가 끝나니까 계절에 따라 필요가 없어진 옷도 많
이 생기겠죠."

"호의만 받고 있는데 재촉하는 것 같아서 미안해. ……어른
옷도 있어?"

"네, 물론이죠. 포르투나 님께도 잘 어울리는 것이 꼭 있을 겁
니다."

에밀리아의 화제 도중에 쥬스가 부드러운 표정으로 대답하자

포르투나가 허를 찔린 듯이 경직되었다. 포르투나는 쑥스럽게 쥬스를 물끄러미 노려보았다.

"……아유. 오래 알고 지냈지만 언제부터 그런 농담을 하게 된 거야?"

"——? 본심을 전한 겁니다만, 뭔가 이상한 말을 했던가요?"

"……음흉한 속내가 없는 사람인 걸 아니까, 그쪽이 훨씬 더 질이 안 좋네."

갸우뚱하는 쥬스의 말에 포르투나는 기가 막힌 투로 눈길을 돌렸다. 그 동작에 난처한 표정이던 쥬스가 살짝 포르투나의 이마에 손을 뻗었다. 손바닥이 이마를 만졌다.

"……쥬스, 이건 뭐야?"

"그러고 보니 오래전에 저와 얘기하다가 언짢아진 포르투나 님께서 열을 내시던 기억을 떠올려서요. ……열은 없군요."

"그거 도대체 몇십 년 전 얘기라고 그래. 진짜로 어린애 취급 하지 마. 아유, 참."

엉뚱한 걱정에 포르투나가 토라진 태도로 쥬스에게 항의했다. 그러나 그 입매에는 미소가 서려 있어 지금 대화를 불쾌하게 여기지 않는 건 분명했다.

아니, 그러기는커녕 포르투나는 지금 대화를 즐기는 낌새가 있다.

"……우."

왠지 모르게 에밀리아는 어머니의 그런 모습이 내키지 않았다.

눈매가 날카롭고 늠름한 포르투나는 남에게 엄격한 인상을 주기 일쑤다. 그런 어머니가 옆에서도 알 수 있을 만큼 다정한 얼굴을 보여주는 건 사랑하는 딸인 에밀리아의 특권인데.

"흥이다. 쥬스는 바보. 그리고 아치도 바보."

일방적인 면식밖에 없는 상대와, 짐을 내리는 걸 돕고 있는 소년에게 화풀이.

그리고 이대로 오늘도 수확이 없다면 에밀리아는 분노의 철퇴를 쥬스에게 내리치겠다고 마음먹었다. 저 짐수레의 바퀴에 천을 물리거나, 짐칸에 기름을 쏟거나 할 거라고 에밀리아는 악마 같은 지략으로 머릿속에 복수를 상상했다. 하지만 그 복수극의 상연은 미공개로 끝났다.

"──그래서, 봉인 쪽은 괜찮습니까?"

어조를 낮추며 쥬스가 던진 것은 이미 늘 한결같은 질문이다. 친숙한 대화이며, 그에 대한 포르투나의 응답 또한 완전히 귀에 익은 것이었다.

"변함없지. 매번 빼먹지 않고 확인하는 건 성실하기도 하네."

"그러라고 제가 있는 겁니다. ……그리고 쓸데없는 불안을 자극하고 싶지는 않습니다만, 지금은 숲 밖의 정세가 왠지 심상찮아요. 기우일지도 모르겠지만 마음 한편에 놔두시길."

"……알았어. 봉인은 열쇠도 포함해서 수호자인 내가 확인하지. 바깥일은 부탁할게."

"잘 부탁드리겠습니다. ──에밀리아 님과, 그 두 분을 위해서도."

허리를 굽힌 쥬스의 말에 포르투나는 진지한 표정으로 마주 끄덕였다.

"······봉인."

에밀리아는 둘의 대화에 귀를 쫑긋대며 입 속으로만 그렇게 중얼거렸다.

봉인이란 포르투나와 쥬스 이야기 끝에 반드시 나오는 말이다. 지금까지는 흥미는 품었어도 그 이상은 아니었던 말. 그러나 오늘은 달랐다.

봉인과 에밀리아의 이름이 겹쳤다. 그리고 마지막에 쥬스가 한 말.

──두 분이란, 혹시 에밀리아의 아버지와 어머니를 말하는 게 아닐까.

"봉인······."

한 번 더 어감을 확인하고 에밀리아는 『공주님 방』으로 돌아갔다. 옹이구멍 안에 굴러들어가자 에밀리아는 화급하게 방에서 지냈다는 증거를 만드는데 애썼다.

단기간에 그림을 꾸며내고 인형을 갈아입히고 간식을 먹고 어지럽힌다.

그 작업을 끝마치고 이마의 땀을 닦았을 즈음 밖에서 포르투나의 목소리가 들렸다.

"에밀리아, 기다렸지? 오늘도 착하게 있어 줬니?"

"우······ 차, 착하게 있었는데? 있었어요. 응, 네, 있었어요."

"_____."

"왜, 왜애, 어머니. 그렇게 봐도 나 아무것도 안 했다 뭐. 간식 먹고, 그림 그리고, 인형 놀이 했었다 뭐. 진짜로 바깥엔 안 나갔다 뭐."

"……그래. 그렇다면 좋겠지만."

에밀리아의 빼어난 연기력에 포르투나는 홀랑 속아 넘어간 눈치였다. 그 사실에 죄책감이 심해지지만 에밀리아는 여기서 꺾여서는 안 된다고 자기 자신을 응원했다.

오늘 광장에서 보고 들은 내용은 절대 비밀이다. 특히 『봉인』이 중요하다. 에밀리아의 기억에 따르면 『봉인』이란 아마 뭔가를 숨겨두는 장소 같은 의미였다.

혹시 그 『봉인』에 부모님이 숨겨져 있는 게 아닌가.

그것이 이 엘리오르 대삼림 어딘가에 있다면――.

"――부탁해."

한쪽 눈을 감고 에밀리아는 친해진 인광에게 숲의 수색을 졸랐다.

이때 어린 소녀의 깜찍한 조르기에는 몸이 다 자랄 즈음에는 미소 짓기만 해도 남을 매료할 정도로 비범해질 미모―― 그 단편이 이미 싹트고 있었다.

6

숲 안쪽으로, 에밀리아는 인도받듯이 발을 놀렸다.

이상하게 헤맬 거란 생각은 안 들었다. 왠지 확신만이 있어 그 확신에 따라서 나아갔다. 세상에서 반걸음 어긋난 상태라는 것을 살려서 밀림이라고 불러야 할 험로를 곧게 종단했다.

질퍽거리는 땅. 밀집된 거목. 여러 험로 끝에 에밀리아는 하얀 경치를 보았다.

눈밭 풍경이 아니다. ——이곳에 군생하는 수목의 지엽, 뿌리에 이르기까지 모든 것이 하얀 것이다.

엘프의 촌락이 있으며 많은 미정령에게 수호받는 신성한 숲—— 이 공간은 그 엘리오르 대삼림 속에서도 유달리 이질적인 분위기에 휩싸인 곳이었다.

엄숙하고, 신성하며, 상식 외의 섭리로 성립된 공간. 그리고 그 공간 중앙에——.

"——문. 기묘한 광경인걸."

순백의 나무들에 둘러싸인 공간 한복판에 이 숲에서 가장 이채를 발하는 『문』이 있었다.

그 문이 기이한 것은 외견이 아니다. ——존재 방식이다.

쌍바라지 문은 공간 한복판에 덩그러니 독립해서 서 있다. 문인데도 건물과 연결되지 않았으며, 이는 뒤로 돌아가 확인해도 변함없다.

"이게, 봉인."

에밀리아는 문을 목격하고 미심쩍게 중얼거린 에키드나에게 말했다.

봉인——. 이것이야말로 엘리오르 대삼림 안쪽에 숨겨진 신비다. 포르투나와 촌락의 주민은 이것을 지키고, 쥬스는 항상 이것이 무사한지 신경 쓰고 있었다.

그 사실은 에밀리아의 기억으로도, 여태까지 더듬어 온 기억의 재현에서도 확실하다.

어디와도 연결되지 않은 문. 열 방법이 없어야 할 문. 봉인이라고 불리는 문──.

"하지만 이 봉인이 있어서, 그래서……."

"──그 답이 왔군."

이마에 손을 짚고 에밀리아는 지끈거리는 상처를 들쑤시듯이 비어져 나오는 기억에 고뇌했다. 그런 에밀리아의 등 뒤에서 에키드나가 은밀한 한숨처럼 읊조렸다.

돌아보았다. 에밀리아의 시야 앞을 희미한 인광이 하늘대며 지나간다. 이어서──.

"이게 봉인?"

문을 보고 순진한 얼굴로 갸웃하는 어린 자신이 있었다.

7

눈앞의 이상야릇한 문에 어린 에밀리아는 동그란 눈을 끔뻑이고 있었다.

마침내 어른들이 숨기던 『봉인』이 있는 곳을 밝혀냈다. 요정들과 함께여도 넓은 숲을 닥치는 대로 찾는 건 참으로 힘들었다. 하지만──.

"여러분 덕분에 빨리 해결됐답니다. 만세."

활짝 웃는 에밀리아를 에워싼 인광—— 그 수는 전과 달리 두 손의 손가락으로는 헤아릴 수 없을 만큼 늘어났다. 숲 이곳저곳에 무수히 존재하던 요정들, 에밀리아는 그들을 끈질긴 교섭으로 산하에 거두어 일대 세력을 쌓은 것이다.

"왜 콰당 쓰러지지 않는 거지?"

그 협력의 성과인 『봉인』이지만, 밀어도 당겨도 꿈쩍하지 않았다.

겉보기는 나무로 된 것처럼 보이지만 만졌을 때의 냉기는 얼음에 가까웠다. 촉감도 반들반들한 돌처럼 매끄러워서 그 존재가 신기한 무언가로 된 것처럼 느껴졌다.

닫힌 문 한복판에는 자물쇠가 있고, 낡은 그곳에 에밀리아의 손바닥만 한 열쇠 구멍이 보였다. 그렇게 큰 열쇠가 누구 주머니에 들어갈까? 보통 큰 사람이 아닐 것이다.

"괴상해서 잘 모르겠어……. 하지만 찾아냈답니다. 짝짝짝."

속으로는 부모님이 『봉인』에 숨어 있을 것을 기대했었기에 수확으로서는 영 부족하다. 그러나 한 치계 호기심을 시험해 본 에밀리아는 이 결과에도 결코 꺾이지 않았다.

요정과의 결속이 모두의 비밀을 폭로해낸 것이다. 아직 더 힘낼 수 있다.

"흥이다. 포르투나 어머니가 잘못했다 뭐. 쥬스가 잘못했다 뭐."

에밀리아는 키가 큰 검은 옷의 남자를 떠올리고 이 자리에 없는 그에게 혀를 내밀었다.

에밀리아의 양해도 없이 소중한 포르투나 어머니의 비밀스러운 표정을 끌어내는 적이다. 언젠가 올 직접 대결을 대비해서 에밀리아는 쥬스 대책에 여념이 없었다.

"요정님이 놀래고, 쥬스가 크게 혼란한 틈에 발을 밟는 거야. 그것도 두 발로 밟아줄 거야. 심지어 발꿈치로 밟는 거지! …… 그건 아플 것 같으니까 발끝으로 하자."

비정한 작전 속에서도 한 가닥 온정을 남기는 것을 잊지 않는다. 피도 눈물도 없는 싸움을 계속하면 언젠가 동료의 신용을 잃는다. 여기선 요정들과의 관계를 소중히 해야 한다.

"좋—아, 집에 가자—. 오늘의 화백은 하늘을 빨갛게 하고, 숲을 새하얗게 하고 싶은 기분이야!"

목표를 달성해서 에밀리아는 요정과 함께 통통거리며 귀로를 달렸다.

제법 험한 길이지만 몸이 가벼운 에밀리아는 폴짝폴짝 험준한 곳을 뛰어넘었다. 사실 이 주변은 포르투나가 오지 말라고 당부한 곳이었다. 그래서 『봉인』을 발견하는 게 늦었다. 어머니는 완전 모사꾼이다.

"하지만 우리 쪽이 더 잘했지 뭐야. ……왜 그래?"

낯선 험로를 달리는 도중, 에밀리아는 요정의 요청에 문득 발을 멈추었다. 요정은 불규칙적으로 점멸하면서 시야를 가로질러 하늘하늘 옆의 덤불로 들어갔다.

"음—? 음음—? 이건…… 이건, 사건의 예감!"

요정의 모습에 에밀리아는 그들과 처음 만난 『공주님 방』의

사건을 떠올렸다. 그걸 계기로 에밀리아는 요정들과 친해질 수 있었다. 아마 이번에도 뭔가 의미가 있을 것이다.

"야후—!"

요정을 쫓아 에밀리아는 힘차게 덤불에 뛰어들었다. 키 큰 풀을 헤치고 은발이 몇 번이나 나뭇가지에 걸려도 에밀리아는 과감하게 짐승길을 나아갔다. 그리고——.

"이건 난처한데. ……약속 시간에 늦겠어."

"——아!"

덤불을 빠져나간 순간에, 에밀리아는 숲 안에 서 있는 검은 등과 맞닥뜨렸다. 놀라는 바람에 목소리가 흘러나와 에밀리아는 허둥지둥 입을 막고 덤불에 숨었다. 그러나 늦었다.

"이런? 거기 귀여운 엉덩이는 어느 분이시죠?"

엉덩이를 훤히 드러내고 덤불에 숨는 에밀리아에게 낯익은 목소리가 날아왔다. 그 목소리에 에밀리아는 움찔 떨었다. 상대는 이쪽이 일방적으로 알고 지내는 얄미운 원수였다.

"포, 포로로서, 인도적인 내우를 요╪합니다……."

이건 속여 넘길 수 없겠다고 단념한 에밀리아는 주워들은 말로 항복했다. 에밀리아가 백기를 들자 남자—— 쥬스는 미소를 띠며 말했다.

"이건 또 퍽 귀여운 아가씨가 나오셨어…… 어?"

어린아이의 귀여운 저항에 풀어진 표정이 다음 순간에 얼어붙었다.

말은 경악에 두절되고 부드러운 표정이 딱딱하게 굳었다. 눈을 크게 뜬 쥬스의 모습에 에밀리아도 크게 놀라 두 사람은 복잡한 표정의 물결에 휩쓸리며 마주 보았다.

"아, 아가씨는…… 아니, 당신은, 설마……."

쥬스는 목소리를 떨며 믿을 수 없는 것을 본 것처럼 고개를 가로저었다. 그를 쭈뼛쭈뼛 올려다보던 에밀리아는 그 작은 가슴을 헤집는 것 같은 가려움과 고통을 느꼈다.

약하고 덧없는, 길을 잃은 아이가 부모를 발견한 것처럼, 줄곧 암흑 속을 걷던 여행자가 빛을 발견한 것처럼, 두려움과 기대가 뒤섞인 표정이었다.

──누군가가, 말을 걸어 주어야, 손을 잡아 주어야 한다.

그렇게 생각한 순간, 에밀리아는 여태까지 그에게 품고 있던 응어리 전부를 잊었다.

"──쥬스, 괜찮아?"

"──?! 아, 아아, 아아, 아아아앗……."

에밀리아의 질문에 쥬스의 표정이, 감정이 허물어졌다.

쥬스는 에밀리아의 눈길이 닿자 벼락을 맞은 것처럼 등골을 떨며 그 자리에 무릎을 꿇었다. 무릎 꿇고 허리를 숙여 에밀리아와 눈높이를 맞추었다.

폭포수처럼 눈물을 흘리면서 쥬스는 오로지 에밀리아만을 쳐다보고 있었다. 다 큰 어른이 우는 모습을 처음 본 에밀리아가 몸을 움츠리자 쥬스는 고개를 흔들었다.

──기도하듯이, 호소하듯이, 마냥 감사하듯이.

"괜찮아……. 네, 네! 괜찮고말고요. 아무런 문제도, 없습니다. 왜냐면 전…… 전 지금, 지금 막, 더할 나위 없을 만큼 구원받았으니까요…….”

“그래……? 도움받았는데, 울어?”

“슬퍼서 우는 게 아닙니다……. 기뻐서, 고마워서, 행복해서 눈물이 나온다……. 그런 행복도, 따뜻한 눈물도 있답니다. 전 그 사실을 다름 아닌…… 다, 당신에게서…… 당신들에게, 배워서…… 그러니까!”

흐느끼는 쥬스의 목소리에 에밀리아는 자연스럽게 그의 손을 잡고 있었다.

맞닿은 손가락에서 쥬스의 감정이 전해졌다. 그렇기에 에밀리아도 맞잡은 손에 힘을 꼭 주었다. 자신의 마음도 그에게 전해지길 빌듯이.

──오열을 반복하는 쥬스의 눈에서 그가 말하는 행복의 눈물이 하염없이 넘쳤다.

“기뻐도, 우는구나…….”

마냥 우는 쥬스를 보며 에밀리아도 왠지 모르게 그 사실을 알 수 있었다.

에밀리아도 이따금 혼자 외로워서 잠들지 못하는 밤을 보낼 때가 있다. 그럴 때는 포르투나의 침대에 기어들어가 따뜻한 어머니의 팔에 안겨서 잠이 든다.

어머니의 팔 안에서 에밀리아는 불안으로부터 해방되어 왠지 울 것만 같은 기분에 젖는다. 쥬스가 맛보고 있는 건 그런 에밀리아의 마음과 같은 것일까.

포르투나 어머니가 해 주듯이 에밀리아도 그를 행복하게 해 줄 수 있을까.

　"──괜찮아, 쥬스. 괜찮아. 괜찮아."

　위로하듯이 에밀리아는 다른 손으로 쥬스의 머리를 쓰다듬었다.

　그 동작에 경직되는 쥬스의 머리를 에밀리아는 작은 가슴에 당겨 안았다. 오열이 직접 심장에 전해져서 몸 안으로 그의 열기가 도달하는 것 같다.

　──발을 밟아 주겠다고 별렀는데, 지금 이러고 있다.

　별수 없는 사람이다. 못 말릴 적이다. 울고 있는 상대에게 어떻게 심한 짓을 할 수 있을까. 포르투나 어머니도 아마 별수 없다고 용서해 주리라.

　"혼자 우는 건, 외로우니까."

　쥬스가 다 울면, 그와 손을 잡고 어머니가 계신 곳에 가자.

　포르투나 어머니에게도 알려야 한다. 쥬스와 만났다는 것을.

　숲속 깊은 곳까지 놀러 나간 것과 어른인데도 엉엉 울었다는 사실.

　──비밀을 공유한 두 사람은 이제 적이 아니라 친구 같은 무엇이니까.

8

　"윽──."

되살아난 기억의 탁류에 에밀리아는 한순간 강한 현기증을 느꼈다.

몇 번 눈을 깜빡이고 숨을 고른다. 충격을 삼킨 가슴속의 심장 고동이 빠르다. 어린 자신의 눈을 통해서 기억을 더듬는 여로 중에 에밀리아는 소중한 『과거』를 되찾았다.

그러나 그 사실이 자랑스러우냐고 하면, 에밀리아의 심정은 정반대였다.

"있었던 일을, 이렇게나 많이 잊어버리고······."

자기 안의 공백이 메워지는 감각이 에밀리아에게 부른 감정은 기쁨이 아니라 자신이 여태까지 많은 것을 등한시해 왔다는 깨달음이 부른 회오였다.

잊었던 것을 후회할 만큼 따뜻하고 소중한 기억. 그것이 한꺼번에 되살아나서.

포르투나 어머니와 함께 지낸 시간, 아치와 마을 사람들이 다정하게 대해 준 사실, 봉인과 『공주님 방』에서 도와준 요정님. 그리고 만나선 안 되었던 쥬스와 만나 친구가 된 것. ──소중한 기억을, 잊었던 기억을, 전부.

"하지만······ 얼마 전의 나였으면 이걸 견딜 수 없었겠지."

빠진 기억들은 에밀리아의 마음에 자리 잡은 『후회』로 이어지는 여행의 이정표다.

준비가 부족한 상태로 따라갔더라면 아마 돌이킬 수 없는 상황에 빠졌을 것이다. 그걸 알았기에 팩은 계약을 구실로 에밀리아의 기억을 막은 것이다.

만약 이 기억 속에 확실하게 남은 누군가와 재회했었다고 해도, 봉인해 둔 기억은 이해하는 것을 완고하게 거부했을 것이다. 고통스럽게, 애절하게.

──모든 것은 에밀리아의 마음을, 에밀리아 본인의 기억으로부터 지키기 위해서.

하지만 그 계약도 끊겨서, 틀어막힌 기억은 열리고 봉인된 과거는 훤히 드러났다.

그러한 기억의 여행을 거쳐 비로소 여태까지의 에밀리아는 맞서지 못한 『후회』, 그 과거에 도전할 자격을 얻은 지점까지 왔다.

아직껏 극복하기에는 모자란 『후회』에 이르는 길을 따라갈 자격을.

지난번에는 그저 흐느낄 수밖에 없었던 『시련』. 그러나 지금은──.

"──무섭지만, 웅크리진 않을 거야."

"울고불고 아버지나 남자에게 매달리는, 추잡한 계집인 너다운 결단은 그만두겠나?"

에밀리아가 『시련』에 대한 마음가짐을 입에 담자 등 뒤에 선 에키드나는 그저 조롱했다. 빈정거리는 말에 에밀리아는 당당하게 가슴을 폈다.

"그렇게 해도 아마 스바루는 용서해 주겠지만…… 나는 스바루도, 나 자신도 환멸을 느끼게 하기 싫은걸. 약한 내가, 약한 채로 있는 것을 당연하게 여기기가 싫어."

그리고──.

"스바루가 나 보라고 써 준 많은 말을, 거짓말로 만들고 싶지 않아."

『시련』에 도전하는 에밀리아를 위해서 묘소의 석벽에 새겨진 많은 응원, 무수한 마음. 그것을 받아들이고 배웅을 받아서 에밀리아는 이곳에 온 것이다.

"스바루가 믿어 주고 있어. 그러니까 난 그 마음에 부끄럽지 않은 애가 되고 싶어."

"──마음대로 해. 난 네 고뇌를 보면서 앓던 속을 풀지."

아무리 악담을 퍼부어도, 말로는 지금의 에밀리아를 정신적으로 흔들 수 없다.

지금까지 나눈 대화와 함께 따라온 기억의 여로로 그 사실을 깨달았는지 에키드나는 어깨를 으쓱이고 독기를 거두었다. 마녀의 그 태도에 에밀리아도 이해했다.

"준비가, 다 끝났구나."

"그렇고말고. ──전초전은 끝이다. 네가 꺾인 『시련』이, 이번에야말로 시작된다."

에밀리아의 말에 에키드나가 끄덕였다. ──그 순간, 주위의 경치가 변화했다.

손을 잡은 두 사람은 봉인의 숲을 지나 쥬스와 만난 숲길을 건너고, 놀라는 포르투나 쪽으로 걸어가 나란히 불같이 혼나고.

그다음 셋이서 나란히 고향 숲을 거니는, 그런 광경으로.

그것은 기억의 공백을 메우는 에밀리아를 기다려 주던 것처럼 ── 아니, 분명히 그러하다. 기억은, 고향은, 포르투나와 쥬스는 분명히 기다려 주었다.

지금도 어린 에밀리아를 자상하게 지켜보는 것과 비슷하게.

──고향의 기억으로 돌아온 에밀리아를, 자상하게 맞아주고 있다.

"그렇기에──."

──에밀리아는 이 앞에 기다리는 『시련』을 받아야만 한다.

"──잠깐만요, 에밀리아 님. 그렇게 이리저리 뛰시면 위험해요."

"안 위험하다 뭐. 끄떡없다 뭐. 쥬스야말로 넘어져서 무릎 까질 거야."

"전 아무리 다쳐도 상관없어요. 에밀리아 님의 몸이 최우선입니다. 당신의 옥 같은 피부에 흠집 날 일이 있으면 전 죽어도 못 죽습니다."

"쥬스. 그 말투, 왠지 엄──청 엉큼해."

분방하게 숲길을 방방 뛰는 에밀리아. 날쌘 어린아이에게 맥을 못 추는 쥬스. 그 모습에 포르투나가 쓴웃음과 함께 말했다. 그 지적에 쥬스는 당황하며 고개를 저었다.

"아, 아니, 아니요. 그런 발칙한 생각을 어찌 감히! 전 순수하게 에밀리아 님을 걱정해서…… 아아, 에밀리아 님! 그쪽은 안 돼요!"

"싫다용──! 나 잡아──봐라──!"

변명과 과보호 때문에 안색을 휙휙 바꾸는 쥬스 앞에서 신이 난 에밀리아가 덤불로 뛰어들고 말았다. 휘둘리기만 하는 쥬스의 모습에 포르투나는 웃음을 터트렸다.

"어머나, 역시 이렇지. 저 애의 말괄량이 기질에는 우리도 애를 먹고 있다고."

"건강한 건 좋은 일이죠. 하지만 위험한 일은 되도록 피해 주십사……. 집 안에서 건강하게 햇빛을 받으면서 물건 망가뜨릴 걱정 없이 뛰어다니면……."

"쥬스……. 그거, 엄—청 어려워."

"끄으응……. 그, 그런가요? 하나 에밀리아 님을 위해서도 저는, 저는……!"

친애와 근심 사이에 껴서 쥬스는 심각하게 머리를 감싸 쥐었다. 그 모습에 포르투나는 더욱더 쓴웃음이 진해지지만, 웃음기 서린 눈에는 선망과 친애가 있었다.

마치 이 순간, 실현되지 않았어야 할 광경에 행복감이라도 느끼는 것처럼.

"아유! 어머니도 쥬스도! 왜 안 쫓아와 주는데!"

그때 애간장을 태우던 에밀리아가 덤불에서 도로 굴러 나왔다. 어린 뺨을 빨갛게 부풀리며 에밀리아는 나태한 두 어른을 순서대로 손가락질했다.

"지금, 술래잡기 중이잖아—! 그럼 안 되잖아—!"

"아아, 죄송합니다! 저란 놈이 일생의 실수를……!"

"쥬스, 그렇게 어리광 받아 주지 마. ——에밀리아, 잠깐 이리 온."

"왜애, 어머니. 아우— 어머니는 참 응석받이라니까…… 뮤!"

성난 표정의 에밀리아가 포르투나의 손짓에 툴툴대며 다가왔다. 그러자 바로 근처까지 왔을 때 포르투나가 그 몸을 가뿐히 안아서 들었다.

"자, 안됐네. 에밀리아는 포르투나 어머니에게 잡히고 말았답니다."

"아— 치사해! 어머니 치사돌이! 지금 건 금지! 반칙! 반성해!"

"어머, 얘도 참 이런 말이나 하고. 그럼 에밀리아는 어머니가 한 말 자—알 반성하고 있고? 왜 어머니랑 쥬스에게 쫓기고 있었더라?"

"흐악!"

아픈 곳을 찔린 에밀리아가 입에 손을 짚었다.

"그, 그게 아니야. 어머니. 요정님이 있지. 놀자고, 밖에 나가자고 그래서……."

"남 탓……이 아니라 요정님 탓으로 돌리는 애는 엄마가 미워해. 에밀리아, 알겠니?"

안아 든 딸에게 포르투나는 자상하지만 엄격한 눈으로 물었다. 그 말과 눈초리에 바동거리던 에밀리아는 시무룩하게 고개를 떨구었다.

"죄송해요, 포르투나 어머니. 쥬스와 친구가 되었으니까, 그거 어머니에게 가르쳐 주고 싶어서……. 그리고 쥬스가 울보니까, 도와줘야겠다 싶어서."

"그 마음은 엄—청 중요해. 장하단다, 에밀리아. 하지만 애초에 쥬스랑 친구가 된 곳, 가면 안 된다고 약속했던 곳 맞지?"

"으, 응……. 네……."

"그건 엄—청 잘못한 일이야, 에밀리아."

포르투나는 고개 떨군 에밀리아를 지면에 내리고 딸의 뺨을 두 손 사이에 끼었다. 그렇게 눈높이를 맞추고 같은 색깔의 눈에 상대를 마주 비추었다.

"약속을 어기는 건 나쁜 짓. 약속을 지키는 건 중요한 일이야. 약속은 믿는 마음의 표현이니까, 그걸 어기는 건 믿어 주는 마음을 배신하는 일이라서 안 돼."

울 것만 같은 얼굴의 에밀리아에게 포르투나는 진지하게, 하지만 자상하게 일렀다.

"에밀리아, 어머니랑 약속해 주렴. 다음부터 약속은 꼭 지키겠다고."

"응……. 네, 지킬게요. 죄송해요, 어머니."

"좋아. 그렇다면 됐단다."

눈물이 그렁그렁한 에밀리아의 맹세에 포르투나는 사랑하는 딸을 품에 끌어안았다. 세게 꼭 껴안고 옹알옹알 오열하는 딸의 은발을 다정하게 쓰다듬었다.

"그래서, 쥬스 쪽은 괜찮고?"

"제, 제게는…… 너, 너무나 눈부시기 짝이 없는 광경이라, 눈물을, 눈물을 참을 수 없어서……!"

어이없는 표정의 포르투나 앞에서 나무그늘 아래 쪼그려 앉은 쥬스가 소매로 통곡을 숨기고 있었다. 어머니와 딸의 대화를 지척에서 보다가 감격이 북받친 모양이다. 에밀리아에게 울보라고 평가받은 것도 아주 부정할 수만은 없다. 그 모습을 흘겨보던 포르투나는 에밀리아에게 갸우뚱하고 말했다.

"그건 그렇고, 에밀리아, 요정님이라고 그러던데……."

"아, 응. 요정님. 전부터 줄곧, 날 도와줘서……. 이리 온."

눈에 안 보이는 친구가 아닌가 하고 불안해하는 포르투나를 눈치채지 못하고 에밀리아가 살짝 말을 붙였다. 그 순간 에밀리아 주위에 무수한 빛이 넘쳐 포르투나와 쥬스는 매우 놀랐다.

"설마 미정령……? 그것도 이렇게나 많이."

"이 나이에 이만한 미정령을 거느릴 수 있다니, 놀라운데요. 아무래도 에밀리아 님께는 정령술사의 천성이 깃든 것 같군요."

"미정령? 정령술사의 천성?"

두 사람의 반응과 낯선 단어에 에밀리아는 어리둥절하며 갸웃거렸다. 그런 에밀리아의 물음에 쥬스는 "네." 하고 깊이 끄덕인 다음 말을 이었다.

"에밀리아 님께서 요정이라고 부르는 이들은 미정령이라고 불리는 존재입니다. 온 세상 어디에나 존재하죠. 그런 이들과 마음을 주고받아 계약을 맺어서 힘을 빌리는 이를 정령술사라고 합니다."

"나, 그거 될 수 있어?"

"에밀리아 님께서 튼튼하게, 이렇게 정령의 호감을 받는 채로 성장하신다면 틀림없이."

쥬스의 설명에 에밀리아의 얼굴이 활짝 밝아졌다. 정령술사라는 게 요정과 친하게 지내는 사람을 말한다면 그게 되고 싶다고 에밀리아는 가슴이 들떴다.

"잠깐, 쥬스. 이상한 소리 불어넣으면 안 돼. 미정령이랑 좀 얘기할 수 있는 정도로 정령술사가 될 수 있다니……. 그런 건 이 애에겐 필요 없어."

"포르투나 님, 에밀리아 님도 마냥 어리지만은 않습니다. 언젠가는 거목의 옹이구멍에 가둘 수가 없어집니다. 포르투나 님이나 다른 분들이 곁에 계시지 못할 때도 있겠죠. 그렇게 됐을 때 그들은 에밀리아 님께 힘이 되어 줍니다."

"하지만 그렇게 위험할지도 모르는 일을 귀여운 에밀리아에게……."

에밀리아의 교육 방침을 둘러싸고 두 사람이 말다툼을 벌인다. 그 모습에 에밀리아는 잽싸게 쥬스 뒤로 돌아가 포르투나에게 메롱— 하고 혀를 내밀었다.

"나 오늘은 쥬스 편! 꼭 정령술사가 될 거다 뭐!"

"봐, 진담으로 들었잖아. 쥬스, 어떻게 책임지려고 그래?"

"아아, 아뇨. 참으로, 어, 으음, 난처하군요……."

고집스러운 에밀리아와 그에 애먹는 포르투나. 둘 사이에 끼어서 쥬스는 쩔쩔매지만, 그 모습에 에밀리아는 "응—?" 하고 눈이 가늘어졌다. 그리고.

"왠지 포르투나 어머니랑 쥬스는, 아빠랑 엄마 같아."

"뭣?!"

악의 없는 얼굴로 에밀리아가 말하자 그 발언에 포르투나의 얼굴이 새빨개졌다. 어머니는 허둥지둥 손사래 치다가 에밀리아의 머리를 무턱대고 어루만지더니 말했다.

"저, 저기 말이야, 에밀리아. 이상한 말 하지 말렴. 어머니랑 쥬스는 벌써 아주 오래 알고 지내서, 그러니까 그렇게 말할 만한 관계가 아니야."

"그래요, 에밀리아 님. 저와 포르투나 님은 참으로 오래…… 오랜 시간을 산 제게는 포르투나 님조차 어린아이나 마찬가지입니다."

"우……."

포르투나의 빠른 말을 쥬스가 부드럽게 옹호했다. 그러나 그 내용에 왠지 포르투나가 언짢아진 것을 에밀리아는 알 수 있었다. 쥬스는 눈치채지 못했다.

"아무리 그래도 어린아이는 말이 과하지. 내가 대체 지금 몇 살인 줄 알기나 해?"

"아, 아뇨. 말이 그렇다는 겁니다. 물론 정확히 연세는 파악하고 있고, 포르투나 님은 어린아이라고 하기에는 과분할 만큼 아름답게 성장하셨습니다만……."

"흠흠……. 뭐, 됐어. 용서할게. 그래도 엄—청 반성해."

"네에……."

팔짱을 낀 포르투나는 갸웃거리는 쥬스에게 반성을 촉구했다. 하지만 그런 포르투나의 상한 기분이 회복된 것을 에밀리아는 알아챘다. 쥬스는 잘 모르고 있다.

그리고 잘 모르는 표정인 채로 쥬스는 에밀리아에게 끄덕이더니 말했다.

　"좀 이야기는 엇나갔습니다만, 포르투나 님과는 그토록 오래 알고 지낸 사이예요. 그야말로 에밀리아 님의 아버님과 어머님께서 건재하실 적부터……."

　"──쥬스!"

　"……죄송합니다."

　부드럽게 화제를 되돌리려던 쥬스를, 안색을 바꾼 포르투나가 질책했다. 조금 전까지 화목하게 대화하던 분위기가 사라지고, 자신의 말실수를 깨달은 쥬스가 씁쓸한 표정을 지었다.

　"아버님이랑, 어머님……?"

　"미안해, 에밀리아. 그 이야기는 나중에 다시 하자. ……그보다 슬슬 방에 돌아가 있으렴. 맘대로 빠져나온 거, 아직 반성은 덜 끝났으니까."

　"나중에 다시……. 진짜로 해 줄 거야?"

　에밀리아는 볼을 부풀리며 이야기가 도중에 끝난 데에 불만을 표명했다. 그러나 포르투나는 뾰로통한 에밀리아의 볼을 눌러서 푸─하고 공기를 뺀 다음에 말했다.

　"착한 애니까 얌전히 기다리고 있으렴. 쥬스하고도 다음에 또 정식으로 만나게 해 줄게. 그…… 또 기회는 꼭 만들 테니까."

　"진짜로 진짜? 약속해 줄 거야? 배신 안 할 거야?"

　"어쩜 애 좀 봐. 어디서 이런 생떼를 배워 왔대."

　직전에 약속은 지켜야 한다고 타이른 참이다. 사랑하는 딸이 그 이야기를 들고나오자 포르투나는 어쩔 수 없이 쓴웃음 짓고 에밀리아를 껴안았다.

"그래, 약속이야. 어머니랑 에밀리아의, 엄—청 중요한 약속."

"……응. 알았어. 그럼 방에 돌아가 있을게."

약속은 중요하다. 그러니까 포르투나의 약속을 믿고 에밀리아는 끄덕였다.

포옹이 풀리자 에밀리아는 이번엔 쥬스 쪽으로 달려갔다. 에밀리아는 자신을 바라보는 쥬스에게 손을 뻗고 웃었다.

"또 봐, 쥬스. 너무 많이 울면 안 돼. ……다음에 만날 때까지 약속."

"—네. 반드시, 또 다음 기회에. 기대하고 있겠습니다."

뻗어온 작은 손을 잡고 미소 짓는 쥬스와 에밀리아가 악수를 나누었다. 그렇게 두 사람은 맞잡은 손바닥의 온기를 교환해서 작별 인사로 삼았다.

그대로 에밀리아는 『공주님 방』으로 돌아가려다가—.

"—왔나 보군."

그것은 과거의 목소리가 아니다. 바로 등 뒤에서 닿는, 『현재』가 부르는 소리다.

이 과거의 세계에서 유일하게 에밀리아와 같은 시간을 공유하는 마녀의 목소리.

그때까지 잠자코 과거를 지켜보던 에키드나의 중얼거림에 에밀리아 또한 고개를 들었다. 그리고 에키드나의 말이 가리킨 의미를, 바로 깨달았다.

──그것은 하얀 인상의 청년이었다.

길지도 짧지도 않은 하얀 머리카락, 그을리는 것과는 인연이 먼 뽀얀 피부. 몸에 두른 의상은 티 하나 없는 순백으로, 외부의 간섭이라면 『색깔』조차 피하는 병적인 느낌이 들었다.

이목구비는 단정하지만 두드러진 점 없이 평범하다. 군중에 섞이면 금방 묻힐 무개성의 극치. 하지만 그 인상이야말로 그 남자가 이분자라는 확고한 증거다.

"……누구?!"

그 이질적인 존재감을 포르투나와 쥬스도 즉각 알아챘다. 포르투나는 순간적으로 에밀리아를 끌어안고, 청년에게 심상찮은 경계를 쏟았다. 그 반응에 청년이 느릿한 발놀림으로 숲을 지나고는 백발을 손으로 쓸어 올리면서 입을 열었다.

"남의 이름을 물을 때는 먼저 자기부터 대는 게 도리 아니야?"

그 대구에 포르투나의 감정이 단숨에 싸늘해지고 경계가 더욱더 강해졌다. 그러나 청년은 그 적의도 아랑곳하지 않으며 따분한 내색으로 어깨를 으쓱였다.

"방금 건 참으로 진부한 대구지만 실제로 자기가 그 상황에 맞닥뜨리니 역시 말하고 싶어지는 기분도 이해가 되는걸. 피차 얼굴을 보는 건 처음이고 지금부터 관계를 가진다는 의미로는 틀림없이 대등한 입장일 텐데 어째서 일방적으로 깔아보는 투로 이름을 대라고 다그치는 소리를 들어야 하지? 그 부분에 자각은 있나? 넌 무의식중에 무신경하게 무덤덤하게, 이기적으로 날 깔보고 있단 걸 말이야."

"……남자면서 장황한 이야기를 꽤 좋아하나 봐."

"'남자면서' 라니 참 비교할 만한 남자도 없나 보다 싶은 편견이 엿보이지. 애초에 온 세상에 셀 수도 없을 만큼 있는 남자란 생물과 나를 어떤 권리가 있어서 비교한대? 그 태도는 말이야……. 그냥 넘어가기 좀 어렵군. 그건 너무 예의가 없어. 나라는 개인을, 그 권리를 업신여기고 있어."

포르투나의 일언일구마다 청년의 말주변은 서서히 광기를 부풀려 갔다.

그 언동, 그리고 무엇보다 태도에 위험성을 느낀 포르투나는 에밀리아를 등 뒤에 숨기고 청년을 매섭게 노려보며 고함쳤다.

"이제 그만 자기 자신에게 취한 채로 말하는 걸 집어치워! 당신은 대체 누구야!"

포르투나는 청년의 말에 귀 기울이지 않고 여전히 이름을 캐물었다.

그 말에 청년의 표정이 변화했다. 이야기가 가로막혀 흥이 깨졌던 얼굴이, 내키지 않는 눈치이던 볼이 천천히 음험한 웃음을 꾸미고——.

그리고 『과거』와 『현재』 양쪽에서 굳어버린 에밀리아 일행에게, 말했다.

"마녀교 대죄주교 『탐욕』 담당, 레굴루스 코르니아스."

제2장 『성역의 시작과 붕괴의 시작』

1

　──시간은 약간 거슬러 올라가, 장소는 에밀리아가 도전한 묘소 밖으로.

　묘소 앞에 있는 초원. 그곳에는 『시련』에 임하는 에밀리아를 배웅하고 그녀가 무사히 돌아오기를 기다리는 무리가 있는데──.

　"약속 어기고 쓴 러브레터가 다른 놈에게 먼저 들켰어……. 다 끝장이야."

　"아무리 그래도 너무 낙담하잖아. 허리 쭉 펴, 허리."

　이 세상의 종말이라는 양 웅크린 스바루의 모습에 반라의 가필이 한숨짓고 있었다.

　찔린 기색도 없는 가해자의 태도에 피해자로서는 하고 싶은 말이 많지만, 궁극적으로는 스바루 본인이 조심스럽지 못한 게 원인이다. 감수하고 이 굴욕을 견딜 수밖에 없다.

　──묘소에서 거행되는 『시련』을 받는 에밀리아. 그녀의 결의를 응원하기 위해 스바루가 자신이 품고 있는 크고 작은 다양

한 마음을 석실 벽에다 이것저것 새긴 것은 어젯밤이었다. 거기에는 말로 전달한 마음도, 미처 못 전한 마음도 통째로 글자로 써 새겨 두었는데.

"설마, 가필이 매듭을 지으려 먼저 들어갈 줄은 상상도 못해서……."

"평소에는 그토록 남들 앞에서 잘만 꼬드기다가, 막상 글자로 표현하자마자 부끄러워하는 건 대체 뭐예요? 나츠키 씨, 수치심 느끼는 데가 이상하지 않아요?"

"만날 하는 건 스리슬쩍 넘어가는 걸 각오하고 있고 실제로 스리슬쩍 넘어가니까 괜찮단 말이야! 하지만 이번 건 진지하다고! 게다가 말 그대로 심야의 러브레터……. 제일 부끄러운 거잖아!"

붉어지는 얼굴을 두 손으로 가린 스바루의 자기 반성에 오토는 어이없는 얼굴로 어깨를 으쓱였다.

한밤중에 이상하게 들떠서 평소에는 안 떠오르는 어휘가 쏟아지는 것은 흔히 있는 이야기다. 이튿날 아침에 돌이켜 봤다가 몸부림치며 괴로워하는 전개랑 한 세트로 정석이다.

"걱정 마서, 대장. 딱히 이상한 점 없었다고. 오히려 이 어르신도 본받고 싶었을 정도다. 『사랑은 링던의 선인을 본받아라』라잖아."

"너한테 그럴 마음은 없어도 가해자가 말하면 도발밖에 안 되거든."

악의 없이 말한 가필은 아무래도 사랑의 편지 작전을 짝사랑

상대——람에게 감행하고 싶은 듯하다. 하지만 마음에 철벽을 세운 람에게는 아마 튕겨 나오고 끝날 것이다.

어쨌든 그런 대화를 나누면서 스바루 일행은 『시련』의 종료를 고대했다.

후련한 각오와 함께 에밀리아는 묘소에 들어갔다. 한번은 마음이 꺾여 눈물에 빠진 『시련』이지만 필시 극복해 줄 거라고 믿고 있다.

"가필 때는 한 시간쯤 걸렸으니 비슷하게 걸리려나."

"성공했을 때는 그렇겠죠……. 아야아?! 그리고 아파앗?!"

"——조금은 분위기를 파악해."

무신경한 오토에게 스바루가 팔꿈치를 찍자 마침 다가오던 람의 추가타가 물 흐르듯이 들어갔다. 오토의 이마를 손가락으로 튕긴 람은 차가운 실눈으로 말했다.

"분위기 파악도 못하긴……. 그러고도 상인이야?"

"그 말이 맞은 것보다 더 아픈데요……."

날카롭게 날 선 독설에 오토는 몸과 마음의 아픔에 그로기 상태가 되었다. 람은 그 처량한 얼굴을 본체만체하며 "그런데." 하고 스바루 쪽을 돌아보았다.

"류즈 님…… 본인께서 바라시니 시마 님이라고 불러드리겠는데, 시마 님이 바루스와 얘기하고 싶어 하셔. ——어젯밤의 뒷이야기를 하고 싶으시대."

"어젯밤의 뒷이야기라……."

람의 말에 스바루는 팔짱을 끼고 미간에 주름을 잡았다. 그때,

그 대화를 주워들은 가필의 녹색 눈이 동그래지면서 "그러고 보니." 하고 대화에 끼어들었다.

"자세히 물을 겨를 없었는데 말이지. 결국 대장은 할머니…… 할멈하곤 어젯밤, 뭘 어디까지 얘기했던 거야?"

"굳이 말을 안 고쳐도 네가 할머니 졸졸 따르는 애인 건 다 들켰다고. ……대략적으로 들을 수 있었던 건, 묘소에 들어갔을 때의 네 이야기야. 어제는 너 때문에 머리가 가득했어."

"……그러시우."

가필은 시선을 피하고 겸연쩍은 표정을 지었다. 『시련』에서 자기 과거에 매듭을 지었어도 끊임없이 후회하던 나날은 사라지지 않는다. 겸연쩍은 기분도 들 수밖에 없다.

"좌우간 어제는 네 공략법만으로 벅찼어. 그러니 시마 씨에게는 약속만 받고 중요한 이야기는 가필을 혼쭐 낸 다음에 하기로 했단 거지."

"혼쭐이 났다는 당사자 가프는 불만스러운 낌새인데, 대체 뭘 뒤로 미룬 거야?"

"그건……."

"——이 『성역』을 해방하는 데에 있어서 피해서 갈 수 없는 얘기일세."

스바루의 말을 받아 나직한 목소리로 그렇게 말한 사람은 시마였다. 시마는 똑 닮은 존재—— 아니, 내력을 따라가면 동일한 존재인 류즈의 부축을 받아 다가오고 있었다.

그 표정은 딱딱하고 내뱉는 숨결도 심히 피로가 느껴졌다.

"스 도령에겐 얘기했을 테지. 우리 몸은 정령과 똑같아서 항상 소모되고 있다고."

"……아, 그렇군. 류즈 씨는 3교대를 하지만 그 로테이션에서 빠진 시마 씨에겐 대신할 사람이 없어. 그래서 이렇게나 지친 건가."

"평소에는 고정된 시간에 기상하고 있으니 사라질락 말락 할 일은 썩 없네만. ……에밀리아 님께서 돌아오시기 전까지 버틸지 별로 자신이 없네. 따라서 할 얘기를 합세."

시마는 류즈에게 부축받으면서도 꿋꿋하게 고개를 들고 스바루에게 끄덕였다.

"잠깐만. 그렇게 무리할 필요가 어디 있어? 할멈 대신에 건강한 할멈이……."

"알아먹기 힘드니 앞으로는 시 할멈이랑 류 할멈으로 분간해. 그리고 그럴 수가 없거든. 이 얘기는 시마 씨 입에서밖에 들을 수 없어."

가족을 끔찍이 생각하는 가필이 무리하는 시마를 닦달하듯이 배려했다. 스바루도 양식적인 면에서 그 의견을 존중하고 싶었지만, 그렇게 말할 수만도 없었다.

시마가 지금부터 하려는 얘기는 『성역』에서도 시마와 당시의 관계자밖에 모를 『성역』의 성립 과정에 관한 과거다. 그리고 그것은——.

"——묘소에 들어가 『시련』을 받은 적이 있는 나밖에 못할 얘기니 말일세."

"아……."

가필이 그 사실을 깨닫고 아연하게 숨을 내뱉었다.

옛날에 시마가 묘소에 들어간 이유는 다름 아닌 묘소에 들어간 어린 시절의 가필을 데려오는 것이었다. 그 결과, 시마는 묘소에서 과거를 보았다. 그것이 바로——.

"우리, 복제체의 시조……. 류즈 메이엘, 그 사람의 기억."

——숲속 깊이 숨겨진 복제 시설, 그 크리스털 안에서 잠자고 있는 소녀.

그녀가 곧 류즈 메이엘이며 시마를 비롯한 복제체의 오리지널에 해당하는 인물이다. 복제체인 시마는 묘소에서 류즈 메이엘의 생전 기억을 추체험했다.

따라서 지금부터 설명하는 이야기는 류즈 메이엘이 품은 과거의 후회이자 이 『성역』의 성립 자체에 관한 기억——.

"로즈 도령의 메이더스 가문이 품은 비원과, 『성역』을 만드신 마녀님의 존재와 목적. ——그리고 류즈 메이엘에게 유일한 친구였던, 마녀님의 따님."

"마녀의, 딸……?"

류즈가 입에 담은 말에 스바루만이 특별한 감명을 받고 눈썹을 치켜들었다.

이는 가필이나 류즈, 람과 오토도 알 수 없는 스바루에게만 짚이는 곳이 있는 말이자 불가항력적으로 마음이 쑤시는 갈망에 대한 언급이다.

스바루의 그 반응에 시마는 어린애에게 옛날이야기를 말해 주듯 부드러운 목소리로 입을 열었다.

"시작은, 아직 이곳이 『성역』이란 이름이 붙기 전이었으이."

먼 곳을 바라보는 눈. 이야기하는 것은 후회를 따라가야 할 추억——.

——그런데 그 눈빛에는 후회와는 거리가 먼 동경과 깊은 친애가 가득했다.

2

"——대체 뭐인 것이야. 그런 눈으로 봐도 아무것도 안 줄 거라고."

생소한 기억은, 언짢아 보이는 소녀가 노려보는 시선에서 시작되었다.

깜찍하게 생긴 소녀다. 흐릿해서 빛에 녹아드는 색조를 띤 머리카락에 티 없이 하얀 피부. 옅고 파란 눈동자는 동글동글해서 소녀의 용모를 가련하단 한마디를 통해 궁극적으로 표현하고 있다.

두 갈래로 갈라진 머리카락을 크고 길게 말고서, 차분한 색감의 드레스를 소화한 모습은 그림책에 나오는 공주님과 다름없다. ——실제로 그만큼 지엄하신 분이다.

그런 소녀에게 험악한 눈길을 받아 류즈는 완전히 위축되고 말았다.

비교하기도 주제넘지만 눈앞의 소녀와 자신은 품격에서 너무나 차이가 난다. 용모도 복장도 궁상맞고 연령만이 가까워 보이는 게 더욱 수치심을 부추겼다.

"흥. 또 입 다물지. 겁쟁이에 따분한 애인 것이야."

류즈가 우물쭈물 고개를 내리 숙이자 소녀는 불만스럽게 콧방귀를 뀌었다. 그 언짢은 태도마저 가련한 용모에 상쇄되지만 류즈의 마음에는 가시처럼 말이 박혔다.

근심은 매도가 아니라 실망에 기인했다. 그 사실에 류즈가 숨을 죽이고 있으려니──.

"베아트리스, 그 태도는 뭐지? 내가 너한테 그렇게 행동하라고 가르쳤던가?"

부드러운 음성에 소녀의 표정이 굳는다. 류즈는 "아." 하고 죽이던 숨을 내쉬었다.

목소리는 소녀의 등 뒤, 다시 말해 류즈의 정면에서 와 닿은 것이었다. 시선 앞, 촌락 깊숙이 있는 판잣집에서 나온 것은 새하얀 인상의 여성이었다.

실고 윤기가 나는 천연 백발에 빛조차 어림없을 정도로 하얀 피부. 눈과 입술, 몸에 입고 있는 기장이 긴 드레스만이 가까스로 색채를 띠고 있으며, 그 미모에는 더 이상의 요소가 필요 없었다.

"에키드나 님."

크나큰 은혜를 입은 마녀── 에키드나의 이름을 말한 류즈는 당황하며 머리를 조아렸다. 베아트리스라고 불린 소녀는 그러는 류즈를 거들떠보지 않으며 황망하게 뒤돌아보았다.

"아, 에으……. 아, 아니야, 어머니! 베티는 아무것도…… 그냥, 이 애가."

"찔리는 데가 없으면 당황할 필요도 없어. 사실을 정확하게 전달하기만 해도 돼. 자신이 잘못하지 않았다고 생각한다면 그러는 데에 망설임도 없겠지? 내 말이 틀린가?"

"틀리지 않은, 것이야……."

에키드나에게는 감정적이지 않지만 찬찬히, 의연하게 몰아세우는 엄격한 태도가 있었다. 류즈는 딸에 대한 엄격한 태도라고 보지만, 토라진 얼굴의 베아트리스는 그렇게 여기지 않는 눈치였다.

"어머니의 말씀대로 베티는 밖에서 조용히 기다리고 있었어. 그랬더니 이 애가 베티를 멀찍이서 보고 있어서…… 그래서 이리로 불러서 무슨 용무 있냐고 물었던 것이야."

"그렇군. 그럼 거기 네 주장도 들어볼까."

"엇……. 저기, 아뇨, 네. 죄송합니다. 제, 제가 무례한 짓을 저질러서……."

화제가 돌아와서 소스라친 류즈가 베아트리스의 의견을 옹호했다.

베아트리스의 설명은 사실이다. 촌락 변두리에서 베아트리스의 모습을 발견한 류즈는 멍하니 그녀를 바라보고 있었다. 그게 발견되어 추궁을 받다가 이런 상황에 빠졌다.

"울적하게 계시던 베아트리스 님을 넋 놓고 보다가……. 그래서, 그만."

"넋 놓고 봤다라. ……베아트리스, 류즈는 이렇게 말하고 있는데?"

"으뮤……."

"어른이 아닌 네게 어른스럽지 못하다고 말하는 건 옳지 않지만, 태도에 관용이 좀 모자라. 넌 확실히 특별하지만 그건 다른 이를 업신여기기 위한 게 아니다. 늘 하는 말이지?"

류즈의 대답을 받고 에키드나가 베아트리스에게 뭔가 어려운 주의를 주었다. 그 말에 베아트리스는 완전히 풀 죽은 기색이지만 류즈는 류즈대로 속으로 대혼란이었다.

──설마 위대한 마녀인 에키드나 님이 자신의 이름을 기억해 주고 있었을 줄이야.

이곳은 작은 촌락이지만 자신은 그 중에서도 가장 작은 존재다. 그런 자신의 이름을 기억해 주었다는 행복에 『탐욕의 마녀』의 사도로서 간담이 떨렸다.

"그 부분은 쥬스에게 맡기마. 아마 힘내서 지도해 주겠지."

"……베디는 쥬스, 별로 좋아하지 않는 것이야."

"미움받는 게 자기 역할이라고 생각하는 그에겐 바랄 나위 없는 평가야."

싫은 티를 내는 베아트리스에게 미소 지은 에키드나가 류즈 쪽으로 고개를 돌렸다.

그 사실에 심장이 뛰었다. 대화에 낄 기회를 놓쳐 언제 이곳을 벗어나야 적절한지 망설이던 류즈는 에키드나의 의식에 아직 자기가 남아 있었다는 사실이 놀라웠다.

그뿐만이 아니라 에키드나는 놀라서 굳은 류즈의 어깨를 살짝 건드리고 말했다.

　"놀라게 했구나, 류즈. 이 아이는 베아트리스. 내…… 딸 같은 입장이야. 보는 바대로 아직 교육이 덜된 게 부끄럽지만."

　"같은 입장이 아니라, 딸이야!"

　"그래, 그렇다는군. 앞으로도 나와 함께 이곳에 발걸음을 옮길 일이 늘 거야. 접할 기회도 많아질 테니 친하게 지내 줬으면 좋겠어."

　"네, 넷. 맡겨 주세요! 에키드나 님."

　마녀의 부탁이라는 영예에 류즈는 기뻐 눈을 빛내며 끄덕였다.

　류즈의 승낙에 에키드나는 만족스럽게 끄덕였다. 그 뒤에서 베아트리스만이——.

　"……딱히, 베티는 혼자라도 아무 문제 없는 것이야."

　삐진 듯이 중얼거리고 있었다.

3

　"거기 너, 미안한데. 에키드나 님이 계실 텐데, 못 봤어?"

　"네?"

　빨래바구니를 나르던 류즈는 부르는 소리에 발길을 멈추고 천천히 돌아보았다.

　그리고 불러 세운 상대의 얼굴을 목격하자 "와." 하고 눈이 동그래졌다. 놀란 바람에 무심코 팔 힘이 느슨해지자 그 자리에 빨래바구니를 떨어뜨릴 뻔했다.

"이크."

"꺄……. 아, 죄, 죄송해요!"

긴 다리로 한 걸음 성큼 거리를 좁힌 상대가 빨래바구니를 받쳐 주자 류즈는 고개를 숙였다. 남색 머리 소년은 그 모습에 쓴웃음과 함께 "신경 안 써도 돼." 하고 고개를 가로저었다.

"나야말로 일하는 도중에 말을 걸어서 미안했지. 배려가 모자랐어."

"그렇지는……! 메이더스 님께 황공한 말씀이에요!"

"입장과 관계없이 여성에 대한 배려를 잊지 말라고 하지. ……하나만 부탁하자면 집안 이름으로 부르는 건 별로 좋아하지를 않아. 로즈월이라고, 그렇게 불러줄 수 없을까?"

황송해하는 류즈에게 그렇게 말한 소년—— 로즈월은 한쪽 눈을 감아 보였다.

연령은 열두 살인 류즈보다 네 살가량 위로, 키가 머리 하나는 더 크다. 그런데도 아직 몸이 다 자라지 않아 맑게 퍼지는 목소리도 어른으로 성장하는 과정에 있었다. 소년과 청년 사이, 그 짧은 시간에만 있을 수 있는 배덕적인 색향과 타고난 기품으로 가득한 소년이다.

그도 그럴 만하다. 로즈월은 그 젊은 나이에 여러 영지를 다스리는 메이더스 가문의 당주이며, 에키드나와 함께 숲의 촌락을 관리하는 학식 있는 인물로서 류즈를 비롯한 이들의 관리자인 것이다.

촌락 사람들로서는 마녀 에키드나와 마찬가지로 경의를 표해야 할 상대였다.

"그래서, 저기, 에키드나 님 말씀인데요……. 아직 오늘은 못 뵈었어요. 베아트리스 님도 항상 있는 곳에 안 계시는 것 같아요."

"그래. 도착이 늦었을지도 모르겠군. 에키드나 님은 몰라도 베아트리스가 여기에 와서 널 만나러 가지 않는 일은 웬만해선 없으니."

"어어, 저…… 베아트리스 님이 저와 얘기하는 일이 많은 건 우연이라고…….."

"우연이라. 그건 베아트리스가 그렇게 주장하기 때문이잖아?"

장난스러운 파란 두 눈에 류즈는 볼을 붉히면서 끄덕였다.

다망한 와중에 짬을 내서 이 땅을 찾아와주는 에키드나. 그녀와 동행하는 베아트리스와는 에키드나가 용무를 마치는 동안 틈틈이 얼굴을 맞대며 접촉할 기회가 많았다.

류즈의 답변에 로즈월은 "풋." 하고 참다못해 웃음을 터트렸다.

"베아트리스도 솔직하지 못하니까 말이지. 네가 그 애를 거북하게 여기지 않으면 좋겠는데."

"거북하다뇨. 저 같은 것에게 잘 대해 주세요. 제 쪽이야말로 늘 베아트리스 님의 화를 돋워서…… 미움받는 게 아닐까 걱정할 정도라고요."

"그럼 걱정할 것 없어. 베아트리스의 '싫어'는 별로 신빙성이 없거든. 진짜로 싫어한다면 이러니저러니 주장하면서 따라오지 않기 마련이지."

이를 드러내며 웃는 로즈월의 말에 류즈는 반신반의했다. 베아트리스가 류즈에게 보여주는 얼굴은 뾰로통한 얼굴이 많고, 곧잘 뭐든 토를 달고 싶어 했다. 그건 류즈가 아는 거절보다 훨씬 부드러운 것이지만 부정은 싫어한다는 표현임이 틀림없는 것 같은데.

"언젠가 네게도 그 애의 본심이 전해지면 좋겠는데 말이야."

입을 다물고 만 류즈를 보고 로즈월이 왠지 쓸쓸하게 그렇게 뇌까렸다. 웃음은 어렴풋한 쓴웃음으로 변하고 그 사실에 류즈의 가슴이 옥죄였다.

그러나 그에 대해 사과하기보다 먼저 로즈월은 무언가를 알아챈 표정을 짓고 입을 열었다.

"선생님! 이쪽에 계신다고 듣고 오늘은 날아왔어요!"

활짝 눈을 빛내며 어린애 같은 얼굴로 로즈월이 달리기 시작했다. 어른스러운 분위기가 싹 사라진 소년이 달려간 방향은 그 모습에 한숨짓는 예의 마녀, 에키드나가 있는 곳이었다.

"로즈월……. 너한테 날 스승이라고 부르게 허락한 기억은 없는데."

"오늘이야말로 그럴 수는 없지요. 전에 선생님에게 들은 과제, 완벽하게 습득했습니다. 4색 마나의 집속률을 균등하게 맞추어 속성에 의존하지 않는 마력으로 삼는다. 거기에 남은 2색을 더함으로써 무지개색 속성에 이른다. ──어떤가요?"

"과제로 낸 것은 4색이었을 텐데 독학으로 6색에 이르렀나. 앞날이 두려운 숙련 속도와 학습 의욕……. 정확히는 집념인가. 나 원, 너한테는 놀라겠어."

에키드나가 감탄했다는 사실에 류즈도 눈을 크게 떴다. 에키드나는 만사에 달통한 마녀이며, 그녀의 상상이 뒤집히는 건 그거야말로 상상도 되지 않는다.

그렇기 때문에 그걸 달성한 로즈월의 자랑스러워하는 모습이 흐뭇했다. 류즈의 눈에도 로즈월이 에키드나를 강하게 흠모하고 있는 건 분명했다. 마녀의 제자임을 자칭하는 로즈월의 경애에는 천하의 에키드나마저도 쩔쩔매는 것이었다.

"뭐—얼 멍하니 서 있는 것이야. 변함없이 정신을 딴 데 둔 애구나."

"아…… 베아트리스 님……."

스승과 제자를 바라보는 류즈를 옆에서 베아트리스가 들여다보았다. 놀라는 류즈. 팔짱을 낀 베아트리스가 낯익은 찡그린 표정으로 콧방귀를 뀌고 있었다. 그 얼굴에 낯익을 만큼 찡그린 표정만 짓게 하는 게 류즈는 미안했다.

"어머니는 로즈월과 할 말이 있는 것이야. 둘 다 이제 네게 관여할 여유는 없어. 그 빨래바구니도 거추장스러우니 넌 얼른 일하러 돌아가."

"네, 넷. 그럴게요. 그럼 실례하겠습니다."

신랄한 베아트리스에게 류즈는 굽실굽실 머리를 숙이고 총총히 그 자리를 벗어났다.

로즈월은 그렇게 말해줬지만 역시 베아트리스에게는 미움받고 있다는 생각에 류즈는 완전히 자신감을 잃었다. 그리고 그때 문득 깨달았다.

"저, 베아트리스 님?"

"아무것도 아니야. 단순한 심심풀이인 것이야."

　빨래바구니를 고쳐 안은 류즈 뒤를 베아트리스가 아장아장 따라오고 있었다. 그녀는 류즈의 의혹을 새침한 얼굴로 대꾸하고 걷는 것을 재개해도 역시 따라온다.

　류즈는 잠시 생각했다. 그리고 과감하게 로즈월의 말을 믿기로 해서.

"베아트리스 님, 괜찮으시면 빨래 개는 걸 도와주실 수 없을까요?"

"……뭐어?"

　황공하게도 잡무를 도와달라는 류즈의 제안에 베아트리스가 얼떨떨해졌다. 베아트리스의 그 반응에 류즈는 로즈월의 말에 넘어갔다고 후회감이 들려 했다.

"──너 혼자서는 힘에 부친다면, 별수 없으니 베티가 도와주겠어."

"네?"

"두 번 말 안 하는 것이야. 자, 얼른 가. 가는 것이야."

　그렇게 말하고 베아트리스는 무심코 경직된 류즈의 옆을 빠르게 앞질러 나갔다. 옆을 지나는 순간, 베아트리스의 입매는 어이없는 감정 절반, 그것과는 다른 감정 절반으로 미소를 띠고 있었다.

"──아."

화끈─하고 류즈의 가슴속이 뜨거워지고 눈에 물씬 뭔가가
치밀었다.

그것을 겨우 억누르고 류즈는 베아트리스 옆에 잔달음질로 붙
어서 얼굴을 들여다보았다.

"저기…… 만약 괜찮으시면 빨랫감을 좀 들어 주셔도 될까
요?"

"너 말이야. 너무 우쭐대지 말고. ──조금만인 것이야."

그렇게 말하고 베아트리스는 내키지 않는 얼굴로 빨래바구니
에 손을 뻗었다.

4

──하루하루가 온화하게 지나간다.

이 땅에 오기 전까지 류즈에게는 별별 일이 다 있었다. 좋은 일
도 나쁜 일도. 나쁜 일 쪽이 약간 많은 여정이었지만 계속 걷다
가 여기까지 올 수 있었다.

같은 처지의 동료들은 다정했으며, 어리고 약한 류즈를 상처
입히지도 않았다.

한번 고향 이야기가 나왔을 때, 고향에 좋은 추억이 없다고 류
즈가 말하자 "우리도 똑같아." 하고 누군가가 웃었다. 웃은 다
음에, "이곳을 모두의 고향으로 삼자." 하고 말했다.

누가 말했는지는 기억나지 않는다. 그렇지만 그 말을 류즈는 오랫동안 기억했다.

촌락에는 에키드나가 곧잘 얼굴을 내비쳤다.

마녀님이라고 모두에게 흠모를 받는 그녀는 류즈만이 아니라 촌락 사람들 모두의 은인이었다. 그리고 마녀님의 구원은 모두에게 고향을 내려준 것만으로 그치지 않았다. 생활의 불편을 개선하며 부족한 것을 마련하고, 그 모든 것에 보답마저 바라지 않았다.

단지 딱 한 번, 류즈는 모두의 인사에 "신경 안 써도 된다." 하고 대답한 에키드나가 흐릿하게 미소 짓는 모습을 본 적이 있었다. 그 미소에 류즈는 지금 이렇게 미소 짓기 위해서 에키드나는 이만큼 애쓴 거라고 이해한 느낌이 들었다.

그런 에키드나의 방문에는 딸인 베아트리스가 반드시 따르고 있었다.

촌락에 오면 많은 이들에게 둘러싸이는 에키드나는 반드시 베아트리스에게 자유행동을 명령했다. 베아트리스는 그 자유 시간을 대부분 류즈 근처에서 보냈다.

어린애여도 촌락의 일원인 류즈가 할 일은 많다. 빨래나 수선을 하고 있으면 드물게 베아트리스가 마지못해 도와준 적도 있었다. 별로 손재주가 없는 소녀는 투덜대긴 해도 류즈보다 훨씬 일에 집중했다.

일을 거들지 않을 때는 마법 연습에 몰두하는 모습이 자주 보였다.

베아트리스는 자기 몸에 지나치게 큰 책을 껴안고 이런저런 시행착오를 겪으며 마나를 가다듬는다. 마법과는 인연이 없으며 글자를 읽고 쓰지도 못하는 류즈에게는 당최 모를 고뇌다.

거기에 에키드나와 만나러 온 로즈월이 훼방을 놓아서 베아트리스를 화나게 하거나 토라지게 하는 것도 정석이었다. 평소에는 주의하며 귀족답게 행동하는 로즈월은 에키드나와 베아트리스하고 접할 때만은 또래 소년 같다.

로즈월에게 놀림 받아 얼굴을 붉히고 반격하는 베아트리스. 두 사람의 마법 대결을 옆에서 지켜보면서 류즈는 흐뭇한 남매 다툼에 눈웃음을 지었다.

시간이 맞으면 에키드나가 그 다툼을 바라볼 때가 있어서 그 사실을 알아챈 베아트리스와 로즈월의 얼굴이 해쓱해질 때도 있으며, 촌락 사람 모두가 그걸 보면서 웃고.

에키드나도, 로즈월도, 류즈와 다른 사람들도, 베아트리스도 살짝 웃고.

──새로운 고향에서의 나날, 류즈 메이엘의 행복하고 행복하며, 행복한 시간.

5

"이 기억은 단편을 긁어모은 것……. 내 나름대로 시간순으로 정리했다만, 생각 외로 자신과 가장 가까운 타인의 기억을 설명하기란 어렵구면."

말을, 기억을 선별하면서 시마가 류즈 메이엘의 과거를 이야기했다.

기억을 끌어내는 게 익숙해지기 시작했는지 서서히 말이 매끄러워졌다. 그 과거 설명도 일단락이 나서 류즈 메이엘의 관계자는 일단 다 나온 눈치다. 그러나──.

"──베아트리스 님은 변함없다고나 말해야 할까?"

"그에 관해선 나도 완전히 같은 의견이지만…… 첫째로…… 첫째로 말이지."

스바루는 이 자리에서 유일하게 자신과 같은 이유에 놀랄 수 있는 람의 말에 무거운 목소리로 대답했다.

베아트리스── 그녀가 류즈 메이엘의 기억에 나타난 것에 스바루는 충격을 받았다. 하지만 그와 동시에 일종의 수긍도 있었다.

본래 베아트리스가 400년 전, 에키드나와 계약한 정령임은 알고 있었다. 그 에키드나는 로즈월의 선조와 협력해서 『성역』을 만들고, 베아트리스에게는 자신이 죽은 뒤 로즈월의 저택의 금서고에서 『그 사람』을 기다리라고 명령했다.

그러니 베아트리스가 당시의 『성역』에 드나들고 있어도 수긍이 가는 흐름이다.

"베아트리스 씨면…… 아마 변경백의 저택에 있다고, 이름만 들었던 분이죠? 한 번도 뵐 기회는 없었지만요……."

"그래. 그 베아트리스야. 그 녀석, 역시 『성역』의 관계자여서……. 그래서 그때 날 『성역』으로 전이시킬 수 있었군.”

오토의 확인에 수긍한 스바루는 이전 루프의 기억에 이를 갈았다.

지난 루프에서 저택을 구원하러 갔을 때, 스바루는 엘자 일당의 칼로부터 아무도 지키지 못하고, 기어코 베아트리스 또한 눈앞에서 죽게 하고 말았다. 그리고 스바루 또한 엘자의 손에 목숨을 빼앗기려던 순간이었다. ──베아트리스가 스바루를, 『성역』으로 전이시킨 건.

“『징검문』의 응용이라고 해도, 왜 『성역』까지 날릴 수 있었는지는 마음에 걸렸었지. 『징검문』이 친숙한 장소에밖에 날릴 수 없다면, 『성역』은 그 녀석한테…….”

필시 추억이 많은 장소였으리라. 혹은 고향 같은 곳이었을지도 모른다.

그래서 그 짧은 순간에 베아트리스는 스바루를 『성역』으로 피신시킨 것이다.

“──그 꼬맹이에 관해선 모르겠는데, 이 어르신은 마녀 쪽이 신경 쓰이는군. 여기가 『탐욕의 마녀』의 실험장이란 건 알지만, 본인한테 얘기를 들은 적은 없고 말이야.”

“엉? 가필, 너, 마녀와 만난 적 없어?”

“되게 선선히 말하는데요. 나츠키 씨의 의문은 꽤 비정상적이거든요?”

스바루의 반응에 오토가 미심쩍어하지만 방금 가필이 중얼거린 말은 못 들은 척할 수 없었다.

묘소는 에키드나가 잠자는 땅이며, 가필은 『탐욕』의 사도로서 자격도 지니고 있다. 당연히 그것은 에키드나와 만나지 못하면 입수할 수 없는 자격이라고 생각했었는데.

"그런데 지금 말투면 넌 『시련』에서 에키드나와 마주치지 않았단 말이 되지? 그럼 넌 어떻게 『시련』을 극복했다는 판정을 받은 거야?"

"대장이야말로 지금 말투면 마녀와 만났단 뜻으로 들리는데…… 이 어르신은 결판을 내고 왔을 뿐이야. 마녀와는 못 만났어. 안에 대해선 그 이상은 얘기 못해."

"——다시 말해서, 바루스는 『탐욕의 마녀』와 만난 적이 있다는 뜻이니?"

마녀에 관한 의문에 가필이 『시련』의 내용에 대한 명언은 피하면서 대답했다. 그 말에 끄덕인 스바루에게 불현듯 람이 물음을 던졌다.

그녀는 연홍빛 눈을 사악 가늘게 뜨고 조용히 스바루를 쳐다보았다.

"……첫날에, 에밀리아를 데려오려 묘소에 들어간 타이밍에 말이야. 류즈 씨에 대해서라든지 이것저것 들었거든."

"_____."

"야, 왜 그래?"

자신의 『시련』은 언급하지 않고, 스바루는 에키드나와의 만남을 그렇게 설명했다. 그 내용에 침묵하는 람의 모습에 스바루는 의아함을 느꼈지만, 그녀는 곧장 "그래." 하고 짧게 숨을 내뱉더니 말을 이었다.

"의외다 싶었거든. 『성역』에 온 게 처음이라는 데에 비해선 바루스는 유난히 재주가 좋았는걸. 바루스 본래의 실력이 아니라고 알아서 오히려 안심했어."

"내가 유능한 남자면 너한테 무슨 불편한 구석이라도 생기는 거냐⋯⋯."

"핫! 바루스가 유능한 남자? 잠꼬대는 자면서도 말하지 마. 불쾌해."

"그렇게까지 말하냐?!"

콧방귀 뀐 람의 말에 스바루의 목소리가 뒤집혔다. 하지만 람의 태도에 대한 의심은 미묘하게 씻지 못해서 목구멍 안쪽에 잔가시가 걸린 기분이었다.

"이야기를 본론으로 되돌리죠. 저로선 흘려들을 수 없던 게, 역시 『성역』에 실제로 있었단 마녀의 이야기예요. 당연하게 마녀가 있는 시대, 오싹한데요."

화제를 수정하려는 오토가 자기의 두 어깨를 껴안고 몸서리쳤다.

"그 시대를 모르는 이에게는 마녀님의 존재는 확실히 까마득할지도 모르겠구먼. 아니, 나도 타인의 기억이지 직접 아는 건 아니네만."

"같은 얼굴로 그렇게 말하니 내가 노망난 것 같아서 무섭구먼⋯⋯."

"왠지 클론의 블랙 조크를 듣는 기분인데. ⋯⋯에키드나는 빈번하게 여기에 왔다고 인식하면 되나? 그 뭐냐, 베아트리스를 데리고?"

시마와 류즈의 긴장감이 결여된 대화에 스바루는 의문을 끼워 넣었다. 그 물음에 시마는 깊게 끄덕였다.

"류즈 메이엘의 기억에는 의외로 베아트리스 님과의 추억이 많네. 얘기한 대로 제법 흐뭇한 관계였던 것 같아서 말일세."

희미하게 입술에 미소를 띤 시마의 기억에는 스바루가 아는 것과 같은 베아트리스가 존재했다.

그 소녀는 400년이나 전부터 변함없이 남에게 솔직해지지 못하는 성격이었던 것이다. 그렇기에 그녀는 고집스럽게 아무에게도 본심을 드러내지 않는 채로 작은 몸에 갖가지 감정을 채워 넣고만 있다.

──금서고와 계약에 매달리는 베아트리스가 떠오르자 스바루의 가슴에 애절한 감정이 스쳤다.

"솔직히 에키드나가 베아트리스를 데리고 다녔다는 게 뜻밖이야. 내가 아는 한, 그 녀석이 베아트리스에게 가족애를 가졌단 생각은 도저히 안 들거든."

"스 도령이 그런 말까지 하게 하다니, 마녀님과 어떤 대화가 있었던 게야……."

"나도 우리네 의견에 찬성하네. 내가 본 기억 속에선 스 도령의 말만큼 마녀님에게 인간미가 없다는 생각은 안 드이. 딸에게도, 제자에게도, 류즈 메이엘에게도."

"그건…… 그건, 나도 동감이야."

스바루가 아는 에키드나의 이미지와 겹치지 않을 뿐이다. 그저 그뿐인 이야기다. 사후 400년이나 되는 긴 시간은 강대한 힘을 가진 마녀의 마음에도 터무니없는 변화를 초래한 것인가.

그 결과, 에키드나는 그렇게나 성격이 꼬여서 근성이 썩어버린 것인가.

"──뒷이야기를 부탁해. 현재, 이거면 단순히 훈훈한 과거 회상이야. 하지만 『시련』이 그걸로 끝나지 않는 건 우리 전원이 알지."

스바루의 말에 전원이, 저마다 감정을 품고 끄덕였다.

"표면상은 온화했던 『성역』과 거기에서 보낸 생활⋯⋯. 거기서, 무슨 일이 일어났지?"

"무슨 일이 일어났느냐라⋯⋯."

단 한 명, 이야기꾼인 시마만이 시선을 떨구고 지친 목소리로 중얼거렸다.

그리고 그녀는 천천히 전원의 얼굴을 둘러보았다.

"파탄일세. 그리고 이 『성역』이 존재하는 진정한 이유가 찾아오지."

"이곳이 존재하는, 진정한 이유⋯⋯?"

불온한 분위기에 스바루는 이마에 식은땀이 흐르는 것을 느꼈다. 턱에서 떨어지는 땀을 지켜보다가 시마는 다시 기억의 뚜껑을 들여다보듯이 눈을 감고 입을 열었다.

"그날에도 『성역』에는 마녀님과 베아트리스 님, 그리고 로즈 도령의 선조가 있었네. 촌락은 평소와 같은 분위기라서⋯⋯ 나는 그대로 아무 일도 없는 나날이 이어질 거라고 생각했었지."

6

"로즈월은 어쩜 그렇게 부아 치미는 녀석인 것이야. 도저히 용서하기 어렵다고."

베아트리스가 무릎을 껴안고 툴툴 귀여운 얼굴을 붉히면서 성난 기미로 중얼거렸다. 그루터기에 앉은 드레스 차림의 소녀의 말에 류즈는 애매한 쓴웃음을 지었다.

"그 표정, 마음에 안 드는 것이야. 하고 싶은 말이 있으면 똑바로 말해."

"……애초에, 베아트리스 님이 저한테 장난을 치셨으니 로즈월 님이 원수를 갚아 주신 거잖아요."

"자, 장난이란 표현은 그만두는 것이야. 그건 좀 더 뭐랄까, 숭고한 거라고."

류즈의 말에 베아트리스는 횡설수설 형편없는 발뺌을 하려고 들었다.

본성이 솔직해서 변명도 서투른 소녀다. 그 점도 귀엽다고 생각하지만 그 가련한 소녀가 류즈에게 친 장난은 도저히 쉽게 웃어넘길 수 있는 게 아니었다.

——여하튼 공간을 뒤틀어서 한없이 이어지는 반복되는 통로에 가둔 것이다.

"문을 여러 번 열어도 같은 방이라서 전 무척 무서웠어요."

"……대수롭잖은 음(陰) 마법의 응용인 것이야. 그렇게 헐뜯지 않아도."

"──그렇군. 그렇다면 반마법(反魔法)으로 고스란히 되갚은 나도 베아트리스는 전혀 헐뜯지 않겠다 이 말이군. 그건 달 가운데."

"으각……."

뒤에서 날아온 목소리에 기습당한 베아트리스의 목이 턱 막혔다. 돌아보니 그루터기에 나란히 앉은 두 사람 배후에 미소 짓는 로즈월이 서 있었다.

그는 베아트리스의 분한 표정에 심히 만족스럽게 끄덕이고는 말했다.

"얼굴이 썩 좋아, 베아트리스. 난 네 그 얼굴을, 선생님의 얼굴 다음으로 좋아해."

"말을 어떻게 하고 앉았어! 너 따위, 조금 좋은 재능과 집안 덕을 보고, 세계 최고의 스승을 얻은 재수 좋을 뿐인 녀석인 것이야! 우쭐대지 말라고!"

"베아트리스 님, 그건 칭찬 아닌가요……?"

놀려먹는 데 도가 튼 로즈월에게 베아트리스가 덤벼들지만 애초부터 어림없다.

마법 실력으로도 마찬가지라, 베아트리스는 로즈월에게 꼼짝 못할 따름이었다. 그렇기에 류즈의 머리 너머로 이렇게 둘이 대화하는 건 일상다반사였다.

"류즈도 또 베아트리스에게 시달리면 언제든 말해도 돼. 바로 혼쭐내서 엉덩이에 불나게 해 줄 테니까."

"항! 이 아이가 네게 의지할 일일랑 일절 없는 것이야! 자, 말해 봐."

"감사합니다, 로즈월 님. 그럼 무슨 일 있으면 꼭 보고할게요."

"세상에 이럴 수가!"

베아트리스가 배신당했다는 얼굴로 어깨를 축 늘어뜨리자 류즈는 미소를 머금었다. 로즈월도 류즈가 고자질할 리 없다고 아는 얼굴로 끄덕였다. 그리고 그는 갸우뚱하고 말했다.

"그건 그렇고 독서 중에 방해한 건 미안한걸. 베아트리스를 대신해서 사과하지."

"아뇨. 당치도 않아요. 그리고 독서라고 할 만한 건 아직 좀."

로즈월의 사과에 류즈는 고개를 내젓고 무릎 위의 책 표지를 어루만졌다. 그것은 글자를 읽고 쓰지 못하는 촌락 사람들을 위해서 에키드나가 들고 온 학습용 책 중 한 권이었다.

아직 '이 문자'도 습득하지 못했지만, 한창 조금씩 배우는 중이었다.

"흐―응……. 책을 읽는 건 좋은 일인 것이야. 독서는 인생을 풍성하게 해 주지."

"라고, 선생님께서 하신 말씀을 바로 옮기는 베아트리스였습니다. ――그렇지. 기왕이면 베아트리스, 네가 류즈의 선생님이 되어 주면 어때?"

"베티가, 이 아이의?"

순간 놀려먹는 말에 반응할 뻔한 베아트리스가 로즈월의 제안에 눈이 동그래졌다. 하지만 거기에 놀란 건 베아트리스보다 류즈 쪽이었다.

"그, 그럴 순 없어요! 바쁘신 베아트리스 님께, 폐를 끼칠 수는……."

"──딱히 해 줘도 되는 것이야. 그쯤은 식은 죽 먹기라고."

로즈월에 대한 대항심인지 팔짱을 낀 베아트리스가 류즈의 교사역을 받아들였다. 그 대답에 류즈가 대경실색하자 "왜 그러는 것이야?" 하고 베아트리스가 콧방귀를 뀌고 말을 이었다.

"싫은데 억지로 할 생각은 없어. 베티도 썩 내키지는……."

"아니요. 베아트리스 님께 배울 수 있다면 무척 기뻐요."

애당초 류즈가 글공부를 하고 싶다고 마음먹은 계기가 베아트리스다. 언제나 큰 책을 들고 다니는 소녀의 모습을 동경해 류즈도 독서에 흥미를 느꼈다.

그런 베아트리스에게 가르침을 받을 수 있다면 그건 아주 영광스러운 일이었다.

"그, 그렇게까지 말하면 어쩔 수 없지. 정말로 재수가 좋은 애지 뭐야."

그 즉시 베아트리스는 얼굴을 돌리고 붉어진 뺨을 실실대면서 류즈의 청에 응했다. 호사스러운 꽈배기 머리를 손가락으로 조몰락대며 베아트리스는 빠르게 말을 이으려다가──.

"베아트리스 님?"

"……어머니가, 부르고 있는 것이야."

별안간 베아트리스가 띤 표정이 크게 변하고, 그녀는 그루터기에서 폴짝 뛰어내렸다. 그리고 곤혹스러워하는 류즈를 거들 떠보지 않으며 바로 근처에 있는 가옥의 문에 손을 짚었다.

"로즈월, 어머니는 너도 부르셔. ──긴급사태인 것이야."

"알아. 넌 선생님의 지시에 따라. 나는⋯⋯."

몇 마디 말로 의사를 나누고 베아트리스는 열린 문 속으로 몸을 들이밀었다. 하지만 그녀의 모습은 그 문 너머가 아니라 더 멀리 떨어진 곳으로 『문을 밟고 건넜을』 것이다.

그 광경을 지켜보고 로즈월은 탄식했다. 그리고 류즈의 어깨를 살짝 만지고는 말했다.

"──사정이 좀 변했어. 일단 너도 나와 같이 선생님이 계신 곳으로 가지."

뭐라고 말을 붙일 수 없는 로즈월의 옆얼굴에 류즈는 말없이 따를 수밖에 없었다.

──구름 없는 하늘 저편에서 불온한 바람의 낌새를 느낀 것처럼.

7

──갑갑한 분위기가 팽팽해서 류즈는 피가 말라붙는 것만 같은 착각을 맛보고 있었다.

"지금 당장 여기서 도망쳐야 해요. 아직 준비가 되지 않았습니다. ──지금 이곳에 놈이 나타나면 계획은 망가집니다. 회복하는 것도 불가능해져요."

"_____."

"선생님! 이러고 있을 시간도 아깝습니다! 놈은…… 놈은 바로 지척까지 와 있어요!"

판잣집 안에서 로즈월이 책상을 두드리며 언성을 높였다.

항상 주의하며 행동거지에 여유가 있던 소년이 지금은 절박한 초조함에 언성을 높이고 있다. 그 호소에 마녀 에키드나는 침묵하며 눈을 감고 있었다.

침묵하는 스승의 모습에 로즈월은 여전히 열심히 피난해야 된다고 목청 높여 호소했다.

"망설이고 있을 수는 없어요. 놈의 힘은 너무나 압도적입니다! 저로선 아직 선생님께 도움이 못 됩니다. 방패가 되라고 하시면 기꺼이 방패가 되죠. 하지만 대항책 없이는……."

"수단이 없는 건 아니야. ──어느 정도, 『성역』의 견적은 잡혔어."

"네……?"

눈을 뜨고 책상의 나뭇결을 노려보는 에키드나. 그녀의 말에 로즈월이 얼이 나간 듯한 표정을 짓고, 에키드나는 놀라는 제자에게 한숨을 지었다.

"이론은 다 구축했다. 결계의 조건 부여에 필요한 피는 성당에 충분히 모였을 테지."

"그, 그렇다면……!"

"──단, 결계를 발동하기 위한 『핵』이 아직 불충분해."

희망을 찾아내려던 로즈월이 원통함이 서린 에키드나의 말에 숨을 집어삼켰다.

"중요한 핵이 없어선 결계는 발동하지 못해. 결계 없이 놈을 요격하는 건 불가능하다. 안전권을 확보 못하면 반드시 놈에게 파멸해."

"그 때문에 여태까지 시간을 들여서 『성역』을……. 그런데, 앞으로 한 발짝 남았는데……!"

억울한 듯 고개 숙인 로즈월이 여태까지 중에서 가장 세게 책상을 주먹으로 후려쳤다. 낡은 책상의 다리가 삐걱거리고 로즈월의 찢어진 주먹에는 피가 배었다.

침묵이 오두막 안에 차올랐다. 시간의 흐름이 느려지고 공기의 무게까지 피부로 느껴졌다.

그 음울한 공기에 거스르듯이 쭈뼛쭈뼛 소녀—— 류즈가 손을 들었다.

"저기, 부족한 결계의 핵으로…… 제가 보탬이 될 수 없을까요?"

"류즈……?!"

로즈월이 눈을 부릅뜨자 류즈는 느릿느릿 고개를 가로젓고 에키드나를 쳐다보았다.

"전부터 그런 이야기는 들었어요. 에키드나 님께서 만드시는 결계, 그 핵의 조건에 맞는 건 저라고. ……그래서 돌봐주시는 거라고."

"——베아트리스에게, 말인가?"

"네."

조용한 결의가 깃든 류즈는 에키드나의 물음에 서슴없이 끄덕였다. 그 당당한 태도에 마녀 에키드나는 눈을 크게 떴다. —— 이전에 로즈월에게 놀랐었을 때의 에키드나를 떠올렸다. 같은 짓을 할 수 있어서 살짝 자랑스러워졌다.

"베아트리스 님은 에키드나 님께 말을 듣고 제가 조건에 맞는지를 가늠하고 계셨다더군요. 요 몇 개월, 베아트리스 님께 몇 번쯤 마나를 징수당한 것도 그 때문이라고 들었어요."

"베아트리스가 그렇게 말했다면, 그런 거겠지."

약간 속뜻이 있는 표현으로 말한 에키드나는 류즈를 진지하게 응시했다.

"확실히 네가 결계의 핵으로서 기능할 가능성은 크다. 널 중심으로 『성역』을 구축하는 이론은 확립이 됐지. —— 단, 네 마나와 토지가 더 길이 드는 걸 기다린 다음에."

"지금은 아직 못하는 거군요."

"흔해 빠진 결계가 아니거든. 이 결계는 깨지면 안 돼. 그 때문에 신중하게 일을 진행해 왔지. 몇 년을 들여서 인간과 아인족의 혼혈을 이 땅에 모아 결계의 조건 부여에 성립할 규모로 키웠어. 넌 그 마지막 쐐기가 되는 거야. 하지만……."

로즈월은 말을 끊고 거기서 분한 마음에 어금니를 깨물었다.

류즈는 어려운 이야기는 모른다. 단지 에키드나와 로즈월이 결탁해도 달성하기 힘들 만큼 까다로운 벽이 막아선 모양이다.

그러나 어려운 점을 모르는 류즈라도 알 수 있는 건 있었다.

"두 분은 어떻게 손쓸 방법이 있으신 거죠?"

숨을 죽이는 기척. 에키드나와 로즈월의 모습에 류즈는 여전히 말을 이었다.

"……저는 에키드나 님과 로즈월 님께 구원받았어요. 이 땅에 와서 누군가에게 멸시받는 일도, 내치는 일도 없는 생활을 보낼 수 있어서 행복했어요. 그 시간을 얻은 은혜를 갚을 수 있다면 제가 사는 의미는 거기에 있을 거예요."

류즈는 가슴속에 있는 마음을 나직한 말로 표현했다.

손이 하얘질 만큼 세게 주먹을 쥔 류즈의 모습에 에키드나의 검은 눈은 냉랭하게 식었다. 대신에 마녀 옆에 선 로즈월의 표정에는 고뇌가 짙어졌다.

"서, 선생님……."

헐떡거리듯 로즈월은 에키드나를 불렀다. 그건 스승에게 판단을 맡기는 소리가 아니었다. '설마' 라는 뜻이 함축되어 떨리는 소리였다.

하지만 에키드나는 제자의 요구에는 응답하지 않고 검은 눈으로 류즈를 바라보는 채로 입을 열었다.

"——네 오드를 촉매로 『성역』의 핵을 만들어낸다. 그러면 토양에 마나를 길들게 하는 공정을 단축해 결계를 기능시킬 수 있겠지."

"그렇게 하면 이 땅은…… 『성역』은, 구원받나요?"

"구원의 정의에 따라 다르지. 하지만 지금 이 순간 닥쳐드는 위협을 물리치는 건 가능할 거다. 당초 노림수대로 시간을 벌수 있으면 대항책을 가다듬을 수도 있고."

에키드나의 대답에 안심시키려는 뜻은 없다. 마녀는 희망적인 관측이나 위로 따위를 입에 담지 않는다.

에키드나가 할 수 있다고 명언했다면 그건 실현이 가능한 일이다.

즉, 류즈는 자신의 생명과 맞바꾸어 은혜에 보답할 수 있다는 뜻이다.

"……시작하는 건, 언제가 되나요?"

"──지금 당장에라도. 핵을 두기 위한 시설을 준비할 필요가 있어. 나머지는 촉매가 되는 마수정(魔水晶)의 정제와, 성당에 모인 주민의 피에 관련된 술식의 구축. 문제는 위협에 대해 시간을 버는 일인데."

"제 역할이겠죠. 되도록 사력을 다하겠습니다. ……류즈."

비장한 감정을 눈 속에 감추고 로즈월은 류즈를 돌아보았다. 소년의 표정에 나약한 기색은 없고, 함께 각오를 다진 류즈에게 보내는 경의만이 있었다.

"미안하다. 선생님을 구하려면 나만으로는 역부족이었어."

"아니요. 로즈월 님 또한 제게 무엇과도 바꾸기 어려운 시간을 주신 은인이에요. 그 사실에 감사를 해도 원망할 건 하나도 없죠."

류즈는 빈약한 가슴에 손을 짚고서 느릿느릿 고개를 저었다.

그 대답에 로즈월은 숨을 내쉬고 나서 에키드나 쪽으로 눈길을 돌렸다.

"전 바로 나가겠습니다. 선생님은 결계를 준비하시고…… 베아트리스를 이리 불러 주세요.”

“……베아트리스에겐, 알리지 않는 편이 낫지 않겠나?”

“지금 여기서 베아트리스를 부르지 않으면 저도 선생님도 평생 그 애에게 원망을 받을 겁니다. ……불러도 마찬가지일지 모르겠습니다만.”

“그래. ……알았다. 나중에 불러내지.”

에키드나의 수긍을 지켜보고 로즈월은 오두막 입구로 갔다. 도중에 그는 류즈의 어깨에 손을 올려 딱 한 번 세게 힘을 주고 갔다.

그 떨리는 손가락이, 로즈월이 류즈의 존재를 아깝게 여긴다는 가장 큰 증명이다.

“……베아트리스 님.”

눈을 감고 류즈는 소녀의 이름을 작게 읊조렸다.

이 자리에 없는 그 고집쟁이 소녀를 생각하니 류즈의 가슴은 심히 삐거덕거렸다.

8

──다시, 장면은 전환된다.

“커, 흑…….”

고통 어린 소리와 함께 핏덩이를 게워내고 소년의 몸은 지면 위를 수평으로 날아갔다.

거세게 흙먼지를 피우며 구르는 그 모습에 류즈는 호흡조차 잊고 눈이 휘둥그레질 수밖에 없었다.

압도적. 그것은 그야말로 압도적인 광경이었다.

약관 16세로 여섯 색깔의 마법을 다루며 무릇 인류가 도달할 수 있는 마도의 최고위를 얻은 준재(俊才). 마녀에게 사사하고도 여전히 그 향상심을 잃지 않은 진짜배기 재목── 로즈월 A. 메이더스라는 소년을 설명하는 데 있어 『천재』 이상으로 어울리는 말은 이 세상에 존재하지 않는다.

그 로즈월이 대지에 쓰러져서 다 죽어가며 피거품을 뿜어내고 있다.

그 광경을 악몽 말고 무어라 할까. 아연실색하는 것 말고 선택지가 어디에 있겠는가.

"……아직, 더 하려고?"

음울하게 로즈월을 내려다보는 남자가 나른한 기색으로 말했다.

연령은 스무 살 안팎. 짙은 갈색 머리카락을 머리 뒤에 묶고, 눈 밑이 건강치 못하게 거뭇거뭇한 마른 몸의 인물이다. 낯빛은 안 좋고 자세도 구부정. 활력이라는 말과는 무관한, 무기력이 사람처럼 꾸민 듯한 분위기지만 그 의상만은 유달리 기발하고 기괴한 것이었다.

광대가 연상되는 옷을 몸에 두르고 명랑하단 말과는 일절 인연이 없는 자세. 그 남자가 걸음을 놀려 심심풀이로 돌멩이를 찰 때마다 쓰러진 로즈월의 몸이 피보라를 뿜으며 애처롭게 튀어나갔다.

"컥! 끄으! 끄억……."

"시끄러워. 잔말 많아. 성가셔. 거슬려. 기분 잡쳐. 우울해."

남자는 웅얼웅얼 혼잣말처럼 남에게 들려줄 생각이 없는 태도로 투덜대었다. 그러나 그 한마디, 한 걸음이 겹칠 때마다 로즈월의 육체에서 피해가 확대된다. 뼈가 삐걱거리며 살점이 터진다. 로즈월의 몸이 공기에 짓눌리듯이 찌부러지며 피눈물이 넘쳐 나왔다.

"훌륭해. 아주 훌륭해. 노력 많이 했어, 너. 본인에게는 못 이기지만 노력했네, 노력했어. 노력했다는 사실이면 충분하잖아. ……노력할수록 헛수고인 판이고."

"허튼, 소리……. 여기서, 내가 널, 막아야…… 끄, 아! 아아아아!!"

"그런 게 제일 마음이 무거워져. 심사가 꼬여. 기분이 답답해져."

포기하라고 말해도 따르지 않는 로즈월. 남자는 마지못해 하는 태도로 무릎을 굽혔다. 우울한 한숨을 내쉬고 남자가 로즈월의 가슴을 콕 손가락으로 찔렀다.

──그 직후, 로즈월의 손발이 찌부러지고 뒤틀리며 혈육의 파괴에 절규가 터졌다.

"정말로 싫군. 엄청 기분 식어. 본인이 이렇게나 침울해지다니 정말로 최악이야. 울적해. 기분 잡쳐. 풀 죽어. 낙담하지, 사그라지지, 최악이야. 최악의 최악의 최악── 우울하다."

"아──."

듣는 이의 마음을 물귀신처럼 끌고 가는 암울한 언령, 그 끄트머리에 읊조린 한마디가 결정타가 된 것처럼 로즈월의 몸통이 압력에 견디다 못한 것처럼 『찌부러졌다』.

몸통이, 한중간에서 납작 찌부러져 내장이 입에서 밀려나온 건 아닐까 싶을 만큼 대량의 토혈이 발생했다. 로즈월은 허옇게 눈을 까뒤집고 팔다리를 경련하며 침묵했다.

끝까지 사명감을 관철한 대가는 젊은 천재의 생명을 끔찍하게 저며내는 결과를 낳았다.

"아— 아— 아—아, 뭐야. 뭐냐고. 뭐냔 말이냐아—고. 정말로 싫었는데 속이 뒤집혀. 기분이 가라앉았어. 머리가 무거워. 우울하다. 우울, 우울, 우울우울우울우울우울——."

남자는 피바다에 잠겨 꿈쩍도 하지 않는 로즈월에게 어두침침한 넋두리를 쉴 새 없이 뱉어냈다.

장렬한 로즈월의 최후와 그렇게 만든 파격적인 남자. 다만 그 광경을 지켜볼 수밖에 없던 류즈는 자신이 호흡을 잊고 있었음을 뒤늦게 깨닫고——.

"아—……? 마음이 무거운데, 거기 누구 있어?"

"흡——."

허파에 희미한 공기를 보낸 순간, 남자의 주의가 쏠렸다.

그 사실에 류즈는 경탄했다. 류즈는 별채에서 그 싸움을 엿보고 있었다. 남자는 조악한 벽의 이음매를 통한 시선과 희미한 숨소리를 눈치챘다는 뜻이다.

"따악—히 말이야. 본인은 하고 싶은 게 아니이—거든. 목숨을 빼앗는 건 마음이 아파. 비명을 들으면 기분이 가라앉지. 타인에게 저주받으면 인생이 어두워져. ……수고, 덜게 해 주지 않겠어?"

"힉."

"……우울하다."

움직이지도, 말도 못 꺼내며 경직된 류즈가 있는 오두막에 남자가 슥 손바닥을 겨누었다. 원리는 모르겠지만 류즈는 그게 남자의 사형선고임을 알 수 있었다.

로즈월을 찌부러뜨린, 기이한 힘이 온다. 거기에 류즈의 몸은 압착당해서──.

"알…… 고아아아아아!!"

피를 토하는 듯한── 아니, 말 그대로 피를 토한 포효와 함께 폭염이 세상을 붉게 물들였다.

쓰러진 로즈월이 치켜든 손바닥에서 방대한 열량이 발생, 남자를 태워 없애고자 압도적인 열파가 덮쳐들었다. 그것은 초열의 세계를 만들어내는 진홍의 업화, 사람의 지혜로 헤아리지 못할 폭위가 우두커니 선 남자를 등 뒤에서 급습해 그 영혼째로 남김없이 불사르고──.

"땀이 나면 거슬려."

우울한 중얼거림이 그 업화가 도달하기 전에 대지에 내리찍고 있었다.

남자를 불태워 이 세상에서 없애야 했을 적열의 구체는 남자의 터럭 하나 태우지 못하고 작고 붉은 덩어리가 되어 땅바닥을 굴렀다.

"아아—직 안 사라졌다니 놀랍군. 본인에게 힘을 쓰게 하지 말라고. 음울해서, 죽고 싶어져."

투덜대는 남자가 쳐든 손을 움켜쥐자 그 동작으로 땅바닥에 떨어진 구체가 폭발적으로 수축. 작열이 공기를 태우는 소리가 딱 한 번 울린 뒤로 마나는 완전히 흩어졌다.

——빈사의 로즈월이 기사회생을 노리며 전심전력으로 쏘았을 터인 마법이다.

사력을 쥐어 짜낸 결과는 남자가 땀을 흘리게 했다는 전말로 끝났다. 그것은 로즈월의 죽음이, 류즈의 죽음이 불과 몇 초 뒤로 미뤄졌을 뿐인 이야기다.

"우울의, 마인 놈……!"

"싫은 호칭이야. 기분이 울적해. 본인이 좋아서 이이—렇게 된 줄 알아?"

"무엇에, 어떻게 삶의 방식이 왜곡되더라도…… 한정된 선택지 중에서 지금의 자신을 선택한 것은 너다. 피해자 행세, 하지마……. 『우울의 마인』 헥토르!"

"정론에 귀가 따갑고 겸연쩍군. 정말 도오—통 본인은 네가 질색이야. 그러니까——."

말을 끊고, 남자—— 헥토르는 로즈월에게 그 손바닥을 겨누었다.

"——흐, 풉."

"뼈, 덜컥덜컥. 내장, 찌걱찌걱. 마음, 쩍쩍. 그런 거어—면 어떨까."

헥토르가 낮게 말한 순간, 고통 어린 비명이 울려 퍼졌다. 그 것이 로즈월의 단말마였다.

이번에야말로 움직임을 멈춘 로즈월을 거들떠보지도 않고 헥 토르는 나른하게 고개를 돌렸다. 시선은 류즈가 있는 오두막으 로── 경고 없이 부하(負荷)가 오두막을 짓뭉갰다.

"──으, 아?!"

감히 1초도 견딜 수 없었다.

수직에서 내리누르는 자기 무게를 아득히 웃도는 압력. 바닥 에 앞으로 쓰러진 것이 기적으로, 자세가 어긋났으면 관절이라 는 관절이 죄다 반대쪽으로 부러졌으리라.

그러나 그 기적은 단지 죽음 전의 고통을 경감한 것에 불과했 다.

"저항 못한다면 에키드나가 아니야. 그 애가 아니이──라면, 더는 아무래도 좋지."

"──아, 히."

온몸이 빈틈없이 압력에 감싸여 하늘에 짓뭉개진다는 착각. 아련하게 들리는 헥토르의 말이 이승의 마지막 소리가 되나 생 각한 직후, 갑자기 압력이 사라졌다.

가쁘게 숨을 쉬었다. 눈물과 침으로 얼굴을 더럽힌 류즈는 신 음하면서 고개를 들었다.

"제때 왔다고는 도저히 말하기 어려운 상황인가 보군."

거기에 붕괴한 오두막을 등지고 백발 마녀가 서 있었다.

어떠한 방법인지 압력을 없앤 마녀. 그 모습에 헥토르는 눈썹을 치켜들었다.

"······아니지. 제때 왔고말고. 네 제자는 본인의 발을 잡고 꿋꿋하게 시간을 끝까지 벌어어—냈지. 덕분에 하나도 예정대로 안 풀려. 기분이 가라앉아. 지독히, 지독히 말이지."

"그 말투······. 당신은 하나도 변함없군. 결별했을 때 그대로야."

"네 말버릇도 변함없이 글러 먹었어. 왜 그렇게 귀엽지 않은 말투를 하게끔 됐다아—지. 옛날에는 그렇게나 귀여웠는데."

한탄하는 헥토르로부터 에키드나는 눈을 떼고 피바다에 나뒹구는 로즈월을 바라보았다. 끝까지 소임을 다한 제자의 모습에 에키드나는 희미하게 눈이 가늘어졌다.

"······생각 외로 가슴이 아프군. 결과에 대해 내가 객관적으로 될 수 없다니."

"이 경우에는 담담하고 무감정하게 처리해 주는 편이 체면이 서어—지 않겠어. 울고 싶다면 그 시간쯤은 빼줄까. 본인도 그렇게까지 야박하지 않아."

"상처 입힌 장본인이? 어느 입으로 그런 말을 할 수 있는지."

두 사람은 면식이 있는 모양이지만 주고받는 말에는 가시가 돋아 있어 결코 우호적인 관계일 리가 없었다.

거리를 유지하는 에키드나에 비해 헥토르는 특이할 게 없었다. 에키드나의 실력을 의심할 여지는 없지만 헥토르 또한 상식 밖의 존재—— 다른 이는 전투의 추세를 상상도 할 수 없었다.

"――언제까지 그런 곳에서 꼴사납게 숙이고 있을 작정인 것이야."

"……어?"

난데없이 목덜미가 잡혀서 엎드려 있던 류즈의 몸이 딸려갔다. 웬일인가 놀라는 류즈를 바로 옆에서 낯익은 무뚝뚝한 표정의 소녀가 내려다보고 있었다.

"베아, 트리스 님……."

"넋이 빠져있을 때가 아니라고. 이곳에 있어 봤자 짐이나 될 뿐……. 어머니가 시간을 벌어주는 사이에 넌 얼른 이곳에서 벗어나는 것이야."

"하, 하지만…… 로즈월 님이나 에키드나 님을, 여기서 제가 기다리기로."

"……그 로즈월은, 실수해서 저 꼴이잖아. 잔말 말고 베티를 따라와. 그것이 어머니의 당부이고, 상황을 타개할 유일한 수단인 것이야."

천하의 베아트리스도 쓰러진 로즈월의 모습과 저 정체 모를 마인의 존재에는 평정을 유지 못하고 있었다. 류즈를 꾸짖는 뺨에 괜한 힘이 들어가 있다.

그런데도 그녀는 여기서 웅크리며 떨고만 있는 자신보다 훨씬 강하다.

"준비는 갖춰졌다. 그게 어머니의 전언인 것이야. 그거면 너도 전부 알 거라고."

"――알겠, 습니다."

에키드나의 전언을 들은 류즈는 숨을 죽이며 끄덕였다. 반대로 베아트리스는 전언의 뜻을 알지 못한 눈치지만, 그 설명에 할애할 여유는 이 자리에 없었다.

둘의 배후에서 공기가 팽팽해지고 술렁이는 마나는 힘으로 변환되기를 고대하고 있었다. 당장에라도 전투가 발발해 일반인에게는 이해할 수 없는 초월자의 투쟁이 시작되기 직전이었다.

이해의 영역을 벗어난 곳에 있는 승패에서 승리를 끌어내고자 가야만 하리라.

"가죠, 베아트리스 님. 준비는 어느 쪽에서?"

"……숲에 있는, 싫은 냄새가 나는 건물. 어머니의 말씀에 이것저것 날라놨지만 베티의 『징검문』으로도 힘든 작업이었던 것이야."

말없이 부족한 설명에 대해 불만을 드러내면서 베아트리스는 류즈의 손을 잡고 전장에서 벗어났다. 대치하는 마녀와 마인, 양자의 전투에 말려들지 않는 틈에 목적지로.

"_____."

마지막으로 딱 한 번, 류즈는 에키드나의 등을 향해 고개를 숙였다.

마녀는 류즈에게 의식을 쏟지도 않고 있다. 하지만 필요한 행동이었다.

──말을 주고받을 기회도, 감사를 전할 기회도 이제 다시는 오지 않으므로.

──그것은 파랗고 투명한, 몸이 떨릴 만큼 아름다운 마수정
이었다.

"정신이 팔려 깜빡 만지지나 마. 결정의 일부가 되고 마는 것
이야."

결정에 도취된 류즈에게 베아트리스가 섣부른 짓은 하지 말라
고 충고했다.

마수정에는 들은 그대로 깜빡 실수할지도 모를 만큼 마음을
사로잡는 마력이 있었다. 제정신을 차린 류즈는 허둥지둥 "죄
송합니다!" 하고 고개를 숙였다.

"이럴 때 마수정에 눈길을 빼앗기다니……."

"함유 마나가 이만큼 많으면 마나에 취해도 무리가 아니야.
……그래서, 다음은 어떡하는 것이야? 어머니로부턴 널 이곳
에 데려오란 말씀밖에 못 들었어."

"그런데도 베아트리스 님은 에키드나 님의 분부를 따르신 거
군요."

"당연한 것이야. 베티에게 어머니는 절대적……. 너, 이곳
의 주민들은 복 받고 있지. 무사히 이 일이 정리된 다음, 힘껏 일
해서 보답해."

류즈의 말에 베아트리스는 살짝 오만하게 여겨질 태도로 콧
방귀를 뀌었다. 그 발언을 액면 그대로 듣고 황송해하던 시절이
그립다.

지금은 이것이 그녀의 알기 어려운 자상함, 친애의 표현임을 알지만.

　──이대로 베아트리스와 평소 같은 시간을 보낼 수 있으면 얼마나 좋을까.

　"──너, 지금, 왠지 싫은 얼굴로 웃고 있어."

　감상이 얼굴에 드러나는 바람에 눈치 빠른 베아트리스에게 그 점을 지적당했다.

　그러나 평소 웃음과의 차이를 판단할 수 있을 만큼 베아트리스는 류즈를 주시해 주고 있었다는 뜻이다. 그 사실을 깨달은 순간 류즈의 눈시울에 눈물이 맺혔다.

　베아트리스가 눈을 크게 떴다. 류즈는 당황하며 소매로 눈물을 훔치고 말했다.

　"죄, 죄송해요……. 눈에, 먼지가 좀……."

　"──불안해하지 말라고, 그렇게 말하는 쪽이 어려운 상황인 건 베티도 아는 것이야. 역시 넌 여기서 얌전히 있어."

　눈물짓는 류즈를 배려하며 베아트리스가 의식을 시설 밖으로, 남기고 온 에키드나와 로즈월 쪽으로 돌렸다. 그리고 류즈에게 여러 번 끄덕여주면서 말했다.

　"베티가 어머니에게 가세해서 바로 원상복구해 줄 것이야. 다 죽어가는 로즈월 녀석도 빨리 구해줘야 해. 그리고, 또 내일부터도……."

　약간 빠른 말로 베아트리스가 류즈 쪽에게 생각나는 모든 안심할 이유를 늘어놓았다. 그 솔직한 배려에 류즈는 한순간, 생뚱맞게도 얼떨떨해졌다.

금세 가슴속이 뜨거워졌다. 그녀의 말에 힘을 얻을 수 있다. 그 사실이 지금, 자랑스럽다.

그렇기에──.

"베아트리스 님, 대단히 오랫동안 신세를 졌습니다. ──여기서, 작별이에요."

──안식의 시간을 거절하고 류즈는 가시밭의 시련으로 맨발로 내딛는 결단을 내렸다.

"──어."

갈라진 목소리와 함께 베아트리스가 영문을 몰라 눈을 깜빡거렸다.

베아트리스는 아연실색하며 자신을 곧게 응시하는 류즈를 마주 보았다. 그 동그란 눈에 당혹감과 고통이 스친다. 그러나 소녀의 따스함을 안 류즈는 겁먹지 않았다.

여태까지 일이 있을 때마다 류즈는 곧장 사과해왔다. 하지만 이것만은 절대 그럴 수 없다.

"작별이라니, 무슨 의미로…… 도망치겠다는 뜻?"

"아니요, 그렇지 않아요. 도망친다면 언젠가 베아트리스 님과의 재회도 이뤄질지도 모르죠. 하지만 이건 이승의 이별……. 다시는 베아트리스 님과 말하지 못해요."

베아트리스는 입술을 단단히 다물고 류즈의 진의를 더듬고자 눈을 들여다보았다. 그 행동에 베아트리스가 처음 보여주는 필사적인 감정이 있어서 류즈는 조용히 말을 골랐다.

인생에서 가장 중요한 순간을 위해서, 자신이 가진 모든 말 속에서 골랐다.

"이 시설에는 숲에 결계를 칠 준비가 되어 있어요. 시간을 들여서 절 핵으로 삼아 결계를……. 하지만 그 시간이 부족해지고 말았죠."

"결계를 위한, 시간……. 그 방해물이, 저 남자? 그렇다면 저 남자를……."

"그냥 싸워도 못 이긴다. 그 결론이 『성역』이에요. 로즈월 님이 그토록 몸을 바치신 이유도 그러지 않고선 에키드나 님을 구할 수 없다고 알았기 때문이겠죠."

그 정도로 『우울의 마인』은 압도적인 존재였다.

결계의 발동이, 저 마인에게 어떤 효과를 발휘할지는 류즈도 모른다. 다만 에키드나는 딱 하나, 류즈에게 확약을 주었다.

"결계가 발동하면 이곳은 『성역』이 된다. 수호받는다고. 에키드나 님은 제게 약속해 주셨어요. ……그러니 저는 그걸 위해 이 몸을 바칠 거예요."

"바, 바보 같은 말 하지 마! 네 몸을 바치겠다니…… 마법이든 뭐든 하나도 모르는 네가 뭘 할 수 있다고 그러는 것이야! 네게는…… 아."

카랑카랑한 목소리로 베아트리스는 빠르게 류즈에게 따지고 들었다. 하지만 영특한 소녀는 말하는 중에 거론한 의문의 답에 도달하고 말았다.

아연하게 베아트리스는 바로 옆에 있는 파란 마수정을 올려다보았다.

"이 마수정을 촉매로 네 오드를 핵으로 삼아 결계를……? 그러면 시간을 들이지 않고 토지의 마나를 덮어씌워서 이 숲을 『성역』으로 만들 수 있다고…….."

"네. 에키드나 님도 그리 말씀하셨어요."

마인이 습격하기 전에 에키드나와 로즈월의 대화에서 합의에 이른 결론이다.

베아트리스는 이미 말도 못하고 우두커니 서 있었다. 이 마수정은 베아트리스가 스스로 나른 것이다. 그리고 『성역』의 핵이 되는 류즈와 결계의 적합성도——.

"——그것도 베아트리스 님이 보증해 주셨죠."

"아니얏……! 베티는…… 베티는, 그럴 작정이…….."

퉁기듯 고개를 쳐든 베아트리스가 표정을 꾸미지도 못하며 떨리는 목소리로 말했다.

"그럴 생각으로, 어머니에게……. 기다려, 아니야, 기다려 봐. 기다리라고. 베, 베티가 어머니에게 직접 담판 짓고 올 것이야. 어머니는 베티에게 약하니 꼭 들어…….."

"그럴 시간은 없어요. 지금 이 순간에 결단이 필요해요."

"그렇다면 지금 당장 어머니에게 가세하는 게 베티의 결단이야! 어머니와 베티가 함께라면 저딴 놈 한 방인 것이야! 로즈월도 얼른 고치고, 그래서…….."

싫다고 도리질하는 베아트리스의 말이 갈수록 작아졌다.

그 궁색한 발언에 설득력이 없음을 누구보다 그녀 본인이 이해하고 있다.

　——베아트리스는 대단하다. 류즈는 그녀를 진심으로 존경한다.

　류즈는 줄곧 봐 왔다. 그녀가 어머니를 경애하고 로즈월과는 남매처럼 말다툼하는 관계이며, 내색하지 않고 류즈를 신경 써줬던 것을 알고 있다.

　마법 연습에 열심이고, 로즈월에게 놀림 받아도 굴하지 않는다. 어머니인 에키드나를 정말 사랑하고, 이따금 류즈에게 보여주는 미소가 귀엽다.

　"——베티의 『징검문』으로, 여기서 다 같이 도망치면 그만이야."

　"————."

　"응? 그러자. 너무 많으면 베티도 힘들지만, 그쯤이야 해치우겠어. 빈틈을 봐서 로즈월을 줍고 어머니도 데리고 나가서…… 자, 이러면!"

　"그렇게 도망친 곳에서, 또 그 사람에게 쫓길까 봐 겁먹으며 살라고요? 에키드나 님이나 로즈월 님 덕분에 겨우 손에 넣은 평온의 장소. ……그걸 버리고서 또 새로운 『성역』을 만드는데에 얼마나 걸릴까요?"

　대안을 필사적으로 가다듬는 베아트리스. 하지만 류즈의 말은 온화하지만 엄하다.

　소녀의 얼굴에 상처 받은 빛깔이 번지는 것을 보고 류즈의 가슴에도 애달픈 감정이 퍼졌다. 베아트리스는 그저 다정할 뿐이다. 그 다정함을 짓밟으며 류즈는 자기 의견을 관철했다.

——여태까지 쌓아 온 나날을 가지고, 여태까지 보낸 나날의 마음을 배신하는 것이다.

그것은 어찌나 잔혹하고 이기적이며 배은망덕한 행동일까.

"베아트리스 님, 전 이곳이 좋아요. 여기서 살아서 정말로 좋았어요. 여기서 사는 모두의 웃음을 정말 좋아해요. 잃기, 싫어요."

"_____."

"전 이미 충분히 따뜻한 시간을 받았어요. 전 바라지 않았는데 태어난 저주받은 아이, 그런 제게는 어울리지 않는 행복을. ……그러니 이제 만족했어요."

"그럴 리, 없는 것이야……. 네, 네가 여기를 어떻게 생각했더라도, 이곳의 진짜 의미는 너희를 위한 게 아니고……!"

"네. 알아요."

베아트리스의 말을 가로막고 류즈는 이미 수긍한 진실에 깊이 고개를 주억였다.

알고 있었다. 이 『성역』의, 진짜 의미를.

"이곳은, 에키드나 님을 쫓는, 저 사람을 어떻게든 손쓰기 위한 장소죠."

에키드나와 로즈월이, 단순한 선의로 자신들 같은 혼혈을 바랐던 것은 아니란 쯤은 알고 있었다. 선물, 새로운 고향. 그런 희망도 있었지만.

"그러기 위한 장소라고, 그러기 위한 저희라고, 지금은 알고 있어요."

"그러면…… 그걸 안다면 왜 그러는 건데……."

이해 못하겠다고 베아트리스는 힘없이 고개를 가로저었다.

애원하는 듯한 베아트리스의 눈초리에 류즈는 활짝 미소 지었다.

"괜찮아요. 시작은 그랬을지도 모르죠. 하지만 여기서 저희가 지낸 시간 전부가 시작할 때와 변함없을 리가 없어요. 제가 여기서 지내고 베아트리스 님과 대화한 것도 전부 제가 스스로 선택한 일이었으니까요."

이곳에 오기 전까지는 하나도 스스로 고를 수 없는 인생이었다. 이 세상은 반마(半魔)에게 잔혹하며, 어린 류즈의 짧은 반생으로도 헤아릴 수 없을 정도로 괴로운 경험을 맛보았다.

그렇지만 이곳에서는 달랐다. 이곳에서 류즈는 처음으로 많은 것을 스스로 선택했다.

황송했던 만남도, 허물없어졌다고 생각한 다음의 나날도, 죄다 스스로.

책을 안고 있는 소녀에게 조금이나마 다가서고 싶어서 그 흉내를 내고자 생각한 것도. 그 흉내를 도와주겠다는 말을 직접 들어서 가르침을 청하는 미래를 그린 것도.

"저는 아무것도 안 잃었어요. 받은 것 전부 떠안고 있어요."

설령 그리던 미래가 이루어지지 않아도 류즈는 행복을 얻어 온기를 껴안고 있다.

"여기서 지내서 행복했습니다. 그러니 전 그 시간을 지키기 위해서 갈 거예요. 베아트리스 님에게는 몇 번이나, 지금도, 많은 은정을 주신 데에 감사드려요."

멀찍이, 건물 밖에서는 굉음이 울려 퍼지고 있다.

지면을 뒤흔들어 대기를 떨게 하는 그 소리는 초월자 사이의 전투의 여파다. 희미하게, 그러나 확실하게 접근하는 그것은 두 사람에게 진정으로 결단을 다그치는 운명의 부름이었다.

딱 한 번, 눈을 감았다. 가슴속에 있는 희미한 불안, 그 감정을 류즈는 능숙하게 숨겼다. 정면에선 베아트리스가 머리를 굴리며 필사적으로 말을 찾고 있었다.

류즈의 의사를 꺾고 마음을 뒤집어 의견을 번복하게 할 마법의 말을.

──그런 편리한 마법은, 이 세상 어디에도 없다.

"베아트리스 님."

자신을 부르는 소리에 베아트리스가 아주 자그마한 희망에 매달리듯 고개를 들었다. 자기는 떠오르지 않는 마법의 말이 류즈에게서 나오기를 기대하며. 그러나──.

"과자, 너무 많이 드시지 않게 주의해 주세요."

마법의 말 대신에, 류즈는 베아트리스에게 마지막 부탁을 건넸다.

같이 차를 마시면 다과에 가는 손이 멈추지 않는 아이였으니까. 모처럼 귀여운데, 살찌기라도 하면 아깝다. 이도 꼭꼭 닦았으면 좋겠다.

──좀처럼 보여주진 않지만 웃으면 정말로 사랑스러운 소녀니까.

고개를 돌려 류즈는 홀린 듯 그윽하게 빛나는 마수정을 바라보았다. 만지기만, 해도 충분하다.

아프거나 괴롭지는 않을까.

자신의 종말은 각오했으나 그게 어떤 방식으로 찾아올지는 모른다. 그게 약간 무섭다는 생각이 들어 자기 자신이 한심했다.

이 빛에 삼켜질 때, 자신은 이『성역』을 진짜로 만들 수 있다.

그 진짜 세상에서 모두가 행복하고, 그런 세상을 베아트리스가 지켜봐 준다면.

"_____."

불현듯, 소매를 잡아끄는 감촉이 있었다.

돌아보자 베아트리스가 소매를 잡고 있었다. 그녀는 류즈가 처음 보는 얼굴로 불안한 손끝으로 류즈의 소매를 잡아끌었다.

잡아서 어쩌고 싶은지 아마 베아트리스도 모르고 있다.

하지만 무언가를 전해야만 한다고, 베아트리스는 동그란 눈에 애타는 감정을 담으면서 말했다.

"채, 책을…… 글공부를, 가르치겠다는 약속……이."

마지막의 마지막에, 머리에 그린 미래가 같았다는 사실에 류즈는 마지막 용기를 얻었다.

류즈는 소매를 잡은 베아트리스의 손가락을 살며시 풀었다.

맞닿은 손끝에서 온기가 전해지고, 마지막으로 류즈는 꽃이 피듯 미소 지었다.

하나도 무섭지 않다. 무섭다는 마음은 베아트리스가 녹여 주었으니까.

"고마워. ——안녕, 베티."

——인생에서 최고의 친애를 둘도 없는 친구에게 전하고, 류즈의 의식은 파란빛에 휩싸였다.

10

"——이것이, 내가 묘소에서 본 류즈 메이엘의 과거라네."

긴 것 같으면서도 짧은 옛날이야기를 마무리하면서 시마는 깊숙이 머리를 숙였다.

차분한 얼굴로 이야기를 다 들은 스바루 일행은 그런 시마의 행동에 아무 말도 하지 않았다. 이야기꾼이던 그녀에게는 이 과거를 오래도록 떠맡고 있던 고뇌가 있었을 것이다.

『성역』의 시작과, 류즈 메이엘. 시조인 그녀에게 숨겨진 진실의 무게에.

"기억은 여기까지, 그다음 사건은 알 도리도 없네. 하나 이렇게 『성역』이 존속하고 있다는 말은, 류즈 메이엘의 결단은 헛일이 아니었던 모양이로고."

"한데, 그건…… 내가 아는, 이 『성역』의 본질과 너무나 달라……."

시마와 내력이 동일한 류즈는 유달리 동요가 컸다. 같은 입장임에도 동포가 떠맡은 고뇌를 깨닫지 못하고 허위 사실을 믿고 살아온 충격은 헤아릴 수 없다. 그런 그녀와는 비교할 수도 없지만, 스바루에게도 이는 놀라지 않을 수 없는 진실이었다.

"마수정의 그 이후와, 류즈 메이엘의 거처는 스 도 령 쪽도 알고 있겠지."

"복제체의 시설에 있는, 그게 그거잖아. ……그런데 크리스털을 포함해서 시설의 역할이 들었던 이야기와 전혀 달라. 에키드나도 그것과 결계의 관계는 한마디도……."

꿈의 성에서 만난 에키드나가 결계의 목적을 언급한 적은 없었다.

에키드나는 한 번 『시련』과 자신과는 무관계하다고 거짓말했다가 의견을 뒤집었다. 그렇기에 『성역』의 성립과 결계의 존재도, 거짓말을 두려워해 에키드나 본인에게 확인한 적은 없어서 ──.

"시마 씨……가 아니라, 류즈 씨 쪽은 어디서, 에키드나의 목적을?"

에키드나의 목적은 불로불사── 복제체에 자신의 기억을 전사해 의사적인 영원한 삶을 확립하는 데에 있었다. 거기서 모종의 실패가 발생해 그릇이 되어야 할 복제체가 태어나는 구조만이 남는 바람에 지금도 복제체가 계속 늘어나고 있다. 그렇게 말했을 터다.

"나는…… 우리는 관리자로서 역할을 부여받은 최초의 복제체일세. 지식과 목적만은 처음부터 머리에 있었어. 그래서 그걸 의심한 적일랑……."

"처음에는 도저히 나도 수용할 수 없었지. 그 결과 행동과 생각에 정상성을 잃어서 관리자인 류즈로서의 역할에서 제외된 게야."

곤혹스러워하는 류즈의 말에 같은 충격을 10년 전에 극복한 시마가 끄덕였다. 지금은 류즈도 차마 냉정하게 받아들이기란 어려울 것이다.

그러나 시마에게는 시간이 없다. 류즈가 회복하기를 기다릴 시간은 없었다.

"류즈 씨에게는 미안하지만 얘기를 진행하자. 에키드나가 진짜 목적을 숨기고 있었단 건 놀랄 일이 아니야. 엄청 있을 법해. 그래서 숨겼던 목적 말인데."

"슬쩍슬쩍 궁금해지는데요. 나츠키 씨 마녀한테 말을 막 하네요."

"원한이 심해지고 있거든. ──얘기 중에 나온 『우울』이란 건 대체 뭐야?"

유달리 이채를 발하던 『우울』. 스바루는 그 단어를 언급했다. 대죄를 앞세운 일곱 명의 마녀와 마찬가지로, 무지한 스바루가 모르는 것뿐이라면 그만이다. 하지만──.

"람도 『우울』이란 존재는 금시초문이야. 『탐욕의 마녀』조차 이름 정도나 아는 지식인데…… 『우울』은 명실상부 들어본 적도 없어."

"이 어르신도 몰라. ……시 할멈이 노망난 게 아니라면 어떻게 돼 먹은 거야."

스바루의 의문에 람과 가필이 동시에 고개를 가로저었다. 돌아보니 오토도 짚이는 데는 없다고 어깨를 으쓱이고 있어 사정은 더욱 알쏭달쏭해졌다.

다만 스바루에게는 딱 한 가지, 별로 믿고 싶지 않은 단서가 있었다.

"일곱 가지 대죄는, 오만 · 질투 · 분노 · 나태 · 탐욕 · 폭식 · 색욕의 일곱 개······인데, 옛날에는 이것과 달라서 현재 형태로 통합된 대죄가 있었다는 말을 들어본 적이 있어."

"그걸 어디서 들었냐고 물어봤자 헛수고겠지. ······그, 통합된 대죄는?"

"아마······『우울』과 『허식』이었던 것, 같아."

──일곱 가지 대죄에서 제외된, 구(舊) 대죄라고나 불러야 할 『우울』과 『허식』.

그것이 『성역』의 과거에 관련된 『우울』과 관계가 있다면 『허식』 또한 존재하리라.

"그런데 이건 꽤 난처한 일이랄까, 큰일이라고요."

출처가 불확실한 스바루의 정보를 이제 와서 의심하는 이는 이 자리에 없다. 그 신뢰의 필두인 오토는 "그도 그렇잖아요?" 하고 각자의 얼굴을 내다보다가 말을 이었다.

"대죄의 마녀도 그 존재 정도는 역사에 남아 있죠. 그런데 역사에 남지도 않은 대죄? 심지어 듣기만 해도 흉포하던 존재가 말이에요. 분명히, 뭔가 있다고요."

"애당초 『성역』이 만들어진 목적조차 류즈 님에게 은닉하고 있었어. 즉, 『우울』의 존재는 의도적으로 지워진 거야. 그 목적까지는 모르겠지만."

"머리가 좋은 놈들이 있으면 진행이 빨라서 편하군……."

스바루는 오토와 람의 고찰 속도에 한숨지은 다음 시마를 쳐다보았다. 람과 오토의 결론과 스바루가 아는 현재 상황을 감안하면 『성역』에서 일어난 일은——.

"——모조리 페이크. 『성역』은 에키드나가 『우울』에 대항하려고 만든 수단이고, 류즈 씨에게 주어진 역할과 복제체가 태어난 구조는 위장인가?"

"그렇게까지 해서 한사코 숨겨야만 했던 거구나. ——『우울』의 존재를."

"——엇, 할머니!"

스바루의 결론과 이를 받은 람의 말에 얼굴이 하얗게 뜬 류즈가 휘청거렸다. 순간적으로 가필이 그 어깨를 부축해서 묘소의 돌계단에 천천히 조모를 앉혔다.

"미안해. 말하는 방식이 안 좋았어. 하지만 뭐라고 하면 될지……."

"아니야, 됐네. 나도 스 도령과 같은 결론일세. ……단지, 좀 지쳐서 말이네."

눈을 내리깐 류즈의 목소리는 무거웠다. 무리도 아니다. 그리고 무리시켜서는 안 된다.

오래도록, 그야말로 자신의 평생을 걸고 믿어온 사명이 모조리 엉터리였다는 사실을 안 판국이다. 그 고통은 스바루도, 다른 누구도 상상할 수 없다.

"헛수고라고, 여기시나요? 류즈 님."

"람⋯⋯?"

침묵 속에서, 고개 숙인 류즈를 향해 람이 말을 걸었다. 그녀는 팔짱을 끼고 평소와 같이 명철한 눈초리로 류즈 옆에 있는 가필을 힐끔 보았다가 말했다.

"오래도록 믿은 사명이 거짓임을 아시고 낙담하는 기분은 짐작해요. 하지만 류즈 님이 『성역』에서 지낸 건, 사명밖에 없던 시간이던가요?"

"────."

"처음이야 어쨌든, 달랐을 테죠. ──적어도, 람은."

위로치고는 날카롭고, 질타치고는 부드럽다. 그야말로 람다운 말투다.

람의 말에 류즈는 희미하게 입술을 떨다가 마른 손으로 가필의 손을 잡았다. 가필도 말없이 그 손을 맞잡았다. 그걸로 충분했다.

람의 말이 맞다. 시작이 어떻든 간에, 거짓이 있었다고 해도 그다음의 사건이 퇴색되는 건 아니다. 류즈에게는 확실하게 얻어온 것이 있었다.

그리고 그렇게 생각하면 생각할수록 스바루의 가슴을 애달픈 감정이 들쑤셨다.

"──베아트리스는, 친구를 잃어버린 거군."

류즈 메이엘은 황송해서, 베아트리스는 고집스러워서.

마지막, 정말 마지막 순간까지, 두 사람은 서로의 우정을 확인할 수 없었던 것이다.

마수정에 삼켜진 류즈 메이엘. 그녀가 최후에 남긴 친애는 아마 베아트리스의 마음을 저주처럼 좀먹으며 아물지 않는 상처가 되어 계속 통증을 호소하고 있으리라.

　스바루를 거절하며 '죽게 해 줘.' 하고 애원한 베아트리스의 본심을 이제야 이해했다.

　유일한 친구를 잃은 베아트리스의 마음에 난 상처는 줄곧 딱지가 앉아 있다. 그 뒤에 매달린 희망, 어머니에게 명령받은 『그 사람』과의 만남도 이루어지지 않고서 시간만이 영혼을 닳게 했다.

　——잃어버리고, 뻗은 손을 비운 채 베아트리스는 400년의 공백을 지새웠다.

　"……베아트리스와 류즈 씨 쪽은 만난 적이 있어?"

　"아니, 없으이. 우리 복제체가 태어난 뒤로 베아트리스 님이 이 땅의 흙을 밟은 적은 없네. 나도 만나서는 안 된다고 줄곧 마음먹었지."

　복제체를 대표해 시마가 그렇게 대답했다. 그 대답에 스바루도 일부는 같은 의견이다.

　오리지널과 복제체는 어디까지나 다른 사람이며 류즈들과 베아트리스를 만나게 해 봤자 그것은 류즈 메이엘과의 재회가 아니다. 상처만 벌릴 뿐이다. 하지만——.

　"류즈 메이엘은 마지막에 소원했다며? 여기가 『성역』이 되어, 모두가 웃을 수 있는 곳이 되고…… 그곳에 베아트리스도 있어 줬으면 좋겠다고."

"그려, 하지. 그렇게 되진 않았네만……."

"확실히 400년은 좀 시간이 너무 걸렸어. ……하지만 너무 늦은 것도 아니지."

상처가 아물 낌새가 없는 건 베아트리스의 시간이 멈춰버렸기 때문이다.

아무리 작은 생채기라도 시간이 작용하지 않으면 아물 턱이 없다. 그러므로——.

"——그 녀석의 멈춘 시간, 이번에야말로 쳐부숴 주마."

내민 주먹에 힘을 꽉 주고 스바루는 힘차게 단언했다.

가슴속에 불이 켜진다. 눈꺼풀 속에 빛이 보인다. 이 팔로 끌어 주고 싶은 소녀가 있다.

"……결계를 푸는 것이 류즈 메이엘의 소망을, 우리 시조의 소원을 짓밟는 게 아니냐고 나는 줄곧 두려워했네."

스바루의 선언을 들은 시마가 느릿느릿 고개를 가로저으면서 말했다. 찰랑이는 연분홍빛의 긴 머리카락이 그녀의 마음속 불안을 여실히 표현하는 것처럼 느껴졌다.

"시간이 지나면 시대도 바뀐다. 옛날 이 땅으로 쫓긴 동포……. 더러운 피라고 불리던 혼혈에 대한 대우도 조금은 나아졌다. 그런 변명으로 시조의 소원을 속이고."

"……불안한 건 이해해. 피에 관한 얘기는 차별과 뗄 수 없는 문제지만 편견이란 아직 이곳저곳에 남아 있지. 숲 밖에 있어도 싫은 경험은 분명히 겪을 거야. 그래도."

스바루의 뇌리에 스친 것은 왕성에 모인 왕선(王選) 후보자들의 모습이었다.

그 홀에서 자기 의사를 말로 표현해 날아오는 악의에도 정면으로 견뎌낸 에밀리아. 그녀의 이상 끝에 있는 것이 류즈 메이엘의 소원이 가닿는 세상이다.

최소한 스바루만은 그렇게 믿는다. 그리고 에밀리아가 성취할 수 있으리라 믿었다.

"에밀리아가 그걸 해냈을 때, 끝이 난 『성역』은 다시 시작될 거야. 죄다 잘 풀리면 온 세상이 모두의 『성역』이라고 부를 수 있게 될걸."

에밀리아는 그걸 위한 노력을 아끼지 않는다. 다른 왕선 후보자들도 확실하다고는 말 못하겠지만, 잘되라고 손써 줄 만한 인재가 절반 정도는 있다.

언젠가는 이룰 거라고 이상을 칭송하며 가까운 곳에서 그녀를 지탱해 주는 게 스바루의 역할이니까.

"꿈같은 이야기. 귀에 살가운, 듣기만 좋을 뿐인 말이로고."

"그래도 이 어르신은 넘어가 주지."

힘없이 입술에 웃음을 띤 시마의 중얼거림에 가필이 기세등등하게 가슴을 두드렸다. 망설임이 가신 표정의 가필은 날카로운 개 이빨을 내비치고 웃으면서 스바루에게 끄덕였다.

"주둥이로만 끝나지 말라고, 대장. 공주님…… 에밀리아 님 엉덩이를 걷어차서라도."

"에밀리아땅의 귀여운 엉덩이에다 험한 짓 안 해. 그래도, 나도 알아."

가필과 스바루의 기세등등한 대화를 시마는 눈부시게 응시하며 말했다.

"이, 『성역』 밖의 세상…… 그 전부가 『성역』이 된다라."

"그리됐을 때 틀어박혀 있으면 아깝잖아. 그런 짓 할 수도 없다는 낯짝인 패거리에게 우리가 일등으로 동참했다고 으쓱해 줘야지."

"후, 크크, 옳거니. ……맞는 말이로세."

익살 떠는 스바루의 말에 시마가 미소 지었다. 그런 시마의 표정에는 오래도록 짊어진 무거운 짐을 내려놓은 듯한—— 아니, 실제로 그렇다. 그녀는 짐을 내려놓은 것이다.

줄곧 혼자서 떠맡아온 짐을 내려놓고 지금부터 새로운 한 걸음을 내딛기 시작한다.

"앞으로는 우리와 발을 맞춰서…… 어, 시마 씨?"

"……뭘, 활동 한계가 왔을 뿐이네. 너무 늙은이를 부려먹지 말아 주게."

휘청거리는 시마가 너스레로 응수하고, 그 작은 몸을 람이 부축했다. 졸린 듯 고개 숙인 시마의 말에 스바루는 그녀의 활동 한계가 찾아온 것을 이해했다.

소량의 마나에 의지해 고정된 시간밖에 활동할 수 없는 복제체의 한계다. 과거를 다 설명해 역할을 마친 시마는 여기서 잠이 든다. 스바루 일행에게 뒷일을 의탁하고.

"무리하게 해서 미안해. 하지만 듣고 싶던 것 이상의 이야기를 들었어. 고마워."

"──맡기겠네, 스 도령."

스바루의 감사에 류즈는 주어 없는 말로 응답했다. 그리고 그녀는 람에게 몸을 내맡기며 의식을 툭 놓았다. 다음에 깨어나는 건 내일 이후, 아마 결판이 난 다음일 것이다.

"맡았다고. 400년 전부터 이어온 소원이란 거. ……무지 무섭지만 말이지."

남한테 맡길 수는 없고, 당연히 흘릴 수도 없다. 두 손으로 껴안고서 그러고도 모자라면 남의 손도 빌려서 어기영차 해 보자.

"어쨌든 시마 씨는 쉬게 하고 싶어. ……람, 맡겨도 될까?"

"가프의 허름한 집……보다는, 시마 님의 은신처 쪽이 가깝겠는걸."

"오오, 그렇담 이 어르신이 같이……."

"아차차, 잠깐만요. 가필도 아직 무리하면 안 되죠. 이번엔 람 씨를 따라가는 역할은 류즈 씨에게 부탁하죠."

"아앙?"

시마를 안은 람에게 솔선해 협력하려던 가필을 오토가 말렸다. 그 행동에 가필은 으르렁대지만 람이 "그러네." 하고 선선히 동의했다.

"막되어 먹은 가프가 따라와서 시마 님의 휴식을 방해해선 본말전도지. 류즈 님을, 배려심이 모자란 남자들 옆에 남기고 가는 것도 양심에 가책이 들고."

"그래그래……. 어라?! 지금 저도 그 남자들에 포함됐어요?!"

수긍 안 간다고 부르짖는 오토의 말에 아랑곳하지 않으며 람은 시마와 류즈를 데리고 떠났다. 같은 계통의 머리색을 가진 세 사람이 그 자리를 떠나자 오토는 "으—음." 하고 고개를 모로 꼬다가 말했다.

"저거, 아마 람 씨는 감 잡고 있던 게 아닐까요?"

"뭐, 람의 감을 봐선 충분히 있을 만하지. 하지만 못 본 척해 줬단 말은…… 아니, 애당초 협력해 준 시점에서 가닥은 잡았단 얘기인가."

오토의 발언에 깊이 끄덕인 스바루는 사라진 람의 등을 향해 못 당해내겠다며 고개를 숙였다.

"아니 뭘 맘대로 서로 이해하고 있어! 대체 뭐냐고, 설명해. 내팽개쳐두면 『몰그레의 열 명과 한 명』처럼 되잖아!"

거기서 이야기에 못 따라가던 가필이 언성을 높이며 포효했다. 성을 내는 가필에게 스바루는 "그거 말인데." 하고 말을 받았다.

"네가 가면 난처하기도 하고, 불확정 요소인 람을 떼어두고 싶었거든. 별로 의미는 없었던 것 같지만. ……쟤도 지친 걸 감추고 앉았고 말이지."

"람을 떼어두고 싶으시다? 이것 봐. 더더욱 무슨 말 하는지 알아먹을 수가……."

"——지금부터 메이더스 변경백 댁에 실례할 거라서요. 가필의 팔은 둘, 짐덩이는 둘, 이거라면 어떻게든 가망 있겠죠?"

말을 가로막혀 어안이 벙벙해진 가필. 오토가 한쪽 눈을 감았다. 그런 두 사람의 모습을 본체만체하며 스바루는 묘소——

에밀리아가 치르는 『시련』의 경과를 생각하면서 읊조렸다.

　"에밀리아땅이 가슴을 펴고 나오기 전에, 어떻게든 돌아와야 겠지."

제3장 『거인의 별이 웃은 날』

1

──이야기는 다시 100년 전의 숲으로, 한 소녀에게 찾아드는
『시련』의 순간으로 돌아간다.

"마녀교 대죄주교『탐욕』담당, 레굴루스 코르니아스."
──비웃으며 그렇게 이름을 밝힌 청년이 뿌리는 분위기는
『이질』그 자체였다.

언뜻 보아 우두커니 서서 따로 자세도 안 잡고 선 모습은 빈틈
투성이다. 눈은 경계심과 무관한 여유와 자만심으로 가득 차서
자신에게 위해를 가할 수 있는 존재는 한 번도 상상해 본 적이
없는 표정이다.

이것이 평시에다 견고한 성안이라면 아무런 문제가 없다. 그
러나 청년은 초대받지 않은 손님이며 정면에는 눈매가 험악해
져서 적의를 높이는 포르투나가 있는 판국이다.

이런 상황임에도 여전히 그런 자세를 관철하는 건 여유로운
걸 넘어서서 현실을 못 보는 꼴이다.

하지만 남자── 레굴루스에게는 타인에게 자기 자세를 억지로 이해하도록 만드는 이질성이 있었다.

그리고 레굴루스가 밝힌 직함에는 에밀리아도 기억이 있다.

『마녀교, 대죄주교라면……. 저택과 아람 마을을 습격한 사람들의……!』

로즈월 저택과 아람 마을에 적의를 겨누고 마을 사람들을 『성역』으로 피난하게 계기가 된 집단── 대죄주교란 그 마녀교를 이끄는 간부의 직책명이라고 들었다. 그 대죄주교 중 한 명이 에밀리아를 노린 적이며, 렘에게 긴 잠을 강요한 원수라고.

『그런 사람이 왜 이 숲에…….』

"──레굴루스 코르니아스 주교! 당신이 왜 이곳에 있지?!"

현재의 에밀리아가 품은 의문을, 과거의 숲에 선 쥬스 또한 목청 높여 물었다. 그 표정은 험악해서 어린 에밀리아와 포르투나에게 보내는 친애와 비교하면 다른 사람 같다.

"이 숲에는, 이 건에는 나 말고 아무도 관계하지 않겠다고, 그런 확약이 있었을 텐데!"

"확약? 네가 맘대로 말하고 맘대로 정했을 뿐인 협정이잖아. 그런데 생색내듯이 다른 사람을 따르게 하겠다니 잡스러운 정령이 우쭐하기도 했군. 남의 의사나 생각을 제한하겠다니 말이지. 내 몸도 마음도 침해하는 건 작작하지그래."

"대답이 못 돼! 협정이 마음에 안 들었다면 교회에서 말을 나누면 되지 않나! 여기에 뭐하러 얼굴을 내밀었어! 애당초 누구에게 듣고 이곳을……."

노발대발한 쥬스와 언짢은 레굴루스와는 면식이 있는 관계 같다. 하지만 서로 간에 친애는 털끝만큼도 없으며 이곳에서 이루어지는 대화에 합의점도 존재하지 않았다.

그러나——.

"——그건, 제 지시에 따른 거랍니다."

별안간 방울소리처럼 상냥한 여성의 목소리가 둘의 대화에 끼어들었다.

그 목소리에, 과거와 현재, 이곳에 모인 전원이 저마다 반응했다.

쥬스의 눈에 전율이 떠오르고, 포르투나의 두 눈을 분노가 채운다. 어린 에밀리아는 어머니의 품속에서 눈물로 눈을 흐리고, 레굴루스의 입술이 흉흉한 웃음을 그렸다.

그리고 『과거』를 엿보는 에밀리아는 경악으로 숨을 집어삼키고, 에키드나는 그저 눈을 감았다.

——숲의 나무들 틈을 지나 그 자리에 모습을 드러낸 것은 한 소녀였다.

에밀리아 일행과 대치한 레굴루스의 옆에 서서 걸음을 멈춘 소녀—— 그것은 목격한 사람이 하염없이 몸을 떨 만큼 무시무시하게 아름다운 비인간적인 미모였다.

길고 투명한 백금발이 햇빛을 구현한 것처럼 달콤하게 반짝이며 가는 어깨를 타고 등에 빛의 폭포를 낳고 있다. 긴 속눈썹으로 테를 두른 두 눈은 세상을 가둬 넣은 그윽한 파랑으로, 단정하기 짝이 없는 용모는 온갖 인간이 품는 『미(美)』라는 개념에 대한 최적의 해답이었다.

작고 가녀린 몸은 바람에 껴안기는 것조차 위태롭게 여겨져, 몸에 두른 한 장의 천만이 그 맨살에 닿는 것을 세상에 허락받았음을 이해하게 만들게끔 덧없었다.

가령, 정녕 가정으로 하는 얘기지만, 아름다움이 사람을 죽인다면 그녀야말로 그 『미』다.

"왜 그러시죠? 로마네콩티 주교."

죽음의 원인이 될 수 있는 미모의 소녀가 소박한 의문에 갸우뚱했다.

그 물음을 지어내는 음성 하나로, 별생각 없는 눈짓 하나로, 소녀가 자신의 시간을 할애했다는 사실만으로, 만약 일반인이라면 심장이 멎을지도 모를 행복감을 주었다.

누구나 한눈에 이해했다. ──이것은 이승에 있어서는 안 될 위험한 존재라고.

"어째서…… 어째서, 당신이 이곳에…… 레굴루스 코르니아스! 어째서, 이분을!!"

자기 내면에서 부풀어 오르는 항거하기 어려운 충동을 거부하듯 쥬스가 이를 악물었다. 피가 나는 그 거절에 레굴루스는 마음속 깊이 어이없다는 얼굴로 콧방귀를 뀌었다.

"내가 데려왔다 이거야? 저기 말이야, 그게 바로 단정이고 내 뜻도 아니야. 누군가에게 뭔가를 강요하는 건 내가 제일 싫어하는 짓인 걸 알잖아? 동행하신 건 본인의 의사야. 뭐든 다 내 탓으로 하고, 나한테 무슨 원한이라도 있대?"

"코르니아스 주교, 저 사람도 혼란스러워하고 있어요. 너무 책망하지 말길."

달래는 그 말투는 자칫 레굴루스의 신경을 긁더라도 이상하지 않았다. 그럼에도 불구하고 레굴루스는 공손히 허리를 숙였다. 그 입 끝을 열락으로 실실대면서.

이 흉인(凶人), 레굴루스에게 그렇게까지 하게 만드는 이상성은 이미 필설로 형용하기 어렵다.

"이건…… 이래서는 너무나, 너무나 끔찍하지 않습니까, 판도라 님……!"

세계에 축복받는 것에 필적하는 행복감을 불러일으키는 소녀의 미소. 판도라라고 불린 소녀는 자신을 에워싼 모든 것을 용서하는 포용력으로 세계에 응답했다.

그 가는 손을 펼치고 덧없는 팔로 모든 것을 다 껴안듯이.

"자, 열쇠와 봉인을 이리로. ──우리 마녀교의 숙원을 성취하기 위해서."

"판도라아아아아아──!!"

온화한 소녀의 선언에 포르투나의 사나운 외침이 겹쳤다.

어린 에밀리아를 등 뒤로 감싸고 부르짖은 포르투나의 주위로 파란빛이 전개되었다. 빛은 장대한 얼음 쐐기로 모습을 바꾸고 세상을 가득 메울 정도의 물량이 판도라에게 창끝을 겨누었다.

"어머."

"꼬치가 되어서, 오빠에게 사과해라!!"

멍해진 판도라에게 포르투나의 마법이 인정사정없이 발사되었다.

한 발이 어른의 팔뚝만 한 얼음 쐐기가 가공할 기세로 판도라에게 쇄도했다. 날카로운 끝부분이 멍한 소녀의 얼굴에 박히고, 깨진 얼음 파편이 숲을 하얗게 물들였다.

"이걸로, 없어져버려——!!"

격노로 아름다운 옆얼굴을 일그러뜨린 포르투나가 잔혹하게 빛나는 광경에 종지부를 찍었다. 숲의 하늘을 가르고 추락하는 거대한 얼음덩이가 판도라를 직격—— 대지에 차가운 묘비를 박았다.

그 장렬한 광경에 어린 에밀리아도, 그리고 현재의 에밀리아도 목소리가 나오지 않았다.

팩의 힘을 빌린 에밀리아라도 지금의 어머니에 필적하는 마법을 다룰 수 있을까. 포르투나를 얕볼 작정은 없었지만 그 상상 이상의 전투력에 전율했다. 하지만——.

"——저기 말이야. 지금 거 완전히 나 안중에 없었지? 안중에 없었는데, 그런데도 날 덤터기 씌우며 공격하다니 이래도 돼? 그거 말이야, 내 생명을, 내 존재를, 내 권리를, 나란 인간 자체를 짓밟았단 뜻이지?"

하얀 아지랑이 속에서 끈적이는 원망이 들린 다음 순간, 얼음의 묘비가 산산이 깨졌다.

얼음 파편이 반짝이는 환상적인 광경 속에 유유히 서 있는 레굴루스의 모습은 너무나도 이질적. 그리고 그의 뒤에서 역시 마찬가지로 상처 하나 없는 판도라 또한, 이질적이다.

가볍게 웃옷을 손으로 털어낸 레굴루스는 그만한 공격을 받았음에도 불구하고 상처를 입기는커녕 옷에 얼룩 한 점 없었다. 판도라도 바람에 흐트러진 앞머리를 손가락으로 정돈할 뿐.

아마도 판도라 앞에 선 레굴루스가 그녀를 감싼 거겠지만, 단순한 방어력으로는 치부할 수 없는 현상이었다. 무슨 일이 일어났는지 에밀리아에게는 짐작도 가지 않았다.

『저것이 당대의 '탐욕'인가. 본래는 있을 수 없는 만남이라고 생각하니 흥미롭기는 한데.』

『……에키드나는, 지금 게 뭐였는지 알았어?』

나무그늘을 벗어나 전투를 보기 쉬운 위치로 이동해온 에키드나에게 에밀리아가 물었다. 당연한 것처럼 옆에 붙어선 에밀리아의 모습에 에키드나는 입 끝을 일그러뜨렸지만, 금세 탄식과 함께 입을 열었다.

『상상은 가지만 확신과는 멀어. 좀 더 사태를 지켜보면 권능도 추측할 수 있겠지만…… 아무래도 그건 상황이 허락하지 않나 보군. ──움직인다.』

단정적인 에키드나의 말에 에밀리아는 아쉬운 기분을 느끼면서 과거에 집중했다.

첫 공격이 쉽사리 막혀서 이를 가는 포르투나. 그 앞에서 쥬스가 팔을 뻗으며 말했다.

"포르투나 님! 지금은 에밀리아 님을 데리고 물러나십시오! 레굴루스 코르니아스에게, 현재의 우리는 너무나 무력합니다!"

"그럴 수가……! 저 여자를 앞에 두고서 나더러 물러나라고 그러는 거야?!"

"상황을 감안하세요! 지금, 당신은 누구를 감싸고 계십니까!!"

"큭……!"

철저항전 자세를 보이는 포르투나에게 쥬스가 일갈했다. 그 말에 눈을 크게 뜬 포르투나는 바로 뒤에서 자신의 옷자락을 잡고 있는 딸의 모습을 보았다.

"어, 어머니……."

"에밀리아……."

"물러나십시오. 그리고 바로 촌락에 구원 요청을. 저와 함께 온 신도들은 저와 소원을 함께하는 이들. 필시 당신의 힘이 될 겁니다."

어린 에밀리아를 안아 든 포르투나에게 쥬스가 차분한 목소리로 일렀다.

"하지만 우리가 그러면, 당신은?"

"──안심하시길. 저 또한 대책 없이 남는다는 말은 안 드립니다."

포르투나의 우려 어린 눈초리에 쥬스는 긴장이 서렸음에도 웃는 얼굴로 응수했다.

그 긍지 높은 웃음에 포르투나는 미련을 끊어내듯 눈을 세게 감았다.

"기필코, 구하러 돌아올게. ──기필코."

그 말을 남기고 어린 에밀리아를 안은 포르투나는 숲을 달리기 시작했다.

어린 에밀리아는 어머니의 품속에서 버둥대며 필사적으로 멀어지는 쥬스의 모습에 소리를 질렀다.

"쥬스——!!"

그 어린 친애에 쥬스는 편안한 웃음으로 손을 들었다. 그 뒤 숲속으로 멀어진 에밀리아는 쥬스의 헌신을 지켜볼 수 없었다.

그런데도 기억에 없어야 할 다음 광경이 이어지는 데에 현재의 에밀리아는 혼란을 일으켰다. 에밀리아는 이다음 쥬스의 헌신을 모른다. 그렇다면 이 광경은——.

『쥬스와 우리가 뿔뿔이 흩어졌는데…… '시련'은, 여기는 어떻게 되는 거야?!』

『당연히 이어지지. 네가 보지 못한 과거지만 이 복제 세계의 재현에는 '예지의 서'의 수정력이 작용한다. 여기서 이어지는 투쟁 또한 네 과거에 있던 확실한 광경이야. ——하긴 '시련'을 감안하자면 자기 자신을 쫓아야 하겠지만. 어쩔 거지?』

에키드나는 에밀리아의 의문에 대답하며 언외로 포르투나를 쫓아야 한다고 충고했다.

그 의견에 에밀리아의 마음은 갈팡질팡했다. 물론 에밀리아의 목적은 『시련』의 돌파에 있다. 그 때문에 과거의 자신을 쫓아야 하는 건 의심할 여지도 없다.

그러나 쥬스의 분전이 이곳에 있다. 포르투나와, 무엇보다 어린 자신을 피신시키기 위해서 몸을 바친 그의 싸움이. 그리고——.

『흐응, 남으려고?』

『방금 에키드나 말투……. 그것만이 이유가 아닌 것처럼 들렸어.』

『————.』

『내 지나친 생각은, 아니라고 봐. 마치, 날 저리로 보내고 싶은 것처럼…….』

『——어떻게 생각하든 네 자유지. 그리고 느긋하게 구는 틈에 사태가 움직인다.』

에밀리아의 의혹에 응답하지 않고 에키드나는 한 발짝 물러나 거리를 벌렸다. 지금부터 전장이 되는 이 공간을 관망하고자 위치를 선정하는 움직임이다.

그리고 마녀의 시야에 펼쳐진 전장에서 백발의 흉인이 막아서는 쥬스를 조소했다.

"흐음, 제법 멋지잖아. 근데 말이야. 누구 양해를 받고 도망쳐 보냈대? 나 말이야, 뭐 하러 왔을 것 같아? 아무리 생각해도 말이야. 용무가 있던 거잖아. 너한테 말고, 저쪽에 말이야. 그걸 방해한단 말은, 즉, 내 행동, 권리에 대한, 침해다."

"맘대로 말하시지, 레굴루스 코르니아스. 하지만 난 내 존재에 걸고 이 앞으로 당신들을 보낼 수는 없다!"

"말은 잘해. 마녀교의 창설자 중 한 명인지 뭔지 모르겠지만 과거에 좀 공헌했다는 정도 가지고 현재 자리에 앉은 네가 정당하게 선택받아서 이 자리에 있는 나와! 겨루어서! 이길 줄 알고? 너 머리가 어떻게 되어 먹은 거야?"

"그건…… 지금부터, 보여주지."

방자한 이론으로 더더욱 성내는 레굴루스의 말에 쥬스는 그저 차분하게 대답했다.

『잠깐……. 쥬스, 뭐하는 거야……?!』

　법의에 손을 넣은 쥬스의 표정에 『죽음』의 각오가 보인 느낌에 에밀리아는 순간적으로 과거에 손을 뻗었다. 그러나 이미 끝난 이야기에 독자가 간섭할 방법은 없다.

　뻗은 손은 통과해 한때 맞잡았던 손은 접촉하지 못하고, 결의는 막을 수 없다.

　"이봐. 너, 설마……!"

　쥬스가 법의에서 꺼낸 것은 검고 작은 상자였다. 그 상자를 보고 레굴루스는 한순간 눈썹을 찌푸렸지만 바로 그 정체를 짐작한 것처럼 눈이 휘둥그레졌다.

　거의 처음으로 여유가 허물어진 레굴루스를 쥬스는 결의 어린 눈초리로 꿰뚫었다.

　"느꼈을 거다. 당신도, 한 번은 이것을 손에 들었으니까."

　"알지, 그래. 알기 때문에 네 미련함에 기가 막혀 뭐라 말도 못하는 거지. 그게 비장의 수라고 믿기라도 하나? 왜 모른대……. 너한테! 그걸 들 자격은 없다고! 다름 아닌, 그것이 결정했다는 사실을!"

　"……확실히 나한테 이것에 적합할 소양은 없지. 따라서 줄곧 그저 맡은 물건을 들었을 뿐이야. 하지만 그 또한 이런 순간을 위한 것."

　여태까지와 다른 분위기로 레굴루스가 격분하고, 쥬스는 냉정하게 고개를 가로저었다.

검고 탁한 분노와 파란 불꽃 같은 결의. 그 둘이 충돌하려——.

"——페텔기우스 로마네콩티 주교."

처음 있던 곳에서 움직이지 않고 있던 판도라가 미소와 함께 쥬스에게 말했다.

그것은 이름이다. 이름이 불려 고개를 들었다. 그런 쥬스에게 판도라는 온화하게 말을 이었다.

"좋은 여행을."

아무런 악의도, 해칠 뜻도, 적의도, 다른 뜻도 없는, 선의에 가득 찬 축복의 말이었다.

그렇기에 그 말에 에밀리아의 섬뜩함은 그치지 않았으며 그것은 쥬스 또한 마찬가지였다.

판도라의 축복은 칼날 같아, 쥬스는 마음을 저미는 고통을 맛본 표정으로 손바닥의 작은 상자를 개방했다. ——상자 안에, 굼실대는 검은 『뭔가』가 있다.

"저를 용서해 주십시오. ——플뤼겔 님."

말을 뱉은 쥬스는 그 검은 『뭔가』를 상자째로 자기 가슴에 밀어붙였다.

순간, 『뭔가』는 쥬스의 가슴에 물을 뿌린 것처럼 튕기고 폭발적으로 체적을 늘리며 쥬스의 온몸을 휩쌌다. 점성을 띤 생물이 쥬스를 삼킨 것만 같은 광경에 에밀리아는 말이 못 되는 비명을 질렀다. 『뭔가』가 쥬스의 존재를 가차 없이 덧칠했다.

"바보군."

내뱉듯이 레굴루스가 처음으로 짧은 말로 욕했다.

그의 모멸 어린 시선 앞에서 『뭔가』에 삼켜진 쥬스는 두 손을 하늘에 처들고 입을 벌려 절규하고 있었다. 고통, 쾌락, 어느 것도 아닌 기이한 감각이 존재를 헤집는 것처럼.

──별안간 그 절규에 기묘한, 생뚱맞은 박수 소리가 섞였다.

"훌륭해."

사랑하는 소녀처럼 눈이 촉촉해진 판도라가 감탄과 함께 읊조렸다.

그녀는 존재가 흐트러져 신음하는 쥬스를 바라보며 은밀한 흥분에 숨결이 뜨거워졌다.

"판도라 님?"

그 모습을 기이하게 여긴 것은 에밀리아만이 아니라 레굴루스도 마찬가지였던 모양이다. 하얀 청년의 의아한 눈초리에 판도라는 박수를 중단하고 쥬스를 손가락으로 가리켰다.

"레굴루스 코르니아스 주교."

"네."

"옵니다."

그 직후, 레굴루스의 몸이 갑자기 거꾸로 뒤집혀 상공으로 드높이 내던져졌다.

"허──?"

그것은 흡사 인형의 다리를 잡고 힘으로 내던진 것 같은 유치한 폭력이었다.

던져진 레굴루스 본인부터 무슨 일이 벌어졌는지 이해하지 못한 얼굴로 숲의 꼭대기를 뛰어넘어 높이 정점에 이른 순간, 거기서부터 지면에 급강하──『다리를 잡힌 채』 밑으로 내던져진 것처럼 레굴루스는 속수무책으로 머리부터 대지에 메다 꽂히고 흙먼지가 피어올랐다.

핑음과 땅울림에 대지는 터져 나가고 충격에 말려든 나무들이 잇따라서 레굴루스의 착탄 지점에 쓰러졌다. 거목의 이어지는 공격에 레굴루스는 밑에 깔리고 숲에 소란스러운 정적이 내려앉았다.

『──아.』

에밀리아는 목소리를 잃고 방금 본 일련의 광경이 무엇이었는지 공백의 사고로 필사적으로 좇았다.

──하나도, 안 보였다. 단지 유일하게, 알 수 있던 점이 있다면.

"말했을 터⋯⋯입니다."

그 자리에 무릎을 꿇은 검은 법이의 남자가 피눈물을 흘리면서 앞을 보고 있었다.

흙먼지가 자욱한 나무들 틈새를 노려보며 가쁜 숨을 내뱉는 것은 각오와 맞바꾸어 도박에 승리한 한 남자── 그는 검은 『뭔가』가 좀먹는 고통에서 벗어나 일어선다.

숨은 가쁘고 발은 휘청거린다. 하지만 각오가 불굴의 불꽃이 되어 영혼을 뜨겁게 불태웠다.

"이곳에 있는 것은 희망⋯⋯. 저를, 저로 만들어 준 분들에 대한, 잊기 어려운, 크나큰 은혜⋯⋯."

피를 토하는 중얼거림에 섞여든 감정은 듣는 이의 마음을 들쑤시는 비장한 사명감. 담긴 감정은 얼마나 많은 해를 묵었는지, 그 깊은 속내는 아무도 엿볼 수 없었다.

다른 누구도 아닌, 한때도 잊지 않고 그 소원에 몸을 담은 당사자 말고는.

"그 나날이, 그 유대가, 그 소원이…… 나를, 나로 만들어 주었어. 언제나, 잊지는 않는, 겁니다……. 그러니까 지금, 피를 토할 가치가, 제게 있다면……."

피눈물을 흘리며 혈육을 쥐어짜 핏덩이를 흘리고 남자는 손이 안 닿는 축복에 고집했다.

눈구멍은 새빨갛게 물들었다. 피에 젖은 초점은 불안정하고 정면에 겨눈 눈길이 세상을 똑바로 비추고 있는지도 의심스럽다.

"진홍으로 물든 그 눈에 무엇을 비추고 있나요, 로마네콩티 주교."

"──사랑을."

붉은 두 눈이 자신을 보고 있지 않음을, 다름 아닌 시선 앞에 선 판도라가 간파한다. 그 사실을 마음에도 두지 않는 그녀의 물음에 남자 또한 주저 없이 응답했다.

상황이 여기에 이르러서 얄궂게도, 결코 양립할 수 없는 입장에 있는 양자의 의도가 완전히 교차했다.

"지금 이 세상에서 당신을 가장 사랑하는 자는 필시 저겠군요."

도취하며 판도라는 뜨거운 숨결에 고백을 실었다. 그 말에 남자는 딱 한 번 눈을 감았다가, 세상에서 가장 큰 이해자 행세를

하는 여자에게 송곳니를 드러냈다.

쥬스──아니, 그 남자의 이름은, 페텔기우스 로마네콩티.

"그 두 사람은 못 쫓아. 이 앞으로는, 절대로 보내지 않을──
겁니다!!"

2

피눈물을 흘리고 검은 『뭔가』를 자신에게 수용한 쥬스가 포
효했다.

상상을 초월하는 비장한 결의와, 귀기가 감도는 그 모습에 에
밀리아의 등골에 한기가 치솟았다.

직전까지 쥬스의 육체를 침습하려던 『뭔가』는 그 지배의 손
길을 늦춘 것이 아니다. 바깥이 아니라 안쪽에서 침략하기로 방
침을 전환했을 뿐이다.

실제로 법의 속에 있는 쥬스의 몸은 펄떡거리며 『뭔가』에 유
린당하고 있으므로.

『쥬스──. 뭘, 뭘 한 거야? 뭘──.』

무엇을 받아들였는가. 그리고 레굴루스를 일격에 매장한 힘
은 무엇이었는가. 무슨 일이 일어났는지 전혀 안 보였던 그것에
에밀리아는 기시감이 있었다.

──스바루와 가필의 일대일 대결, 그 결판에 이른 일격과,
왠지 닮아서.

"훌륭한 각오의 증명이에요. 페텔기우스 로마네콩티 주교."

그러나 에밀리아의 사고는 방울 소리 같은 목소리에 중단되었다.

가쁜 숨결과 함께 말 그대로 피를 토하는 쥬스를 응시하며 판도라는 초연하게 칭찬했다. 옆에 있던 레굴루스의 죽음에 눈썹하나 까딱하지 않고, 순수한 미모는 털끝만큼도 흔들리지 않았다.

"자격이 없는 몸으로, 용케 마녀인자를 흡수했어요. 이 『허식의 마녀』의 이름으로, 당신의 각오와 단호한 의지에 『나태』의자리를 내리지요."

"그와 같은 자리를 원한다고 생각하십니까? 지금의 제가 원하는 건 단 하나……. 이 몸을 바치는 데에 한 점 망설임도 없는, 저 모녀에게 평안이 있을 것——!!"

전장을 이탈한 포르투나와 에밀리아 두 사람, 그녀들을 피신시키는 데에 신혈을, 생명마저 쏟을 각오로 쥬스가 부르짖고 두팔을 판도라에게 내질렀다.

"사랑. 훌륭하네요."

"당신의 빈말로는 결코 실현할 수 없는 온기, 입니다!"

판도라가 황홀한 표정으로 중얼거리고, 쥬스는 함성과 함께 공격의 의사를 겨누었다. 그 직후, 공간에 이상한 압박감이 발생했다. 하지만 에밀리아의 눈에는 아무것도 보이지 않았다.

아무것도 일어나지 않는다. 일어날 리가 없다. 그래야 하는데
——.

『숲이, 잡아 뜯겨……?!』

쥬스 주위에 투명한 구렁이라도 꿈틀거리듯이 파괴의 충격이 퍼져나갔다.

나무들이 쓸리고 대지가 갈라지며 흙덩이와 풀과 꽃이 흩날린다. 그것은 쥬스의 뜻에 따라 아무렇게나 휘두르는 파괴에서 서서히 지향성 있는 파괴로 변동하고—— 거인에게 짓밟히는 숲의 붕괴가 우두커니 선 판도라를 노리며 일직선으로 돌진했다.

따라서 파괴는 그대로 판도라의 작은 몸을 피보라로 바꾸어
——.

"저기 말이야."

"큭——!"

"내가 왔는데, 내가 있는데, 그런 날 무시하고 얘기를 진행하다니 무슨 사고방식이야? 슬슬 말이야. 온화하고 욕심 없는 나라도 화낼 만한 상황 같단 말이지."

보이지 않는 일격이 판도라에게 닿기 직전, 충격에 하얀 그림자가 끼어들고 있었다.

그 직후 작렬. 대기가 터지고 그 여파에 숲의 지형까지 급변했다.

그럼에도 불구하고 그 위력을 정면으로 받은 청년—— 죽었을 터인 레굴루스는 뒷걸음질도 치지 않았다. 그러기는커녕 그 몸에는 직전의 상처뿐만 아니라 얼룩조차도 전무했다.

『세상에…….』

포르투나의 첫 공격, 그것을 상처 하나 없이 받아낸 데에는 억

지로 수긍할 수도 있었다. 현격히 실력 차이가 나면 그 필살의 맹공을 막아내는 것도 가능할지 모른다고.

하지만 쥬스의 보이지 않는 공격은 얘기가 다르다. 에밀리아는 확실히 보았다. 속수무책으로 레굴루스가 대지에 메다 꽂히는 모습을. ──왜, 상처가 없나. 얼룩조차 없나.

레굴루스에게는 공격을── 아니, 타인의 간섭을 받지 않는 모종의 술수가 있다.

"레굴루스 코르니아스……!"

"불쾌한데. 인자에게 인정받을 턱이 없는 네가, 대가도 무시하고 억지로 그걸 찍어 넣은 거잖아? 그거, 정당한 절차를 따라 자리에 앉은 나에 대한 모욕이란 거 아니야? 내 자그맣고 흔들릴 리 없는 자존심이 상처 받잖아."

"헛수고라고 하더라도, 나는!"

악의를 대놓고 흘리는 레굴루스의 안면이, 보이지 않는 일격에 호쾌하게 튕겨 나갔다.

하지만 충격에 뒤틀린 목을 되돌리는 레굴루스. 그 얼굴에 역시 일격의 흔적은 없다. 그저 불쾌한 듯 얼굴을 찌푸린 홍인은 쥬스가 지르는 공격을 무방비하게 마냥 받고만 있을 뿐이었다.

무방비하게 서 있는 남자. 막는 시늉조차 안 하며 온몸에 공격을 받으면서도 레굴루스는 쓰러지지 않는다. 뭔가를 걸고 얻은 힘이 통하지 않는다. 그러나 쥬스도 압도당하기만 하진 않았다.

통하지 않더라도 발목은 잡을 수 있다. 쥬스는 레굴루스를 그 자리에 못 박으며 공격을 연거푸 펼쳤다.

『──비김수군. 여기가 교착 상태에 빠진 틈에 너희 쪽에서 진전이 있을 것 같은데?』

쥬스의 분전과 이를 무자비하게 튕기는 레굴루스의 공방──그 싸움을 지켜보던 에밀리아의 등 뒤에서 에키드나가 말을 걸었다.

무감정한 그 말투에 에밀리아는 고운 눈썹을 세우고 이를 깨물었다.

『이 자리를 떠나란 거야? 쥬스가 저렇게까지 돼서 필사적인데!』

『마음의 강약이 결과에 영향을 주는지는 논의할 여지가 있다마는. 공교롭게도 난 너와 논의할 작정은 없어. 약한 자 괴롭히는 취미는 없고 네 목소리도 불쾌하기 짝이 없군.』

『그럼 잠자코 보고만 있으면 되잖아! 난……!』

──이 자리에 남아 쥬스의 각오를 지켜보겠다.

『읍──.』

그렇게 단언하려던 에밀리아의 말문을 막은 건 다름 아닌 자기 자신의 마음이었다.

순간적으로 가슴께로 뻗은 손이 깨진 결정석을 만졌다. 그 감촉이 에밀리아에게 목적을 떠올리게 했다. 에밀리아는『시련』에 도전해 과거의 후회를 막기 위해서 이곳에 왔다.

여기서 쥬스의 싸움을 지켜보는 건 지금 이 순간밖에 할 수 없을지도 모른다.

하지만 그건 에밀리아를 묘소로 보낸 스바루의 마음과 어린 에밀리아와 포르투나를 피신시켜준 쥬스의 마음, 양쪽 다 배신하는 행위다.

쥬스의 분전 끝에 『과거』가 있다. 에밀리아가 잊고 싶어 하던 진정한 『후회』가.

『──어느 쪽이 더 현명한지 네 모자란 머리로도 이해된 모양인걸.』

『……네 말이, 맞는 것 같아. 어머니와 나를 쫓아가자. 쥬스는.』

『대죄주교 사이의 싸움이다. 그리 쉽게 저울이 기울 일은 없어. 하긴 남은 한 명이 가담하면 얘기가 다르지만…… 그녀가 손을 쓰는 일은 있을 수 없거든.』

미련을 남긴 에밀리아의 눈앞에서 쥬스와 레굴루스의 일방적인 공방이 더욱 매서워졌다.

피눈물에 이어 콧구멍과 입 끝에서도 피가 넘쳐나는 쥬스. 체내가 『뭔가』에 유린당할수록 그 보이지 않는 파괴의 정밀도와 위력은 급증했다.

하지만 맞서는 레굴루스의 설명할 수 없는 내구력도 굳건했다. 교착상태다.

"하아……."

그리고 에키드나의 지적대로 방관 중인 판도라는 흥분에 가슴을 설레며 참전할 자세라곤 조금도 보이질 않았다. 그 괴이함에 공포마저 느끼지만.

『에키드나?』

『──장면을 전환하지. 숲으로 도망친, 너와 모친이 있는 곳까지.』

순간, 에키드나의 의식이 다른 뭔가에 빼앗기고 있었다.

그러나 그것도 찰나뿐. 부르는 소리에 의식을 돌린 에키드나는 에밀리아의 눈앞에서 손가락을 딱 튕겼다. 다음 순간, 시야가 일그러지고 경치가 일변했다.

그리고 격전이 이어지는 전장에서 동떨어져 처음에 다다른 곳은──.

"싫어! 싫어, 어머니! 제발 놓고 가지 마!"

찢어지는 어린애의 울음소리가 들려서 에밀리아는 튕기듯이 돌아보았다.

정면에는 에밀리아에게는 낯익은 거목──『공주님 방』으로 통하는 문 앞에서 흐느끼는 어린 에밀리아에게 포르투나가 열심히 뭔가를 타이르고 있었다.

포르투나는 가슴에 매달리는 딸의 어깨를 잡고 기도하듯이 머리를 숙였다.

"부탁이니 내 말 들어, 에밀리아. 괜찮아. 금방…… 그래, 금방 다 끝내고 돌아올게. 그러니까 그동안만, 여기에 숨어 있어 줘. 부탁해."

"안 돼! 절대 안 돼! 포르투나 어머니, 쥬스랑 같은 얼굴이야! 쥬스랑 똑같이, 뭔가 할 거야! 나, 날 두고, 뭔가…… 할 거야아……!"

에밀리아는 작은 몸 전부를 써서 어머니를 놓치지 않겠다고 바락바락 매달렸다.

　흔들어 풀어내려고 마음먹자면 어린애를 떼어놓는 거야 쉽게 할 수 있으리라. 그런데도 포르투나는 딸에게 비정해질 수 없었다. 그 이유는 어머니의 눈 가득하게 채워져 있었다.

　포르투나는 에밀리아의 어머니니까, 울며 매달리는 딸의 손을 떼어낼 수 없는 것이다.

　"두고 가지 마! 같이 있게 해줘! 이제 거짓말 안 할게! 약속도 안 어길게! 착하게 있을게요, 착하게 있을 테니까요……. 두고, 가지 마요오……."

　"에밀리아……. 에밀리아, 에밀리아, 에밀리아……!"

　어머니와 떨어지기 싫다는 한마음으로 에밀리아는 생각나는 모든 것을 바쳤다. 그 목소리에 포르투나는 저도 모르게 딸을 껴안았다. 그러지 않으면 지금 자기 얼굴을 보여주고 만다.

　──넘치는 눈물에 뺨을 적시는, 한심한 어미의 얼굴을 딸에게 보여주고 마니까.

　『포르투나, 어머니…….』

　어린 에밀리아에게 보이지 않는 그 광경을 현재의 에밀리아는 똑똑히 목격했다.

　에밀리아에게 포르투나는 항상 고상하며, 어엿하고, 강하며, 존경할 수 있는 존재로, 약한 모습이라곤 한 군데도 없다고 믿어 의심치 않았다. 그 포르투나가 이렇게나 상처 받고 견디기 어려운 설움에 얻어맞아 뜨거운 눈물을 흘리는 모습은 감히 상상도 못했다.

어머니의 눈물에 과거를 엿보는 에밀리아의 마음이 무너졌다. 순간적으로 두 손으로 얼굴을 가렸으나 제때 못 맞춰 눈물 방울이 잇따라 뺨을 타고 흘렀다.

　이 광경을, 지금 어머니의 얼굴을 보면 똑똑히 알 수 있다.

　의심한 적은 없었지만 지금 이 순간에, 그 사실을 새삼 확신할 수 있었다.

　『포르투나 어머니는…… 내, 진짜 어머니였어…….』

　낳아 준, 친어머니가 누구였는지 지금은 아무런 의미도 없다.

　포르투나가 진짜 어머니를 잊지 말라고, 자신은 어디까지나 모친 대리라고 아무리 주장하건 간에 바뀔까 보냐.

　소중하고 존경하는 포르투나의 말이어도 그것만은 받아들일 수 없다.

　『포르투나 어머니……. 사랑해…….』

　이 마음만은, 누구에게 무슨 말을 듣든 다시는 잊을까 보냐.

　"——포르투나 님! 그리고 에밀리아도!"

　에밀리아를 떼어놓지 못하는 포르투나의 등에 누군가의 목소리가 날아들었다.

　그 목소리에 포르투나가 거칠게 눈물을 닦고 뒤돌아보았다. 등 뒤, 바라보는 쪽에서 다가오는 사람은 가늘게 땋은 머리를 찰랑대는 소년, 아치였다. 아치의 녹색 눈에는 초조감이 어려 있었다. 그러나 포르투나와 에밀리아가 같이 있다는 사실에 "다행이다." 하고 안도했다.

　"아치! 숲은…… 마을 사람들은 무사해?!"

"──썩 좋지 못합니다. 주교님이 데려오신 분들과, 남자들이 응전하고 있습니다!"

포르투나의 눈물자국을 알아챘을 텐데 아치는 그 언급은 하지 않고 보고를 우선했다. 그 내용에 포르투나는 눈을 내리깔고, 불안감은 에밀리아에게도 전염되었다.

"에밀리아, 그렇게 무서워하지 말고. 걱정 마. 마을 사람들하고 우리를 믿어 줘. 그리고 네 엄마는 무척 강하고 무서운 사람이야."

"으, 응……."

"아치, 무섭다는 말은 왜 붙여. 참 내……."

에밀리아에게 웃어준 아치의 말에 포르투나는 분개한 것처럼 팔짱을 꼈다. 아치의 배려에 살짝 평소 모습을 되찾은 포르투나는 날카롭게 숨을 내뱉었다.

"이제 에밀리아를 방에 돌려놔 봤자 눈속임은 못 되겠구나."

"분하지만 이 숲에 있다간 머잖아 발견됩니다. 놈들의 목적은……."

"──봉인, 이겠지. 어디서 주워듣고 왔는지, 그 여자까지 어슬렁어슬렁……."

습격자── 특히 판도라에게 포르투나가 보내는 분노는 무시무시하다. 무슨 인연이 있는지 포르투나는 판도라에게 냉정함을 잃고 있었다.

그게 아니어도 숲 곳곳에서 전투가 일어나고 있었다. 고향은 이미 전장으로 변모한 것이다.

"됐어. 좌우간 내가 나가겠어. 이 숲에서 으뜸가는 전력인 내가 이런 곳에서 어물거릴 때가 아닌걸."

"아니요! 저희가 싸우겠습니다! 포르투나 님은 에밀리아를 데리고 숲 밖으로!"

"여기서 도망치면 어떻게 된다는 거야? 안식의 땅을 빼앗기는 것만이 아니야. 우리가 진다는 말은 봉인이 놈들의 손에 넘어간다는 뜻이야. 이번에야말로 세계가 멸망한다고!"

아치가 생각을 고치라고 하자 포르투나는 더욱 거센 어조로 입을 다물게 했다. 그리고 그녀는 고함으로 받아친 것을 부끄러워하듯 "미안해." 하고 덧붙이면서 말을 이었다.

"원망하고, 있겠지. 원래라면 너희는 이런 일에 말려들 이유라곤 없는데. 나랑 에밀리아를 숨기는 바람에…… 괜한 골칫거리를."

"──큭! 그렇게, 그렇게 생각하는 작자가 저희 중에 있을까 봐요!!"

"아치……."

포르투나의 회한 서린 목소리에 그 말만은 꺼내게 둬선 안 된다는 듯 아치가 세차게 반발했다. 얼굴을 붉힌 아치는 엘프 특유의 긴 귀를 세우며 격분했다.

"저희를 언제까지고 당신들 문제에서 딴 사람 취급하는 건 그만두세요! 저희 수명으로 보자면 눈 깜빡일 동안의 짧은 시간이었을지도 모르죠! 하지만 그래도 이 숲에서! 같은 시간을 함께 보냈을 텐데요! 잊으셨나요!"

"―――――."

"누가 당신들을…… 가족을 싫어할까 봐! 당신과 당신의 오라버님……. 에밀리아의 어머님께 크나큰 은혜를 입은 저희를, 그걸 잊어먹는 배은망덕한 것들로 만들지 마세요!"

감정을 폭발시키던 아치의 호소는 울먹이는 소리로 변했다. 아직 젊은 나이의 엘프 소년은 무릎을 꿇고 코를 훌쩍이면서 포르투나를 쳐다보았다. 그 눈빛에 포르투나는 눈을 감았다.

"미안해. ――난 또다시 함께 사는 가족을 부정할 뻔했어."

"포르투나 님……. 제, 제가, 주제넘은 말을……."

"아니야. 중요한 일이었어. 난 언제나 사랑하는 사람들을 실망시키더라. 몇 번이나 후회했는데도 금방 잊고. 그러니……."

무릎 꿇은 아치에게 고개를 저은 포르투나는 에밀리아 앞에 천천히 무릎을 굽혔다.

"에밀리아. 어머니는 지금부터 다른 사람들 지키려는 중요한 역할 때문에 가야만 한단다. 그러니까 잠깐만 작별이야."

"싫어……! 싫어, 어머니. 나, 나……!"

"부탁해. 잠깐뿐이니까 내 말을 들으렴. 아치와 같이 숲 밖에 나가줬으면 해. 이 숲은…… 엄―청 위험해지니까."

울먹이며 고개를 내젓는 에밀리아에게 말을 걸던 포르투나가 아치를 돌아보았다. 결의가 깃든 남보랏빛 눈에 응시 받은 아치는 그 호리호리한 몸이 굳었다.

"포, 포르투나 님……. 저는!"

"아치……. 좀 이르지만 네게 수호자의 사명을 맡길게. 부디 에밀리아를 데리고 가 줘. 살기 힘든 세상이지만 꼭 희망은 있어. 분명히 있을 거야."

"그런, 마지막 같은 말 하지 마세요! 전 끝까지 모두와 함께!"

"에밀리아를 부탁해. 나와, 오빠와, 새언니의 소중한 딸이야."

포르투나의 말은 강함과도 고상함과도 무관한, 나약하고 덧없는 음성이었다.

어머니이자 여자인 포르투나의 목소리에 아치는 눈물지었다. 오열하며 두 손으로 얼굴을 가렸다.

"비겁해……! 그런 말을 듣고 거절할 리 없을 줄 알면서……. 나도, 나도 모두와 같이 싸우고 싶어……! 그런데……!"

"미안해. 어린애에게 죄다 떠넘기는, 비겁한 우리를 용서하렴."

포르투나는 눈물을 흘리는 소년의 어깨에 손을 얹고 괴롭게 용서를 청했다. 아무 말도 못하는 아치의 그치지 않는 눈물이야말로 그가 부탁을 수락했다는 증거였다.

그리하여 포르투나가 마지막으로 설득해야 할 상대는, 사랑하는 딸 한 명뿐──.

"에밀리아."

"싫어! 어머니랑, 어머니랑 같이 있을래! 부탁해! 부탁할게요! 부탁이니까 같이 있게 해 주세요! 혼자는…… 혼자가 되는 건, 싫어…!"

"넌 혼자가 아니야. 잘 들으렴."

울부짖는 에밀리아는 귀를 막고 어머니의 작별 인사 전부를 차단하려 했다. 과거를 보던 에밀리아는 어린 자신의 그 모습에 뺨을 때려주고 싶었다.

말귀 못 알아듣는 태도를 책망하고 싶은 게 아니다. 포르투나가 입에 담는 모든 말을, 일언일구도 놓쳐서는 안 된다고 전하려고.

"에밀리아."

쪼그려 앉은 포르투나가 살짝 에밀리아를 끌어안았다.

필사적으로 귀를 막는 팔을 잡고 물어뜯듯이 머리를 밀어붙인 딸의 은발에 뺨을 붙였다. 무엇보다, 누구보다 사랑스러운 사람을 조심조심 만지듯이.

"어머니는 항상 네 곁에 있단다. 눈을 감고서 떠오르는 네 추억 속에. 팔을 껴안고, 따뜻해지는 가슴 속에. 목소리를 내서, 그 목소리가 울리는 하늘 아래에. 어머니는 쭉 너와 함께 있어. 쭉, 쭉, 언제까지고 함께야."

"거싯말이야. 거짓말이야. 거짓말이야. 거짓말이야. ……어머니는, 거짓말쟁이……!"

"에밀리아. ——약속."

달래려는 말에 불과하다고 어머니의 말을 거부하려던 에밀리아가 그 한마디에 숨을 죽였다.

바로 정면에서 미소 지은 어머니가 내민 손바닥에 에밀리아는 인도받듯이 손바닥을 맞댄다.

"어머니랑 에밀리아는 언제나 함께. 그걸 지금 약속할게."

"지, 진짜로…… 같이, 있어 줄 거야……?"

"그래, 진짜로. 어머니는 에밀리아를…… 리아를, 이 세상 누구보다 엄—청 사랑해."

『리아』라고 불린 다정한 목소리에 에밀리아가, 에밀리아의 감정이 무너졌다.

오열을 흘리고 현재와 과거, 두 에밀리아가 그 자리에 허물어져 흐느꼈다.

"포르투나 어머니……. 나도, 나도, 어머니를 정말 좋아해……. 좋아해, 좋아해……."

『사랑해. 포르투나 어머니를 사랑해. 엄—청, 정말 좋아하고, 좋아해, 좋아해…….』

현재와 과거, 두 에밀리아의 감정이 겹쳐지며 주어진 사랑에 필사적으로 응답했다.

가진 말을 모두 내놓고 몸을 서로 밀어붙여서. 그러지 않으면 가슴속에 있는 그 감정 전부를 전할 수 없다고, 넘쳐 나오는 그 감정을 다 돌려줄 수 없다고 가르치듯이.

"——리아, 사랑해."

뺨에, 눈꺼풀에, 이마에 포르투나의 부드럽고 뜨거운 입술이 닿았다.

접촉하고 얼싸안는다. 포르투나는 어머니로서 애정표현에 서먹한 면이 있었기에—— 그 행동은 포르투나가 자기 자신에게, 에밀리아의 어머니라는 사실을 허락한 순간이었다.

"……아치, 부탁해."

"——네. 알겠습니다."

사랑하는 딸에게 최대한의 사랑을 전하고 일어난 포르투나가 아치를 불렀다.

소년은 흐느끼는 에밀리아를 포르투나로부터 받아들고, 그 어린 몸을 단단히 껴안으며 깊이 고개를 숙였다.

"꼭 무사히 도망쳐 줘."

"네……. 네! 에밀리아에게…… 이 아이에게는 절대 아무도 상처 주지 못하게 하겠습니다!"

맹세하듯이 외친 아치의 말에 포르투나는 안도한 듯 뺨에 웃음기를 띠었다.

그리고 숲 밖으로 이어지는 방향을 손가락으로 가리켰다.

"가. 부탁해."

아치는 더 이상 아무 말도 하지 않고, 포르투나가 가리킨 방향으로 달리기 시작했다.

숲을 달리는 소년에게 안긴 에밀리아는 그의 어깨 너머로 등 뒤 —— 멀어지는 어머니를 쳐다보며 말이 못 되는 소리를 질렀다.

그 목소리에 포르투나는 날카로운 눈매를 정말로 자상하게 누그러뜨리며 대답했다.

"——사랑한단다, 에밀리아."

3

아치에게 안긴 채 에밀리아는 이미 눈에서 사라진 어머니가 있던 방향을 필사적으로 바라보았다.

그쪽을 계속 보면 사라진 어머니의 모습이 불쑥 나타나 주지 않을까. 자신을 쫓아와 주지는 않을까. 그런 소원을 품듯이.

"에밀리아……!"

그런 소녀의 애타는 소원은 작은 몸을 안고 있는 아치에게도 전해졌다. 가장 사랑하는 어머니와의 이별을 경험한 어린 딸에게 무슨 말을 할 수 있겠는가. 아무도 대답할 수 없다.

"어째서…… 어째서……! 왜, 이렇게…… 된 거야……? 내, 내가 약속, 어겨서…… 방에서 나와서…….."

"아니야. 그렇지 않아, 에밀리아. 에밀리아 탓이 아니야! 포르투나 님 탓도, 누구 탓도 아니야! 자신을 책망할 필요는 아무 데도 없어!"

"그럼, 왜……? 왜, 이별해……? 어머니도, 쥬스도…… 내가, 미, 미움받으니까…… 여러 가지로 많이 미움받으니까…….."

너무나도 느닷없이 찾아든 이별에 어린 에밀리아의 마음은 산산이 깨지기 직전까지 내몰렸다.

이 상황에 빠진 원인을 찾는다. 자기 소행을 되돌아보고 책임 소재를 자신에게서 찾는다.

약속을 어겼다. 나가선 안 되는 방을 몇 번씩 나갔다. 가서는 안 되는 숲속에 가서, 알아선 안 되는 봉인을 알았다. ──그 전부가, 이 상황을 일으킨 것처럼 느껴졌다.

"혼자서…… 계속 혼자서…… 방에, 틀어박혀 있었으면, 됐던 거야? 그랬으면, 아무도 안 없어지고…… 다들, 같이…… 있을 수 있었어……?"

"에밀리아…!"

"내가 나쁜 애였어……? 그래서, 모두의 미움을 받아서…… 혼자가, 되는 거야?"

"아니야……. 그게 아니야, 에밀리아. 아무도, 아무도 널 싫어하지 않아. 세상은, 널 괴롭히려고 있는 게 아니야. 세상은, 모두, 널 축복하려고 있는 거야……!"

아치는 뚝뚝 눈물을 흘리는 소녀에게 필사적으로 타일렀다.

그 말은 에밀리아의 울음을 그치게 하고 싶은 의사에서 나온 것이지만, 그 이상으로 자기 자신이 그렇게 믿고 싶은 소원 같기도 했다.

포르투나와 쥬스만이 아니다. 『과거』의 모든 것이, 에밀리아와 관계된 많은 사람이 그녀를 지키고 사랑하며 손을 뻗어주고 있었다.

"거기 젊은이——!"

숲을 질주하는 아치의 눈앞에 날카로운 목소리와 함께 누군가가 뛰어들었다.

나무들 틈새를 지나는 검은 법의의 인물에게 아치는 순간적으로 경계의 눈길을 보냈다. 하지만 상대는 그 눈초리에 두 손을 들고 말했다.

"잠깐, 당황하지 마시오! 난 로마네콩티 주교님의 『손가락 끝』이오!"

"주교님의……."

"그렇소. 안심하시길. 당신은 여기서…… 아니, 그분은……?!"

입장을 밝힌 법의의 남성은 안도한 아치의 팔에 안긴 에밀리아를 알아챘다. 경악한 남성에게 아치는 엄숙하게 끄덕였다.

"이 아이는, 포르투나 님께서 맡기셨습니다. 포르투나 님은 다른 사람들을 구원하러. 그분이라면 숲을 덮친 적들을 일망타진……."

"……말씀드리기 어렵지만, 그건 좀 어렵소."

쓸쓸한 얼굴로 남성이 한 말에 아치는 "어." 하고 숨을 내쉬었다.

"대죄주교 중 한 명, 과격파의 필두이기도 한 『탐욕』이 확인되었소. 주교님이 응전하시고 계시지만 사태는 그 남자를 쫓아내는 걸로만 그칠 문제가 아니오."

"대죄주교……. 그런데 그 외에 또 문제가?"

"마수 『흑사(黑蛇)』가 숲에 풀려 나왔소."

"흐, 흑사──?!"

남성의 말에 아치가 경악했다. 믿을 수 없다는 얼굴로 그는 숲을 뒤돌아보고 말했다.

"말도 안 돼, 있을 수 없어! 흑사는, 백경(白鯨)이나 대토(大兎) 이상으로 단순한 재앙일 텐데요. 누구 의사에도 안 따르는 재해를, 이 습격에 맞추는 건……."

"그걸 가능케 하는 존재가…… 마녀가, 이 숲에 왔소."

"마녀? 마녀라고? 그거야말로 말도 안 되는 얘기지! 『질투의 마녀』 이외의 마녀들은 진즉에 파멸했고, 그 『질투의 마녀』도 모래 저편에 봉인되었을 터……."

"숨겨진 마녀가 있었소. ──이름은 판도라. 마녀교의, 세계의 금기인 마녀."

쥐어 짜내는 남성의 목소리에 아닌 밤중에 홍두깨를 맞은 아치는 말문을 잃었다.

대죄주교와 존재조차 알려지지 않은 마녀의 도래──. 그런데도 아치의 마음이 절망에 굴복하지 않은 것은 그가 가슴에, 자기 외의 심장고동을 느끼고 있었기 때문이다.

떠맡은 존재가 있다. 그 사실이 아치의 고개를 숙이게 하지 않았다.

"나는…… 저는, 에밀리아를 피신시키라고 포르투나 님께 부탁받았습니다. 고향이 어떻게 되더라도 이 아이만은…… 희망만은 끝까지 지켜야만 해요!"

"……동행하겠소. 쇠락한 몸이지만 나도 로마네콩티 일족의 말단이오."

말 그대로 희망을 가슴에 품고 있는 아치의 말에 남성 또한 깊이 끄덕이고 떨쳐 일어났다.

노년에 접어든 남성은 법의 옷자락을 나부끼며 튼튼한 다리를 드러내듯 흙을 박찼다. 그리고 숲 밖으로 이어지는 방향에 눈을 돌려 앞서 이끌자고──.

"──안 돼!"

달리기 시작한 순간, 난데없이 남성이 소리쳤다. 그 절박한 음성에 아치의 발이 멈추었다. 무슨 일인가 눈을 부라린 아치 앞에서 남성은 두 팔을 펼치고 서 있었다.

"실수했다……. 설마 이토록 빨리 올 줄이야."

"무슨 말을…… 아, 아?!"

괴롭게 중얼거린 남성의 모습에 아치는 의아해하고—— 그 직후, 남성의 팔이 어깨부터 떨어졌다. 뻗은 두 팔이 난데없이, 이음매가 엉성해진 인형처럼 싱겁게.

떨어진 두 팔은 그 단면에서 피도 흐르지 않았다. 그러기는커녕 노년의 팔이라는 사실과는 무관하게 빼빼 마르다가 물을 잃은 나무뿌리처럼 말라 비틀어졌다.

"흑사의 사설(邪舌)……! 도망치시오!"

"하지만!"

"이미, 살 수 없소……."

아치에게 도망치라며 고함치고 돌아본 남성의 얼굴이 급속히 색깔을 잃었다. 법의에서 엿보이던 목덜미에 검붉은 반점이 솟고 안구가 튀어나올 만큼 얼굴이 움푹 들어갔다.

"푸, 푸푸……. 아, 풉……."

괴로운 신음과 함께 남성은 팔이 없는 상반신을 마구 휘두르다가 흙 위에 쓰러졌다. 그대로 눈구멍, 콧구멍, 귓불 등 온갖 부위에서 거무칙칙한 피를 뿜고 움직임을 멈추었다.

남성의 말로를 목격한 아치는, 그리고 어린 에밀리아는 평상심을 지킬 수 없었다.

"병마의 도가니……. 병소의 마수, 흑사……!"

어린 에밀리아의 눈을 가린 아치는 갈라진 목소리로 남성을 죽인 적의 이름을 불렀다.

그 목소리에 반응한 것은 아니리라. 그러나 아치와 에밀리아의 가쁜 숨결만이 남은 공간에 쉭쉭 하고 거대한 생물이 혀를 날름대는 소리가 울렸다.

그것은 사냥감이 품는 공포를 전채 삼아, 주요리의 숙성을 고대하는 사냥꾼의 기척——.

"——제, 제기랄!"

위기의 접근을 깨달은 아치는 욕설을 터트리고 그 자리에서 이탈했다. 어느 쪽으로 달리면 되는지 모르겠다. 이곳은 적의 사냥터. 모르는 새에 내몰렸던 것이다.

남성의 시체에서 가능한 한 떨어진다. 가능하다면 숲 밖으로. 아치는 품속에서 몸이 딱딱해진 에밀리아의 존재만을 의식하며 위협으로부터 필사적으로 도망쳤다.

도망치고, 도망치고, 계속 도망치고, 젊은 엘프의 애타는 저항은——.

"아——."

땅을 박찬 오른쪽 발목에 작열이 퍼져서 혀가 쓸었다고 이해한 순간에 저항은 깨졌다.

드러난 살갗을 사설이 핥자 검붉은 화상처럼 병이 퍼졌다.

그 모습이 눈에 머무른 순간, 아치는 자기 오른쪽 다리에 손바닥을 겨누었다.

"……후라!"

주저 없이 바람 칼날로 병이 발병한 오른쪽 다리를 무릎부터 잘라버렸다.

디디는 발을 잃어 쓰러지려는 몸을 나무에 밀어붙였다. 다리를 잃은 격통에 비지땀이 솟는다. 뇌가 타는 감각을 이를 깨물어 견딘 아치는 이어서 영창했다.

"휴마아……!"

공기가 갈라지는 소리가 나고, 절단된 오른쪽 다리의 상처가 얼어붙었다. 하얀 증기가 피어난다. 지독하게 야만스러운 지혈에 아치는 더한 절규를 터트렸다.

장렬하고도 가혹한 판단이다. 즉각적인 결단과 대처는 둘 다 아치가 전사로서 지닌 각오와 기량이 높음을 증명했다. 무엇보다 그는 그동안 한 번도 에밀리아를 놓지 않았다.

"아치……?"

아치의 가슴에 얼굴이 눌린 에밀리아는 무슨 일이 일어났는지 보지 못했다. 그리고 아치는 억지로 웃음을 지어 자기 몸에 일어난 인생 최대의 비극을 끝까지 속여 넘겼다.

"아무것도, 아니야……. 괜찮아, 괜찮으니까……!"

에밀리아에게 아무 일도 없었다고 아치는 더듬더듬 거짓말했다. 그 행위는 고상하고 존귀하다. ──그런데도 잔혹한 운명은 그의 결의를 끝까지 비웃었다.

얼어붙은 오른쪽 다리의 남은 무릎부터 위쪽이 서서히 색깔을 잃고 돌처럼 말라붙기 시작했다. 마치 대지가 말라붙는 것처럼 아치의 오른쪽 다리는 죽어가고, 그 현상은 다리만으로 그치지 않았다.

"……에밀리아. 저기, 두 나무 사이의 하얀 꽃이 보여?"

"……으, 응."

큰 나무에 등을 맡긴 아치가 놔줘서 지면에 두 발을 디딘 에밀리아가 그의 손가락이 가리킨 방향으로 눈길을 주었다. 두 나무, 하얀 꽃. 둘 다 보여서 끄덕였다.

"그, 꽃 쪽으로 뛸 수 있겠어? 꽃을, 넘어가서…… 쭉, 일직선으로……."

"뛸 수, 있어……. 뛸 수 있어. 그치만."

"그럼, 뛰어 봐……."

하얀 꽃을 바라보며, 아치는 목이 멘 어린 에밀리아에게 말했다.

보내기 위한 짧은 말. 에밀리아는 당혹감이 눈에 어리면서도 아치의 모습이 심상치 않다는 사실을 깨닫고 그와 꽃을 몇 번씩 번갈아 쳐다보았다.

뛰기 시작하면 혼자가 된다. 또, 눈앞에서 누군가가 없어진다.

"괜찮아. 에밀리아, 너는, 혼자가 되지 않아……."

"아치……."

"자, 뛰는 거야. 무슨 소리가 들리든 뒤돌아보지 말고…… 뛰어!"

아치의 날카로운 목소리에 에밀리아가 어깨를 들썩이고 발을 딛자마자 뛰었다. 돌아보고 싶은 마음을 억누르며. 왜냐면 뒤돌아보지 말라고 그랬으니까.

아치의 목소리가, 포르투나의 목소리가, 쥬스의 목소리가, 소녀의 머리에 메아리쳤다.

──어른들의 당부를 다 지키면 분명히 모두 다 원상복구될 거라고, 그렇게 믿으며.

"그래, 그러면 돼. 뛰고, 뛰어……. 우리를 늘 휘둘러대는 것처럼……."

멀어지는 소녀의 등에다 아치는 흐릿한 웃음과 함께 웃옷을 들추었다.

이미 고갈을 동반하는 침식은 가슴 아래까지 닿아 두 다리는 움직일 낌새도 없다. 색깔을 잃은 살갗은 돌이 되고 만 것 같아서, 절실하게 끔찍한 마수라는 생각이 든다.

쉭쉭 하는 소리가 들린다. 사냥감을 앞두고 마수가 혀를 날름대는 소리가.

도망치는 소녀를, 숲의 희망을, 아치의 얼마 남지 않은 생명을 모조리 불사를 의미를 앗아가겠다고나 하듯이.

"누가, 가게 할까 보냐……."

전의가 눈에 불붙고 아치는 움직이지 않는 다리를 무시하며 팔심만으로 몸을 일으켰다. 그 기척에 소리가 멎었다. 해치웠을 터인 사냥감에 다시 흥미가 끌린 것처럼.

소리가 다가든다. 즉, 끝이 다가든다. 그 기척에 아치의 뺨에 웃음기가 서렸다.

자신에게 죽음이 다가온다는 말은, 그만큼 저 아이에게서 죽음이 멀어진다는 뜻이므로.

"포르투나 님……. 저 아이는, 괜찮을, 거예요."

쉭쉭 하는 최후의 소리가 다가든다.

그 소리를 들으면서 아치는 더 없는 생명의 위기에 처했음에
도 자랑스럽게 웃었고.

"————."

그 미소는 남김없이 고갈되고서도 마르지 않은 채로 남아 있
었다.

4

——그 광경은, 이미 숲 자신이 원래 형태를 망각할 정도로 변
모하고 있었다.

성난 구렁이가 미쳐 날뛰어 모조리 유린한 것만 같은 대지의
참상.

휩쓸린 나무들 대다수가 밑동부터 부러져서 옆으로 쓰러졌
다. 땅에는 바닥이 안 보이는 큰 구멍이 여럿 뚫려서 초월적인
존재가 지상을 숙청한 결과라고 들으면 그 황당무계한 설명에
수긍해버릴 것만 같을 만큼 압도적인 파괴에 처해 있었다.

그 경악스러운 광경을 낳은 건 파괴의 중앙에 우두커니 선 한
남자—— 온 얼굴을 선혈로 더럽히고 헐떡이면서도 전의는 사
그라지지 않은, 분수에 안 맞는 『대죄』를 자기 내면에 껴안고
갈려 나가는 생명을 대가로 힘을 얻은 대죄인—— 페텔기우스
로마네콩티.

쥬스. 그렇게 불리는 남자는 그저 각오만으로 상식 외의 힘을
찍어 누르며 서 있었다. 그 보이지 않는 팔이라고도 해야 할 권

능은 대죄주교와 대항하는 방법을 쥬스에게 주어──.

"──저기 말이야. 슬슬 헛수고라고 인정하면 어때."

그만한 각오와 맞바꾸어 얻은 힘조차, 레굴루스는 상처 하나 없이 비웃고 있었다.

자욱한 흙먼지와 상식을 벗어난 파괴, 그 안에서 지루한 표정을 짓는 레굴루스. 아무런 영향도 받지 않은 그 모습은 마치 한 폭의 회화에 그만이 나중에 덧붙인 것처럼 일그러진 광경이었다.

"이만큼…… 해도……!"

"적당히 말이야. 알아차려도 될 때잖아? 그게 아니란 걸. 나랑 너는 수준이 다르다고. 네가 어쩌니 뭐하니 하는 게 아니라고. 누구든 간에 내게는 못 이겨. 상처도 입히지 못해. 『검성』이든 용이든 간에 소용없다고. 전부, 헛수고, 모조리 다."

피를 게워내는 쥬스에게 야멸차게 말한 레굴루스는 팔을 대충 휘둘렀다.

벌레를 털어내는 몸짓에 쥬스는 순간적으로 대비하고, 자기 내면에서 굼실대는 검은 힘에 혈육을 바쳤다. 무슨 일이 일어나더라도 대처를── 그 직후, 쥬스의 오른팔이 터져 날아갔다.

"뭐, 어?!"

"그 반응도 질리게 봐서 따분하군. 날 번거롭게 만들고 아내들과 지내는 시간까지 줄였잖아. 그에 보답할 정도의 보람은 원하는 바인데, 기대할수록 헛수고겠지."

"윽…… 뭐가…… 끄, 어! 꺼어어억!"

끊어진 팔의 상처를 잡던 쥬스가 요란하게 넘겨졌다. 살펴보니 다음 피해는 두 다리에 미쳐서 짐승에 물어뜯긴 것만 같은 보기 흉한 상처가 넓적다리에 새겨져 있었다.

피거품을 뿜으며 고통을 참는다. 그 참담한 모습에 레굴루스는 얼굴을 찌푸렸다.

"결국은 말이지. 네 각오고 결의고 기타 등등은 그런 법이라고. 하지만 신경 쓰지 마라. 누구나 그래. 너만이 아니야. 누구랄 것 없이 자기 두 손에 떠안을 수 있는 이상의 것은 들 수 없어. 분수에 맞게 만족해라. 그게 상식이야. 알잖아?"

"커, 억, 어억……."

"정말 말이야. 싫단 말이지. 혹시 넌 내가 남에게 고통을 주는 걸 좋아하는 가학 취미가 있다고 여길지도 모르겠는데, 그건 당치도 않은 착각이고 나에 대한 모욕이야. 난 딱히 하고 싶어서 하는 게 아니야. 네가 약해서 괴롭히는 것처럼 보이는 거지. 하고 싶어서 하는 일이라곤 나한테는 이미 없어. 충족된 나는, 좋든 나쁘든 아무에게도 간섭받고 싶지 않아. 무욕하지. 만족하지. 너도 말이야. 그걸 받아들이라고."

분출하는 피의 기세가 약해지고 쥬스의 외침 소리도 가늘어졌다. 가쁘고 얕은 호흡을 쉬며 숨이 끊어지기 직전의 벌레처럼 경련하는 모습은 연민을 불렀다.

그런 빈사의 쥬스를 내려다보며 내뱉는 레굴루스에게는 악의도 적의도 아무것도 없었다. 순전한 사실을 이야기할 때 사적인 감정을 끼워 넣을 필요는 전혀 없다.

쥬스의 목숨 건 행동은 레굴루스 코르니아스에게는 산들바람이나 마찬가지—— 아니, 산들바람이라면 앞머리를 흔드는 정도는 가능했다. 따라서 산들바람에도 못 미쳤다.

"——그들을 너무 탓하면 안 돼요, 코르니아스 주교."

그 레굴루스의 등에 처음부터 끝까지 관전에 전념한 마녀의 목소리가 닿았다.

파괴의 숲에 서 있는 판도라. 그 모습에는 레굴루스와 마찬가지로 털끝만한 변화도 없다. 미의 개념 자체인 미모는 물론, 호리호리하고 자그마한 몸을 감싼 하얀 천에도 일절 영향이 없었다.

"사람이 다들, 누구나 당신처럼 생각할 수 있는 것도, 당신의 경지에 이를 수 있는 것도 아니에요. 당신은 누구보다 특별하고, 그런 자신에게 만족하죠. 완성된 당신은 훌륭해요. 그리고 불완전한 그들 또한 훌륭하답니다."

"칭찬은 바라지 않았고, 놈들이 훌륭하다는 의견에도 찬동 못 하겠는데요. 어쨌든 나랑 흑사가 나올 필요는 없었죠. 이쯤이야 판도라 님 한 분이면 충분하지."

칭찬하는 말에 기뻐하는 내색 없이 레굴루스는 두 손으로 숲을 가리키고 판도라에게 말했다. 그 말에 판도라는 나긋나긋 끄덕이고 말했다.

"네, 그럴지도 모르죠. 하지만 전 확인하고 싶었답니다. 존엄한 목적을 위해서 사람은, 사람들은 얼마나 열심일 수 있는지. 얼마나 사랑스러울 수 있는지를."

"요컨대, 몰아넣는 편이 필사적인 얼굴을 볼 수 있단 뜻이잖아요? 하하하. 그만큼 단순한 편이 알기 쉬워서 좋지. 쓸데없는 변명으로 내 시간을 낭비하는 것보다 훨씬 더 말이야."

"전 그 맺고 끊을 줄 아는 모습을 무척 바람직하다고 봐요."

마음이 녹아버릴 듯한 미소를 띤 판도라의 말에 레굴루스는 흉악한 웃음으로 응수했다. 그리고 그는 허물어진 쥬스에게 눈길을 돌려 끝장을 내고자 걷기 시작했다.

"뭐, 너야 딱히 그 몸이 죽어봤자 대용품은 있겠지만 말이야. 내용물을 끄집어내서 목덜미를 잡아두는 편이 관리하기 편하지. 수고만 들게 하는, 정말로 무능한 놈."

말하면서 레굴루스는 쥬스의 머리를 밟아 깨트리고자 발을 들었다. 그대로 쥬스의 머리가 과일처럼 터진다. ──그 직전, 끼어드는 목소리.

"알 휴마!!"

영창에 따라 세계가 마나의 변질을 받아들여 금이 가는 소리와 함께 파괴가 현현했다. 공기가 터지는 소리에 고개를 든 레굴루스는 부아 치민다는 듯 볼을 일그러뜨렸다.

"이놈이고 저놈이고……!"

혀를 차는 레굴루스. 그 직후── 하늘을 뒤덮을 정도로 강대한 얼음 창이 그 안면을 때렸다. 격진과 피할 길 없는 충격파가 레굴루스를 집어삼키고, 그 마른 몸을 때려 뭉갰다.

벌써 몇 번째가 될지 모를 폭풍과 땅울림, 깨진 얼음 파편이 일대에 흩어진다. 본래 숲이었다는 사실마저 의심스러워질 만큼 경치는 더더욱 급변했다.

반짝이는 얼음에 빛이 반사해 광채가 난무하는 세계──. 은

발 여자가 쓰러진 남자 옆에 섰다.

"쥬스! 쥬스, 정신 차려! 이럴 수가…… 아아, 어떡해야……!"

"포, 르투나…… 님, 입니까……?"

부름에 반응해 다 죽어가던 쥬스의 눈에 허약한 빛이 돌아왔다. 여전히 생명의 위기임은 틀림없지만 가까스로 의식을 부지한 쥬스에게 포르투나는 연거푸 끄덕였다.

"응, 응, 그래. 나야. 쥬스, 이런 모습이 되어서……."

"괜찮, 습니다……. 육신은, 언젠가 쇠하는 법……. 절 믿고, 맡겨 주신 『손가락 끝』도 필경, 알고……. 그보다, 에밀리아 님은…….."

"다음 수호자……. 아치에게 맡겨서 밖으로 피신시켰어. 당신 덕분이야. 꼭 괜찮을 거야."

"그렇, 습니까……. 그건, 다행……입니다."

"──다행은 무슨 얼어 죽을 다행?!"

피로 물든 얼굴을 안도감에 누그러뜨린 쥬스의 말에 레굴루스가 노성을 터트렸다.

얼음에 파묻힌 지면을 터트리고 하얀 안개를 팔로 떨쳐낸 레굴루스는 격노한 표정이었다. 그는 머리를 쥐어뜯으며 눈에 여태껏 못 본 적의를 드리웠다.

"돌아온 줄 알았더니 갑자기 뭐라도 된 줄 아나 봐? 난 지금 그놈 머리를 밟아 터트릴 참이었다고! 무슨 권리가 있어서, 누구 허락이 있어서, 나…… 나나나나나나나나나나나나나날! 방해! 하는 거야아!!"

발작을 일으킨 레굴루스가 쭈그려 앉아 두 팔을 지면에 박았다. 그대로 그는 팔을 쳐올리고, 부드러운 토사가 포르투나와 쥬스 쪽으로 던져졌다.

　그야말로 발작, 어린애가 모래를 뿌리는 것만 같은 치졸하고 유치한 분노──.

　"안 됩니다! 저 진흙을…… 전부, 회피해야만……!"

　"뭐?"

　토사를 고스란히 뒤집어쓰고 반격할 마력을 가다듬으려던 포르투나를 쥬스가 밀어 쓰러뜨렸다. 진흙의 요격보다, 방어보다 먼저 무작정 땅바닥을 구르는 쪽을 선택하는 행동──. 쥬스의 그 결단에 포르투나는 무슨 일인가 싶어 소리를 지르려다가, 목격했다.

　레굴루스가 던진 돌맹이와 모래가 지면에 『무수한 구멍』을 뚫은 것을.

　말 그대로 그것은 무수한 구멍이었다. 빗방울이 메마른 땅에 흔적을 남기듯이 레굴루스가 던진 토사는 무수한 구멍을 지면에 뚫었다. 바닥이 보이지 않을 정도의 관통력으로.

　그 위력은 공격 범위의 덤터기를 쓰고 쓰러진 나무의 피해를 보면 일목요연하다. 쓰러진 나무는 자잘한 구멍이 무수히 뚫려서 가루가 됐다. 인체라면 쉽사리 피보라로 바뀌었을 것이다.

　믿기 어려운 파괴력을 지닌 공격. 그리고 무엇보다 무서운 것은──.

　"저기 말이야! 뭘 피하는 거야, 너희는! 똑바로 맞고 고기조각이 되라고! 무능한 페텔기우스도, 그쪽 여자도! 모처럼 내 일흔 아홉 번째 아내로 들여 줘도 좋았는데, 웃기는 짓을 다 해 주네 그래, 엉? 엉?!"

소리를 질러댄 레굴루스가 다시 지면에 팔을 찔렀다. ──연사할 수 있는 것이다.

최대 화력의 마법에 상처 하나 없으며 모래만 뿌려도 상대를 죽일 수 있는 존재. 그럼에도 불구하고 그 정신성은 유치하고 미성숙하며 자기 위주라 손을 쓸 도리가 없을 만큼 붕괴했다.

기분에 따라서 누구에게나 덤벼드는 버릇이 안 든 어린애에게 용에게 필적하는 힘을 준 위험한 존재──. 포르투나는 눈앞의 흉인을 그렇게 평했다.

"터지는 게 싫으면 사지를 뽑아서 장식해 주마! 이 몸을……『탐욕』을 물로 본 걸, 후회하게 만들어 줄 거라고오!"

"──기다려 보세요, 코르니아스 주교."

"아앙?"

빽빽대며 재차 공격하려던 레굴루스에게 백금의 미모가 스톱을 걸었다.

쭈그린 채로 판도라를 돌아보는 레굴루스. 그 눈에는 분노가 짙게 남아 있어 아군이어야 할 판도라에게 창끝을 돌릴지도 모르는 위험성이 보였다.

그 위험성을 머금은 눈빛과 함께 레굴루스는 판도라에게 입술을 푸들거리며 말했다.

"……뭐죠, 판도라 님. 전 지금, 제 권리를 침해한 자식들을 벌하는 중이에요. 그런 저한테 무슨 용무죠? 무슨 생각인지, 말을 조심해서, 지금 당장 대답해⋯⋯!"

"분노를 거두세요, 코르니아스 주교. 그와, 그녀를, 여기서 살해하는 건 용서 못해요. 저 둘을 보고, 아무 생각도 안 드나요?"

"⎯⎯⎯."

판도라의 말투는 포르투나와 쥬스에게는 예상 밖이었다. 적대 관계에 있는 그녀가 레굴루스에게 두 사람의 구명을 청하는 건 있을 수 없는 일이다.

판도라의 말에 분노에 몸을 맡기려던 레굴루스의 움직임이 멎었다. 그리고 그는 포르투나와 쥬스를 봤다가, 끝으로 판도라를 돌아보았다.

"나더러, 분노를 거두라고, 명령한 거냐?"

차분하며 무감정하게 들리는 음성이었다. 그러나 그 평정은 직후에 붕괴했다.

"⎯⎯얌전히 대해 줬더니 까불지 말라고, 계집년아!!"

넷 모두 각양각색의 감정이던 상황에서, 레굴루스의 급한 성미가 최악의 형태로 폭발했다.

서로 동료였다는 것, 입장이 윗줄인 상대라고 경의를 보내던 것. 그 모든 관계성을 망각한 것처럼 레굴루스는 망설임 없이 토사를 판도라에게 내던졌다.

흙 산탄의 위력은 절대적이다. 흩날리는 토사는 사거리에 있는 숲을 압도적인 위력으로 유린하며 기어이 미모의 소녀에게 도달⎯⎯ 미의 신이 만든 걸작인 소녀를 끔찍한 피보라로 변모

시켰다.

"——말도, 안 돼."

무방비하게 토사를 뒤집어쓰고 조각조각 날아간 판도라를 본 포르투나는 말문을 잃었다. 당연한 노릇이리라. 그토록 증오를 보낸 상대가 내분 끝에 개죽음당한 것이다.

초연한 자세도 무의미하게도 소녀는 황폐해진 숲에 죽은 살점을 바치는 운명에 떨어졌다.

"나한테 건방진 소리 나불대니까 이리되지. 왜 이놈이고 저놈이고 당연한 배려라는 걸 못하는 거람. 날 방해하지 마. 내 말을 막지 마. 내가 하는 일을 반대하지 마. 그렇게 어려운 걸 주문하나? 이봐, 너희는 그 부분 어떻게 생각해?"

판도라를 살해하고도 여전한 광기를 머금은 눈으로 레굴루스가 두 사람을 돌아보았다.

적이 한 명 줄었다고 단순하게 기뻐할 상황이 아니다. 두 명 있던 강적이 한 명이 되더라두ㄱ 한 명에게 대항수단이 없으면 상황의 타파는 불가능한 것이다.

두 번이나 기습했음에도 터럭 하나 상처 주지 못한 포르투나로서는, 분하지만 레굴루스를 쓰러뜨릴 수 없다. 쥬스 또한 더이상 무리하면 생명이 위태롭다. 그렇다면 둘이 할 수 있는 행동은——.

"에밀리아가 도망치기 위한, 시간 벌이……."

"그렇다, 면…… 이 자리는, 맡겨 주시길……. 포르투나, 님……."

포르투나와 같은 결론에 이르렀으나 방법론만 다른 선택을 내린 쥬스가 말을 이었다.

　"피가, 얼마나, 흐르든…… 육체가 죽을, 때까지는, 아직……. 제, 제가, 시간을, 벌겠습니다……. 포르투나 님은, 부디, 피하시길……."

　"바보 같은 소리, 하지 마."

　품속에서 쥬스가 사석이 될 각오를 표방하자 포르투나는 다정한 말과 함께 미소를 머금었다.

　이럴 때인데, 그런데도 웃음을 만들 수 있는 자신이 약간 신기하고 자랑스럽다.

　"당신을 두고 여기서 도망치라고? 그럼 내가 돌아오지도 않았어. 에밀리아랑 헤어져서까지 돌아왔는데, 나더러 도망치라면 어쩌란 거야."

　"하지, 만…… 그렇다면, 왜, 돌아…… 저, 는……."

　"──당신을 안 죽게 하려고. 만약 당신이 죽는다면, 그 옆에 있으려고."

　포르투나의 남보랏빛 눈에 응시 받은 쥬스는 피에 흐려진 눈을 부릅떴다.

　포르투나는 한쪽 팔과 피를 잃고 가쁜해진 쥬스를 끌어안고 전했다.

　"당신이 없는 세상에서, 당신이 오지 않는 숲에서 내가 뭘 기다리란 거야? 약한 나는 당신이라는 존재가 없는 긴 시간을 살아갈 수 없어."

"당신이, 약할 리가……."

"약해. 당신과 에밀리아 앞에서 강한 척하고 있을 뿐이지."

뭔가 홀홀 벗어던진 표정으로 포르투나는 쥬스를 안아 일으켰다. 몸을 떠는 쥬스는 그 팔을 버팀목 삼아 일어나고, 두 남녀는 얼싸안듯이 정면을 쳐다보았다.

두 쌍의 시선에 레굴루스는 심히 불쾌하단 얼굴로 혀를 찼다.

"장황하게 내 질문을 무시한 끝에 들떠 오르셨어. 도대체 어떻게 되어 먹은 거냐고. 어찌 된 영문이냐고. 그만큼 힘의 격차를 보여줬는데, 이만큼 알기 쉽게 가르쳐 줬는데 어째서 '하지 마'를 반복해? 도대체, 뭔 생각이야!"

"주절주절 시끄러운 남자야. 그쪽이야말로 알아먹어. 우리 대답은 단 하나야."

"그렇군, 요……."

포르투나와 쥬스가 시선을 주고받고, 격분한 레굴루스에게 입을 모았다.

"──알 바 아니야, 멍청아."

목소리가 겹치고, 포르투나가 중지를 세워 주는 덤까지 따라 붙었다.

한데 모인 큰소리에 포르투나와 쥬스가 반격의 힘을 모으고, 레굴루스의 얼굴이 새빨개졌다. 그리고 무모한 싸움에 도전하려는 두 사람에게 침을 튀기며 외쳤다.

"그래, 좋다! 둘 다 한꺼번에 구별 못할 피웅덩이로 만들어서 지저분한 숲의 거름으로──."

"——기다리라고, 전 말했어요. 코르니아스 주교."

도합 세 번째로 발생한 레굴루스의 방해——. 부드럽게 하늘을 나는 판도라의 가는 팔이 레굴루스의 머리를 잡고, 그대로 흑인의 몸이 저항 없이 지면에 가라앉았다. 발끝부터 목까지 한순간에 흙에 묻힌 레굴루스는 옆에 착지한 판도라를 수직으로 올려다보았다.

"몇 번이고, 몇 번이고……. 죽다 만 게……!"

"당신의 폭거도, 당신의 폭언도, 모든 것을 용서하죠. 이미 당신을 데려온 목적은 달성했어요. 이만 돌아가셔도 돼요."

"끌고 와 놓고 만족했으니까 그만 돌아가라? 얼마나 남을 우습게 보면……"

"그래요. 그럼 제 쪽에서. 『코르니아스 주교가 여기에 있을 리 없다. 그는 자신의 저택에서 아내에 둘러싸여 보내고 있다.』"

"잠——."

일방적인 언쟁 중 한순간, 무슨 말을 외치려던 레굴루스의 모습이 홀연히 사라졌다.

더욱 깊게 흙에 잠긴 것은 아니다. 정말로 홀연히, 그 존재가 소멸한 것이다. 실제로 그가 있었어야 할 곳에는 그가 묻혀 있던 흔적조차 없었다.

『이곳에 있을 리가 없다』고, 판도라가 꺼낸 말을 세계가 긍정한 것처럼.

"소란스러운 신사분은 퇴장하도록 부탁했어요. 이제 천천히 대화를 나눌 수 있겠죠."

"……그 전에 하나 괜찮을까? 너는, 아까 조각 나서 죽은 것 맞지?"

나긋나긋 미소 지으며 당연한 것처럼 서 있는 판도라에게 포르투나가 물었다. 그 미소도 가녀린 몸도, 모든 것은 혈육의 파편이 되어 숲에 뿌려졌을 터다.

그런데 확실히 목격했을 참상은 사라지고 망자는 부자연스럽게 소생했다. 그 사실에 전율을 숨기지 못하는 포르투나의 말에 판도라는 갸우뚱했다.

"혹시…… 뭔가 '잘못 본 게' 아닌가요?"

"으──."

판도라의 악의 없는 말투에 포르투나는 그저 소름 끼칠 뿐이었다.

그럴 리가 없는데, 세계는 판도라의 의견을 존중하듯이 변화하고 있다. 자신이 목격한 광경은 부정되고 모르는 광경이 정사(正史)라고 덧칠되는 이상성.

──시체는 사라지고 판도라는 되살아난다. 레굴루스는 사라지고, 그가 있던 흔적도 사라진다.

그리고 그 여파는 판도라의 무사함과 레굴루스가 묻힌 지면의 구멍만으로 그치지 않았다. 그 영향을 최초로 깨달은 포르투나는 무심코 비명을 지를 뻔했다.

눈을 번쩍 뜨고 포르투나가 떨리는 손가락으로 가리킨 것은 빈사 상태였을 쥬스── 그 뜯겨나간 팔이, 다리의 중상이, 아물어서 원상복구된 장면이었다.

"코르니아스 주교가 없으니 코르니아스 주교가 한 행동의 결과가 사라지는 것도 당연. 단순한 얘기죠. 물론 그 상처를 고쳐 준 건 제 후의지만요."

"쥬, 쥬스, 그 팔은……."

"이변은, 없습니다. 몸도…… 내용물 외에는, 무사히."

"인자를 흡수한 것까지는 바꿔 쓸 수 없답니다. 전 당신의 행동과, 당신 때문에 돌아온 그녀의 행동을 칭찬하고 싶어요. 이것은 그 조촐한 성의라고 여겨 주세요."

단아하게 미소 짓는 판도라의 말에 쥬스는 당혹스러워하면서도 자신의 회복을 인정했다. 그 말을 멀찍이 들으면서 포르투나는 발밑이 무너지는 착각을 맛보고 있었다.

미워해야 할 적인 판도라지만 포르투나가 감당할 상대가 아니다. 오늘, 이 숲에서 일어난 일은 죄다 포르투나의 조그만 상상을 초월하고 있었다.

혹은 이대로 뭐든지 다 없었던 일이 되고 마는 게 아닐까 하고——.

"포르투나 님, 정신 차리세요!"

"윽——. 쥬스."

동요하는 포르투나의 뺨을 쥬스가 복원한 오른팔로 때렸다. 그 아픔에 포르투나가 놀랄 때, 쥬스는 그녀의 두 어깨를 잡고 말을 이었다.

"의문은 있으시겠죠. 당혹감도 있을 겁니다. 하지만 지금은 그걸 뒤로 미룰 수밖에 없습니다. 지금, 중요한 것을…… 에밀리아 님을 위해서, 가능한 일을 해야 돼요!"

필사적인 그의 호소에 포르투나의 시들어가던 투지에 조금씩 힘이 돌아왔다.

그렇다. 쥬스의 말이 맞다. 정체 모를 적에게 무슨 짓을 당했는지 모르겠다는 공포감은 있다. 하지만 가장 두려운 일이 무엇인지 자신은 이미 알고 있을 터다.

──이 여자의 목적이 자신이 사랑하는 딸에게 이어진다면.

"무슨 일이 일어났는지는 아무래도 좋아. 지금은──!"

"둘이서 그녀를 타도하는 겁니다! 그녀가 쓰러지면 숲을 습격하는 과격파는 격퇴될 겁니다! ──에밀리아 님을, 구하는 겁니다!"

쥬스의 말에 사랑하는 딸을 생각하는 포르투나의 내면에서 게이트가 하얗게 달아올랐다.

이승의 이별이 될 것을 이곳에 오기 전에 각오하고 있었다. 실제로 바로 직전까지 그 각오와 함께 사라질 작정이었다. 그렇지만 희망이, 이상이, 지금은 강하게 바람을 들쑤시고 있다.

에밀리아를 구한다. 에밀리아에게로 돌아간다. 쥬스와 둘이서, 에밀리아에게로──.

"──시간의 흔들림조차 하얗게 얼어붙어, 영혼에 영원한 잠을 강요하는 옛 마빙(魔氷)이여."

레굴루스를 무찌르기 위해서 모은 마나가 폭발할 장소를 찾아 휘몰아쳤다. 그 강대한 힘에 형태를 주고, 표적을 주며, 역할을 주어, 세계를 얼리는 결의가 현현한다.

하늘이, 대기가 비명을 터트리며 태어나는 것은 거인이 떠멜 만큼 거대한 얼음의 창. 열 자루를 넘는 창은 끄트머리를 적에게 겨우며 산산조각 낸 상대를 영원한 얼음덩이 속에 부르는 저승길의 꽃다발이다.

"내 생명, 내 사명, 내 친애의 전부를, 여기에, 이를 위해서……!"

포르투나 옆에서 두 팔로 자기 어깨를 껴안은 쥬스가 핏빛 각오를 뱉어냈다. 너덜너덜한 법의 속에서 힘이 미쳐 날뛰고 아물었던 몸이 다시 붕괴하기 시작했다. 피를 뿜고 혀가 갈라지고 생명이 녹아내린다.

그토록 고통 어린 대가를 바치면서 남자는 믿는 것을 위해 영혼을 태웠다.

그리고 그 두 사람의 결의와 각오에 판도라는 그저 두 팔을 벌리며 뺨을 붉게 물들였다.

"자, 이리 오세요. ——그 각오 끝까지, 껴안고 맛보게 해 주세요."

그 미소를 잡아 찢고자 둘의 힘이 세계를 뒤흔들었다.

그리고——.

5

——아치가 가리킨 하얀 꽃은 일찌감치 지나갔다.

그런데 발은 멈출 수 없다. 멈추지 말라고 그래서, 그 말대로 계속 달렸다.

에밀리아는 숨을 헐떡이며 작은 보폭을 열심히 넓혀 숲을 달렸다.

아치가 가리킨 방향으로, 좌우간 그쪽으로 가는 것이 최선이다. 다른 생각은 아무것도 안 해도 되도록, 어머니와 쥬스와 아치를 비롯한 모두를 생각하면서.

"흑…… 흐흐흑!"

머리를 내저었다. 눈물이 흘렀다. 입 끝에 새어 나오려는 오열을 필사적으로 참았다.

지금, 뭐가 어째서, 어떻게 된 걸까.

다들 무엇을 알고, 자신은 무엇을 모르는 걸까.

어떡해야 할지 아무것도 모르겠다. 뭔가 자신이 할 수 있는 일은 없을까.

포르투나를, 쥬스를, 아치와 모두를 괴롭히는 건 누구인가. 어떡해야 그 사람들이 돌아가 줄까. 그들은 뭘 목적으로——.

"봉, 인……."

쥬스와 헤어진 곳에서 무섭도록 예쁜 소녀가 그 단어를 입에 담았었다. 포르투나와 아치도 『봉인』이란 말을 입에 담지 않았던가.

"_____."

달리라는 말을 들었을 발이 멈추었다. 뒤돌아봐도 이미 아치가 있던 곳에서 훨씬 먼 곳까지 와버렸다. 그의 모습은 보이지 않는다. 포르투나도, 쥬스도.

"하지만…… 나, 나도, 뭔가, 뭔가 해야……."

『봉인』이 관계있다면, 숲에 찾아온 사람들의 목적이 『봉인』이라면, 에밀리아도 그곳을 알고 있다. 그런 것 때문에, 모두가 상처 입는다면──.

──그딴 걸 갖고 싶어서 왔다면, 그딴 건, 줘버리면 된다.

문을 여는 법은 모른다. 『봉인』이 무엇을 의미하는지도 모른다. 가서, 뭐가 호전될지는 몰랐다. 하지만 『봉인』이란 단어만으로도 충분했다.

자기도 뭔가 할 수 있다고, 그렇게 믿는 마음이 어린 소녀를 충동질한 것이 아니다.

아마 그곳에 가면 뭔가가 바뀔 거라는 희망이야말로 소녀의 등을 떠민 것이다.

"그게 있는 곳에……. 아, 그치만."

그렇게 마음먹고 달리려다가 에밀리아는 처음 한 걸음째에 당황했다. 너무 무작정 달려버렸다. 이미 이 숲은 에밀리아가 사는 숲이긴 해도 에밀리아가 아는 숲이 아니었다. 『봉인』이 있는 방향은커녕 촌락도, 어머니와 쥬스의 위치의 짐작도 가지 않았다.

"으, 흑……."

처량하고 무력한 심정에 어린 에밀리아는 오열을 참지 못했다.

해야만 하는 일이 있는데, 그걸 이룰 힘이 없다. 힘들 때 도와주는 엄마는 이곳에 없다. 그 엄마를 위해 자기가 해야만 하는데.

──에밀리아의 그 한결같고 애타는 마음이, 어린 분투를 지켜보던 존재를 움직였다.

넘치는 눈물을 손으로 닦던 에밀리아는 별안간 머리 앞에 옅은 빛이 지나가서 눈을 크게 떴다. 고개를 드니 무수한 인광이 소녀의 몸을 에워싸고 있었다.

"요정, 님……?"

에밀리아가 요정이라고 부르며 포르투나와 쥬스가 미정령이라고 부른 상식 외의 존재. 말 못하는 그들이지만 에밀리아의 의사에 호응해 천천히 숲속으로 이동한다.

인도하는 인광의 깜빡임에 에밀리아는 살짝 뒤늦게 그 의도를 이해했다.

"가르쳐, 주는 거야……?"

대답은 없다. 미정령은 조용히, 빛의 띠를 숲속으로 가리킬 뿐.

"그쪽에 가면, 봉인이 있어? 어머니랑 모두를, 구해 줄 수 있어……?"

빛의 띠가 더욱 광채를 띠고 에밀리아는 힘껏 눈물을 닦았다.

계속 훌쩍거리고만 있을 수 없다. 어머니의 쥬스에게, 많은 사람에게 도움 받았는데, 울고불고 있을 때 요정님에게 도움 받았는데, 어떻게 아직도 고개 숙이고 있을 수 있단 말인가.

"응……. 응, 응!"

감사와 결의를 뒤섞으며 끄덕이고 에밀리아는 빛의 띠를 따라 달리기 시작했다. 인광이 만들어내는 빛의 길이 유일한 희망으로 이어지고 있다고 믿으며 열심히 쫓아갔다.

분지를 뛰어넘어, 비탈길을 기어오르고, 좁은 나무들 틈새를 몸을 오므려서 달려 나갔다.

미정령은 지날 수 있어도 에밀리아는 지날 수 없는 길도 많다. 웅크리고, 나뭇가지에 볼이 긁히고, 넘어져서 흙을 씹고는 그걸 뱉어내며 일어난다.

"훅, 훅⋯⋯."

폐가 아프다. 콧물을 훌쩍인다. 눈물과 진흙투성이 얼굴을 닦고 까진 무릎을 채찍질하며 달렸다.

산소부족으로 시야가 흔들리고 에밀리아의 의식에 백일몽처럼 추억이 스쳤다.

철이 들었을 적부터 에밀리아는 이 숲에서, 촌락에서 사랑받으면서 지내왔다.

——포르투나의 사랑을 기억한다.

야단맞은 날을 기억한다. 울며 사과하는 에밀리아를 하룻밤 내내 안고 있어 준 밤을, 일어난 에밀리아가 외로움 타지 않게 끔 머리를 마냥 쓰다듬어 주던 아침을 기억한다.

어리광 받아 주지 않고 엄하게. 하지만 소중히 대해 주고. 진짜 엄마가 아니라고 입버릇처럼 말해도 포르투나는 에밀리아의 어머니였다.

——아치와 촌락 사람들의 다정함을 기억한다.

아주 약간, 대할 때 거리가 있던 건 알고 있다. 어떻게 대해야 하는지 그들이 당황해하던 걸 알고 있다. 하지만 모두 다 늘 친절했고, 에밀리아와 포르투나를 상처 입히는 짓은 결코 하지 않았다. 『공주님 방』도 에밀리아가 지내기 쉽도록 모두 갖은 애를 써주었다. 그곳은 질색이지만, 그래도 좋아했다.

──쥬스는 정말 싫어했던 걸 기억한다.

　어른들의 비밀에 관련되었을뿐더러 에밀리아 전용인 포르투나의 웃음까지 맘대로 끌어내서 용서해 줄까 보냐 싶었다. 하지만 그는 우연히 만난 에밀리아를 보고 눈물지었다. 울고 또 울고, 기쁘게 우는 쥬스를 에밀리아는 용서했다.

　왜냐면 그 눈물은 따뜻했다. 포르투나에게 안겼을 때의 편안함이 떠올라서 에밀리아는 쥬스의 머리를 쓰다듬었다. 울보가 외로워하지 않게끔 곁에 있어 주었다.

　어쩔 수 없네. 그렇게 생각했다. 이젠 어쩔 수 없네. 그렇게 생각한 것이다.

──모두 다 정말 좋아했던 걸 기억한다.

　포르투나를, 쥬스를, 아치를, 모두 다. 에밀리아의 소중한, 소중한 것.

　"나, 또…… 모두와……."

　포르투나와 또 같은 침대에서 자고 싶다.

　이번에는 『공주님 방』에 아치랑 다른 사람들을 초대하고 싶다.

　건방지고 울보인 쥬스의 발을, 다음에는 기필코 힘껏 밟아 줄 거다.

　그러니까, 또 모두와 만나고 싶다.

　"나, 착하게 있을 테니까……."

　눈물로 뿌연 시야 속에, 여러 나뭇가지를 헤쳐서 숲을 지나다가 하얀 숲에 발길이 멎었다. 숨을 헐떡이며 얼굴이 붉어진 에밀리아는 찾아 헤매던 『봉인』 앞에 도착했고──.

"――어서 오세요. 기다리고 있었답니다."

백금발의 소녀가, 『봉인』 앞에서 환영하듯 두 팔을 벌리며 기다리고 있었다.

제4장 『엘리오르 대삼림의 영구동토』

1

　——모든 것이 새하얗게 물든 환상적인 광경 속에, 천 하나만을 두른 아름다운 소녀가 서 있었다.

　그것은 예술가가 영혼과 맞바꾸어서, 그것도 자기만이 아니라 많은 영혼과 맞바꾸어서 악마와 거래해야 비로소 완성될 지고한 회화의 정경이었다.

　"당신 쪽에서 찾아줘서 잘 됐어요. 모처럼 봉인을 찾아냈는데 중요한 열쇠의 위치를 알 수 없어서. 하지만 무사히 발견해서 안심했답니다."

　"어째, 서…… 여기, 있는 거야……?"

　친근하게 미소 짓는 소녀, 판도라의 미모에는 생명을 희롱하는 그런 향기가 있었다. 에밀리아는 그 기이한 존재감을 뿜는 소녀에게 떨리는 목소리로 물었다. 그 말에 판도라는 가슴 앞에서 손바닥을 맞대고는 꼭꼭 숨겨둔 비밀을 털어놓듯이 활짝 웃었다.

　"후후, 놀랐죠. 쉬운 거예요. 실은 우리 목적은 이 봉인에 있거든요. 이걸 찾으러 왔죠……. 그러니 제가 여기에 있는 건 필연이랍니다."

판도라의 대답은 에밀리아가 바란 내용이 아니었다.

에밀리아가 묻고 싶던 건 판도라가 이 자리에 올 수 있던 이유다. 에밀리아가 마지막으로 봤을 때, 그녀는 하얀 남자와 같이 쥬스에게 길이 막혔을 텐데——.

"어째서…… 여기, 있는 거야……?"

"——? 아아, 미안해라. 제가 이상한 대답을 하고 말았군요. 당신이 알고 싶은 건 로마네콩티 주교랑 어머니 일이었는데."

"——으."

늦은 판도라의 이해에 에밀리아는 어금니를 꽉 깨물었다.

질문이 바르게 전해지면 대답 또한 바르게 돌아온다. 답은 알고 싶은 것 같으면서도 알고 싶지 않다. 듣고 싶은 것 같으면서도 듣고 싶지 않다. 그도 그럴 게 판도라가 여기에 있다면, 쥬스는.

"안심하세요."

어린 에밀리아의 갈등에 판도라는 한마디로 운을 떼고 깊은 미소를 지었다.

그 표정은 순수하게 에밀리아의 우려를 치워주자는 배려로 넘치고 있었다.

"당신이 걱정하시는 로마네콩티 주교든 어머니든, 둘 다 무사해요."

"지, 진짜……?"

"네, 진짜로. ——저와 신도들은 적극적으로 여러분을 상처 입히고 싶지 않아요. 방금도 전한 것처럼 저희 목적은 이 봉인에 있어요. 희생은 필요 없답니다."

다정하게 타이르듯이 건네는 판도라의 말이 넘치려던 에밀리아의 불안과 긴장에 부드럽게 녹아들었다. 가슴에 안도감이 두루 스며들었다.

판도라의 말을 믿는다면 포르투나와 쥬스는 무사하다. 숲 사람들도, 상상한 것과 같은 지독한 상황에 빠지지 않았을지도 모른다. 그렇다면——.

"봉인 일이 끝나면, 돌아가 줄 거예요……?"

"————."

"보, 봉인에 볼일 끝나면, 숲에서 나가 줄 거예요? 다른 사람에게 심한 짓 안 하고, 돌아가 줄 거예요……?"

"——네, 물론. 불필요한 희생은 저희도 바라는 바가 아니니까요."

에밀리아의 치졸한 호소에 판도라는 약속하겠다고 깊이 끄덕였다.

이어서 판도라는 봉인의 문을 손가락으로 가리키고, 울 것만 같은 얼굴의 에밀리아를 보며 고개를 기울였다.

"그러니 부디 열쇠를 넘겨 주세요. 일이 끝나면 바로 숲에서 물러날게요."

"열, 쇠……?"

"그래, 열쇠요. 이 봉인, 문처럼 생긴 만큼 열쇠가 없어선 안 열린답니다. 그리고 그 열쇠는 당신이 가지고 있을 거예요."

"그런 거 몰라……."

판도라의 단정에 짚이는 데가 없는 에밀리아는 고개를 가로저었다.

실제로 아는 게 없다. 에밀리아는 열쇠 같은 물건을 받은 기억은 없고, 애당초 이 봉인 자체부터 에밀리아에게는 비밀이던 것이다. 봉인에 관해 따돌림 받던 에밀리아가 봉인의 열쇠를 가지고 있을 리 없다. 그럴 리 없는데——.

"숨기는 건 별로 영리하다고는 못하겠는데요."

"그, 그게 아니야……! 진짜로, 진짜로 몰라서 그래! 열쇠 같은 거 없어! 안 줬어요! 나, 이 봉인은 못 열어!"

"그래요. ——그럼 열쇠를 찾기 위해서 온 숲을 뒤집어엎어야 하겠네요."

에밀리아의 대답에 실망한 것처럼 판도라는 심히 서글프게 눈을 내리깔았다.

그 언동과 몸짓에 에밀리아는 몸서리쳤다. 판도라는 진심으로 에밀리아에게 동정적이다. 그 동정을 가슴에 품은 채 그녀는 숲도, 사람들도, 깡그리 '뒤집어엎을' 작정이다.

판도라는 그게 가능하단 것을 본능적으로 이해한 에밀리아는 필사적으로 매달렸다.

"여, 열게요! 제가 열게요!"

"어머, 정말이요? 다행이다. 역시 열쇠는 당신이 가지고 있었군요."

공포에 쫓겨 소리를 지른 에밀리아의 말에 판도라는 활짝 표정이 밝아졌다. 그 변화에 겁먹는 소녀의 마음을 깨닫지 못하는 판도라는 "그렇겠죠." 하고 말을 이었다.

"열쇠는 당신이 가지고 있을 터. ──왜냐면 당신은 아무리 봐도 마녀의 딸이니까요."

"마녀……?"

"그럼 봉인을 부탁해요. 문만 열리면 저희는 당장에라도 물러날 거예요."

판도라는 만면에 희색을 띠고 조급해지는 기분을 참지 못한 기색으로 에밀리아에게 자리를 양보했다.

판도라의 한마디에 마음이 어지러워지면서도 에밀리아는 그녀와 교대해 문 앞에 섰다. 고개를 꺾어야 할 만큼 높고, 단단하게 닫힌 문에 마음이 지독하게 갑갑해졌다.

"─────."

열겠다고, 그렇게 명언하고 문 앞에 섰다. 그러나 여는 방법은 전혀 모른다.

한번 이 [봉인]을 확인했을 때, 에밀리아는 할 수 있는 일은 하나부터 열까지 모두 시도해 봤었다. 밀어도 당겨도, 기어올라도 문은 열리지 않았다. 지금도 마찬가지다.

얼음처럼 차가운 문은 에밀리아의 작은 손바닥을 말없이 야박하게 거절하고 있었다.

"학…… 하아…… 학…… 아."

심장박동이 비정상적으로 빨라지고 머릿속에는 피가 도는 소리가 유난히 시끄럽게 울렸다.

가슴속이 뜨겁고 뱃속은 차갑다. 뛰어다니는 심장은 입에서 튀어나올 것만 같은데, 손끝은 납을 채운 것처럼 무겁다. 움직이라고 생각하면 생각할수록 움직이지 않는다.

――이걸 열지 못하면 모두가 큰일이 난다.

공포와 절망에 머릿속이 새하얘지며 에밀리아의 의식은 자꾸 자꾸 멀어지고――.

"――자신은 열쇠라고, 그렇게 생각하세요."

그 목소리는 매달릴 대상을 찾던 에밀리아의 귓불로 스윽 스며들었다.

――나는, 열쇠.

목소리의 지시대로 에밀리아의 마음은 한 가지 대답에 엮였다.

그 순간, 에밀리아는 문을 만지는 자신의 손바닥에 무게를 느꼈다. 손을 보았다. 그곳에 어느새 은빛의 낡고 큰 열쇠가 나타나 있었다.

"보이게 되었나요? 그럼 역시 당신이 열쇠가 맞아요."

에밀리아 바로 옆에서 판도라가 속삭이듯이 그렇게 말했다. 그 말에 에밀리아는 목을 꿀꺽였다가, 막상 그녀의 시선이 열쇠를 보지 않는다는 사실을 깨달았다.

"이거, 안…… 보여?"

"――네. 제게는 안 보여요. 그 열쇠는 자격 있는 자의 손에만 맡겨지는 것이랍니다. 열쇠를 들 수 있는 사람은 아마 이 세상에 단둘뿐이겠죠."

선망 어린 시선으로 중얼거린 판도라의 말에 에밀리아는 비로소 인간성 비슷한 것을 보았다. 하지만 그녀의 인상은 이 순간 의미가 없다. 고개를 들어 다시 문 쪽을 쳐다보았다.

손바닥의 열쇠와, 문 중앙에 존재하는 자물쇠의 열쇠 구멍은 아마 맞물릴 것이다.

그 사실을 시도해 볼 필요도 없이 에밀리아는 알 수 있었다. 이 열쇠도 이상하게 손에 익었다. 마치 자기 방에 자기 열쇠를 써서 들어가듯이 당연하게.

"자, 열어주세요. 그로써 당신의 소망은 이루어집니다."

어딘가 들뜬 판도라의 목소리에 에밀리아는 한 걸음 앞으로 내디뎠다.

열쇠를 열쇠 구멍에 끼워 넣어 『연다』고 빌기만 해도 문은 열린다. 그러기만 해도 이 문은 길고 긴, 정녕코 긴 봉인의 역할에서 풀려나게 되고.

그러면 숲 사람들이, 쥬스가, 포르투나가 살아날 수 있을 텐데 ———.

『에밀리아. ——약속.』

봉인을 풀려던 에밀리아의 머리에, 헤어질 적에 속삭인 어머니의 말이 울렸다.

그건 이 봉인과는 관계없는 약속을 주고받았을 때의 말이다. 그러나 에밀리아는 기억한다. 자신은 약속을 지키겠다고 어머니에게 약속한 것을.

『봉인』에 대해서는 모른다. 이곳은 가서는 안 되는 『약속』 너머에 있다. 에밀리아는 이곳을 모르며 알아서도 안 된다. 간섭해서는 안 된다.

포르투나와 약속한 것이다. 그리고 약속을 지키는 행위는 무엇보다 우선해야만 한다. 약속은 믿는 마음이니까, 그걸 배신하면 안 된다.

나쁜 애가 되면 아무도 에밀리아를 용서해 주지 않게 된다. 용서할 수 없어진다.

그러니까 『봉인』을 여는 짓은 약속을 어기는 행동이다.

"모, 못 열어……."

"──왜."

에밀리아가 도리질하자 판도라는 처음으로, 딱딱한 목소리로 짧게 말했다.

그 음성의 변화를 알아채지 못하고 에밀리아는 여전히 도리질치며 말했다.

"약속…… 약속이, 있어. 봉인에 대해, 난 몰라. 열면, 안 돼."

"그래요. 약속은 중요한 일이죠. 그걸 지키려 하는 당신의 마음은 무척 훌륭하고 존귀하다고 생각해요. 하지만 그것도 때에 따르는 거죠."

판도라가 살며시 뒤에서 에밀리아를 껴안았다. 호리호리하고 가녀린 팔에 끌어안긴 에밀리아는 어머니와 다른 따스한 감촉에 떨었다.

"당신의 약속. 그건 어머니와 주고받은 것이죠? 당신의 어머니는 아주 훌륭한 분이에요. 올바르고 존귀한 것을 가르치셨어요. 그 뜻은 소중히 여겨야 마땅한 법이죠."

"그, 그럼……."

"하지만 때로는 약속을 저버리고서라도 결단해야만 할 때도 있어요. 아직 어린 당신에게 결단을 요구하는 건 너무한 짓일지도 모르죠. 하지만 운명이란 희롱당하는 자의 사정을 봐주진 않는답니다. 운명은 파도치는 자신 위에서 저항하는 자야말로 사랑하며, 그 결과에 희망을 품게 하는 법. ──당신은 어느 쪽 희망을 바라죠?"

"어느 쪽, 희망……."

에밀리아의 갈라진 목소리에 판도라는 "네." 하고 자애로운 미소로 끄덕였다.

판도라는 두 손을 에밀리아 앞에 살그머니 내밀었다.

"하나는 어머니와 주고받은 약속을 지켜서 봉인을 열지 않으며 우리와 대치해서, 이 고난을 극복히지는 희망."

오른손을 들어 올려 보이지 않는 희망을 들고 있는 것 같은 몸짓을 하는 판도라.

"그리고 다른 하나는 어머니와의 약속을 저버리고 봉인을 열어서 서로 목적을 이룬 다음에 원만하게 사태를 수습하겠다는 희망."

왼손을 들어 올리며 판도라는 마찬가지로 보이지 않는 희망을 에밀리아에게 제시했다.

"＿＿＿＿."

두 가지 희망의 제시에 에밀리아는 말도 못하고 굳어버렸다.

호흡조차 목이 얼어붙은 것처럼 불안정하다. 섣불리 자신이 무슨 말을 입에 올리면 그 순간 판도라가 두 손을 거두어버리지 않을까.

두 가지 희망 중 어느 한쪽도 건드리지 못한 채로 놓치는 게 아닐까.

"어느 희망을 고르겠어요? ──당신에게 운명을 맡길게요."

──오른쪽 희망. ──왼쪽 희망.

──약속을 지켜서 선택하는 희망. ──약속을 어겨서 선택하는 희망.

달콤하고 노곤한 목소리가 뇌를 녹인다. 자상하게 타이르는 음성에 마음은 현혹된다.

그토록 시끄럽던 심장 고동이 지금은 들리지 않는다.

세상에서 소리가 사라진다. 색깔조차 사라진 세상에 에밀리아는 홀로 남겨졌다.

자신의 심장에도 버림받아 이곳에 있는 건 뇌── 아니, 의식뿐이다.

고를 수 없다. 고를 수 없다. 고를수없다고를수없다고를수없다고를수없다고를수없다고를수없다고를수없다.

뭘 골라야 구원받지? 어떡해야 모두가 살아나지? 뭘 해야 모두의 힘이 될 수 있지? 뭘 해야, 누가, 그걸, 가르쳐 줘.

희망은, 구원은, 어머니의 가르침은──.

"──아."

"──그래요. 그게 당신의 결단이로군요."

사고가 하얗게 달아오르고 시야가 희멀게진 것처럼 공허해지는 가운데 판도라의 목소리가 들렸다.

판도라는 어린 손바닥이 만진 손을 내려다보고 긴 속눈썹이 테를 두른 눈을 내리깔고 있었다.

──에밀리아의 손은 판도라의 오른손을 만지고 있었다.

약속을 어기지 않아 봉인을 열지 않고, 모두가 구원받기를 기도하는 희망을.

"어머니랑…… 약속, 했어. 약속을, 지킬 거야……. 지켜서, 그러니까……. 어머니이."

"끝까지 자신의 지침인 어머니의 말을 믿는다. 갈등 끝에 당도한 그 답 또한 당신의 영혼이 도출한 결론. 그걸 존중하지요."

눈물을 줄줄 흘리는 에밀리아의 말에 판도라는 수긍한 듯 끄덕였다. 오른손을 만지는 에밀리아의 손을 살짝 풀고 어린 소녀를 보듬듯이 바라보는 판도라.

마음만 먹으면 판도라는 열쇠를 든 에밀리아에게 억지로 문을 열게 할 수도 있었다. 그러지 않은 의사만은, 판도라 안에 확실하게 있는 선성(善性) 같은 무언가다.

단, 그것은──.

"──그러니 봉인을 열려고 수단을 강구하는 제 결단도, 존중해 주세요."

존중하는 것 말고는 짓밟기를 망설이지 않는, 기만에 가득한 선성의 표출이다.

"──어."

미소 짓는 판도라의 말에 에밀리아는 멍한 목소리를 흘렸다.

에밀리아의 시선 앞에서 판도라는 소녀가 아니라 등 뒤의 숲을 보고 있었다. 하얀 수목이 늘어선 광경을 뚫고 한 그림자가 튀어나왔다──.

"──판도라아!!"

온몸을 피로 물들이고 포효한 것은 짧은 은발의 여성── 포르투나였다.

숲에 돌아온 뒤로 얼마나 많은 격전을 치렀는지 만신창이로 이 자리에 나타난 포르투나. 그러나 전의가 시들지 않은 눈빛으로 판도라를 찌르며 절대적인 마력을 풀어냈다.

대기에 금이 가는 소리가 울려 퍼지고 포르투나 주위에 장대한 얼음 창이 현현했다. 그것은 화살보다 빠른 일격이 되어 정확하게 판도라를 엄습했다.

"먹어라──!"

"주위를 보고 공격하지 않으면 위험하죠."

점잖게 말한 판도라가 에밀리아를 감싸듯이 앞으로 나섰다. 그 직후, 그 가슴을 얼음 창이 관통, 이어서 허리를, 팔을, 다리를 잇달아 꿰뚫고 마지막 한 방이 머리를 날려버렸다.

"──힉."

눈앞에서 끔찍한 죽음을 지켜본 에밀리아가 새된 비명을 질렀다. 머리를 잃은 판도라의 주검이 뒤로 쓰러지고, 에밀리아는 시체에 밀려 쓰러졌다.

머리가 없는 시체에 깔렸다는 현실감 없는 상황에 에밀리아의 절규는 길게 이어졌다.

　"……에밀리아?"

　그 어린 절규에 제정신을 차린 포르투나가 멍하니 사랑하는 딸의 이름을 불렀다.

　남보랏빛 눈은 원수를 무찌른 달성감이 아니라 이 자리에 없어야 할 에밀리아를 발견한 놀란 감정 쪽이 더 컸다. 잔달음질로 포르투나는 에밀리아에게로 달려가서 말했다.

　"왜 에밀리아가 여기에……. 숲 밖에 도망쳐 보낸 게……."

　"왜냐니 말이 너무하잖아요. 이 아이는 어머니인 당신을 걱정해서 당신을 구하고 싶은 한마음으로 이리 달려왔답니다. 그 맑은 심성을, 존엄한 자세를 어미인 당신이 칭찬해 주지 않고 어쩌나요?"

　"윽──."

　동요하는 포르투나 옆에서 판도라가 나무라듯이 눈썹을 찌푸렸다.

　포르투나는 그 신출귀몰한 모습에, 에밀리아는 지금 막 끔찍하게 죽었던 판도라의 주검이 눈앞에서 사라졌다는 사실에 남보랏빛 눈을 나란히 부릅떴다.

　"그렇게 같은 표정을 지으니 역시 많이 닮았네요. 과연 모녀예요."

　"──큭, 에밀리아의 어머니는 내가 아니야! 에밀리아의 귀여운 얼굴은 새언니를 닮은 거지!"

"아아, 그녀의. 그건 실례했어요."

노성을 뱉은 포르투나가 사과하는 판도라를 얼음 검으로 가차 없이 찢어발겼다. 몸통이 사선으로 베인 판도라가 선혈을 흘리며 바닥에 등부터 고꾸라졌다.

"그럼 당신은 길러 준 어머니군요. 그렇다면 긍지로 여기세요. 당신의 따님은 대단히 존엄한 마음을 가졌답니다. 아마 친부모님도 기뻐하고 있을 거예요."

"네 입에 오빠와 새언니를 담지 마아!!"

쓰러진 시체가 사라지고 판도라가 당연한 것처럼 포르투나 옆에 섰다. 포르투나는 그 목을 얼음 검으로 치고, 몸통을 꿰어서 조각조각 부수었다. 그 직후, 포르투나는 등 뒤에서 부활한 판도라를 찌르기로 해치우고, 떨어진 위치에 나타난 미모에 검을 투척── 칼끝이 호리호리한 몸을 포착한 순간, 판도라는 한순간에 얼음상으로 변화해 금이 쩍쩍 가다가 붕괴했다.

"그렇게 대화를 거절하며 날뛰어 봤자 지치기만 하잖아요? 일단 진정하고 서로 대화할 기회를 가지는 것부터 다시 해 보지 않겠어요?"

"──큭! 잔말이 많다고 하잖아!"

깨진 얼음상을 거들떠보지도 않으며 판도라가 포르투나의 어깨를 두드렸다. 그 악몽 같은 현상에 소름이 돋으면서 포르투나는 판도라의 옆얼굴에 따귀를 후려치고──.

"──아윽."

"에밀리아?!"

어머니에게 맞아 나동그라진 에밀리아가 무방비하게 바닥에 쓰러졌다. 의도치 않게 딸을 때리고 만 포르투나는 창백해지고, 당황하며 쓰러진 딸에게 달려갔다.

"안 돼애! 에밀리아, 미안해! 아니야! 그럴 생각이…… 흡."

"맞으면 이렇게 아프죠. 당신의 마음에도 때린 것과 비슷한 아픔이 분명히 있었을 거예요. 자기 소행이 얼마나 무자비한지 이해하셨나요?"

안아 일으킨 판도라의 모습에 포르투나는 말문을 잃고 그녀를 떠밀었다. 일어나서 보니 에밀리아의 모습은 변함없이 봉인 옆에 있었다. 하얀 뺨에 맞은 자국도 없다.

"아무 일 없었다고 알아서 안심하셨나요? 그 마음을 아주 약간, 믿게 여기는 상대에게 보낼 수는 없을까요? 모든 사람을 따님과 비슷하게 사랑하라고는 안 하겠어요. 다만 자그마한 배려로 바뀌는 것도 있답니다. 아주 약간의 주의만으로도."

"허튼소리를……. 누가! 누가, 네가 하는 말 따위……."

"──그럼 이렇게 할까요? 당신의 입으로 따님을 설득하는 거예요. 저 애가 열쇠를 가지고 있는 건 확인했지만, 도통 문을 열려고 해 주지 않더군요. 다름 아닌, 당신과의 약속을 지키려고."

에밀리아를 구실 삼은 교섭에 포르투나는 목이 막혔다. 떨고 있는 에밀리아는 뺨을 굳히고 눈물로 흐려지려는 눈으로 어머니를 애타게 쳐다보았다.

"당신이 약속을 취소하면 고집스러운 마음을 옭아매는 사슬은 사라지죠. 봉인만 풀리면 저희도 더 이상 아무 짓도 안 하고 숲을 나가겠다고 약속할게요. 약속……. 좋은 말이네요."

필시 야유할 속셈 없이 본심에서 나온 말이리라. 선망과 자애로 가득 찬 판도라의 말에는 악의가 없다. 악의가 없기 때문에 그것은 강렬하게 사악한 비아냥이 된다.

포르투나의 시야에서 에밀리아는 두 손을 잡고 어머니의 말을 기다리고 있다. 그 손이 무언가를 잡고 있는 것처럼 볼록한 것은 거기에 봉인을 푸는 열쇠가 있기 때문이다.

포르투나가 한마디만 이르면 에밀리아는 봉인의 문을 연다. 그 행위로 숲이 구원받는다고, 어린 마음을 모두 바칠 각오로——.

"——미안해, 에밀리아. 그렇게 괴로움을 느끼게 해서."

포르투나는 문에—— 아니, 딸에게 걸어가 에밀리아의 몸을 껴안고 말을 건넸다. 꼭 껴안는 팔에서 어린 에밀리아의 몸이 떠는 것을 알 수 있었다.

모녀는 서로 상대의 은발에 볼을 비비며 그 존재를 확인하듯 온기를 나누었다.

"에밀리아, 정말 힘들게……. 여기는 혼자? 아치는?"

"아치는…… 나한테, 하얀 꽃까지 뛰라고…… 그래서, 나, 뛰어서……."

"——아."

에밀리아가 아치의 당부를 전하자 포르투나는 젊은 엘프의 최후를 깨달았다.

자신들을 가족이라고 말해 준 청년의 불행에 포르투나의 가슴을 비탄이 채웠다. 그러나 포르투나는 껴안은 딸에게 우는 얼굴을 보이지 않았다.

악랄한 마녀와 그 끄나풀 때문에 얼마나 많은 목숨이 이 숲에서 스러졌을까.

그럼에도 포르투나는 품속에 있는 딸의 결단이 자랑스러웠다.

"에밀리아, 에밀리아……. 약속, 잘 지켰구나. 장해. 장하다."

"어머니……! 어머니, 나, 나."

"에밀리아……. 넌 내 자랑. 내 보물이야…….."

매달리는 딸과 그것을 자상하게 껴안는 모친.

그 광경에 판도라는 도취된 표정으로 뺨을 붉게 물들였다. 그건 마치 자신이 세상에서 가장 아름다운 경관을 독점한 것 같은 표정이었다.

"아름다운 모녀애, 깊이 맛보았어요. 역시 서로 사랑하는 모습은 훌륭하네요."

"너한테 그런 말을 들으면 소름 끼쳐. ——봉인은 못 풀어. 이 아이는 못 넘겨. 내 대답은 에밀리아와 똑같아. 넌 여기서 얼음상이 되어서 말라버려."

"그런 과격한 발언은 따님의 교육에 안 좋지 않을까요?"

"이보다 더 너 같은 존재랑 말을 섞게 하는 것 이상으로 교육에 안 좋은 일은 없어."

판도라의 존재를 부정한 포르투나 주위에 다시 마나가 용솟음친다. 높아지는 전의와 마력에 판도라는 안타까운 표정으로 입술을 오므렸다.

——그 직후였다.

"겨우 따라잡은, 겁니다――!"

음색에는 왠지 광기가 배었으나 그 이상의 사명감을 품은 남자가 전장에 뛰어들었다.

키 큰 하얀 나무 위를 지나는 도약. 거인의 손바닥에 던져진 것처럼 높고 빠르게 하늘을 가로지르며 법의를 나부끼는 남자, 쥬스다.

"쥬스!"

"포르투나 님!"

포르투나와 쥬스가 서로 이름을 부르고, 그것만으로도 연계의 의사소통이 이루어졌다.

봉인의 문 앞에 선 판도라를 사이에 두고 두 사람은 앞뒤로 최대 화력을 내쏘았다.

에밀리아는 어머니의 옆얼굴을 쳐다보고 있다.

――적을 곧게 꿰뚫어 보는 옆얼굴은 몸이 떨릴 만큼 예뻤다.

"알 휴마――!!"

"보이지 않는 손――!!"

포르투나가 엮어낸 최대급의 파괴와 마녀인자의 힘을 최대한 끌어낸 쥬스의 사법.

가공할 파괴의 힘이 솟구치며 엘리오르 대삼림의 하늘이 비명을 내지르고――.

"――어머니?"

보이지 않는 팔에 가슴이 꿰뚫려서 뿜어져 나온 어머니의 선혈이 에밀리아의 온몸에 쏟아졌다.

2

　잡고 있던 손에서 힘이 빠지고 포르투나의 몸이 에밀리아 눈 앞에서 허물어졌다.

　"이걸로——끝, 입니다!"

　포효하고 착지한 쥬스가 피에 젖은 팔을 휘둘렀다. 그 거동에 끌려가듯이 포르투나의 몸도 같은 궤도로 허공을 날았다. 인형처럼 팔다리의 힘이 빠지고 내동댕이쳐지듯 나뒹구는 포르투나. ——그 몸에서는 끊이지 않고 피가 넘치고 있다.

　"손맛은, 있던 겁니다……. 이만큼 하면, 이번에야말로."

　가쁘게 호흡하며 그 자리에 무릎을 꿇은 쥬스가 중얼거렸다.

　그 목소리가, 모습이, 에밀리아에게는 비치지 않았다. 에밀리아는 그저 포르투나만을.

　"————."

　비틀거리는 발걸음으로 앞으로 쓰러져 누워있는 포르투나에게로 다가갔다.

　포르투나의 몸은 가슴과 등, 양쪽에 구멍이 뚫렸다. 찢어진 몸에서는 많은 피가 흐르고 있다. 그 기세도 서서히 약해지고, 에밀리아는 피웅덩이에 주저앉았다.

　창백한 어머니의 머리를 안아서 자기 무릎 위에 간신히 올려놨다. 포르투나의 예쁜 은발도 붉게 얼룩져서 에밀리아는 깨끗하게 닦아내고 싶은 마음에 필사적으로 얼룩을 손가락으로 지우려 했다. 그러나 그러는 에밀리아의 손가락이 피로 얼룩져서 만져도, 만져도 깨끗해지지 않는다.

"포르투나 님! 경계를 늦추지 말고, 주의를! 제가 확인하고…….."

"쥬스?"

"———."

강하게 경계한 쥬스는 포르투나에게 그 손바닥을 겨누고 있었다. 그런 쥬스의 굳은 표정이 느릿느릿 고개를 든 에밀리아의 목소리에 변화했다.

순간, 그는 아련한 뭔가를 보는 얼굴로 눈을 깜빡인다.

"에밀리아 님?"

피웅덩이에 주저앉은 어린 소녀의 모습에 쥬스는 비로소 깨달은 얼굴로 중얼거렸다.

그다음 그의 시선은 천천히, 에밀리아의 무릎에 머리를 올린 인물에게로 돌아갔다.

눈이, 크게 뜨였다.

"……그럴 수가, 맙소사."

아연실색하며 쥬스는 눈앞의 광경에 한마디만 중얼거렸다.

옆을 쳐다봤다. 쥬스 옆에 얼룩 하나 없는 모습으로 미모의 소녀가 느긋하게 서 있다. 그 미모의 소녀, 판도라라고 불리는 마녀는 쥬스에게 미소를 보냈다.

"어쩔 수 없는 일이에요. 당신은 '잘못 봤을' 뿐이니까요."

"아, 아아아…… 아아아아아아아아아———?!"

그 미소 모든 것을 이해하고 쥬스는 자기 뺨에 손톱을 박으며 절규했다. 그 힘에 손톱이 벗겨지고 볼살이 긁힌 남자의 얼굴이 새빨갛게 물들었다.

"맙소사맙소사, 맙소사맙소사맙소사맙소사아?! 나는, 나는 무슨, 무슨 짓을 한 겁니까?! 무슨 짓을…… 왜, 왜왜왜왜왜왜애?! 이런…… 그렇다면 전 무엇을 위해서, 이런…… 아아? 아아?! 아아아악아아아!!"

마녀인자를 자신에게 흡수하고 의지의 힘으로 적합성이 없는 대죄를 억누르던 쥬스.

그 강한 의사를 지탱하던 가장 중요한 실이 뚝 끊겼다. 소리와 함께 쥬스의 내면에서 여태까지 그를 지탱하던 모든 것이 와해되기 시작했다.

목숨을 걸어서라도 지키고 싶던 것을, 목숨을 걸고 얻은 힘으로 스스로 파괴함으로써.

마음에 복구 불가능한 수준까지 상처를 입은 쥬스가 제정신을 잃고 외쳤다.

"저는…… 저는, 무엇 때문에?!"

"──전부, 사랑 때문이지요."

광란에 마음의 균형을 잃고 절망한 쥬스의 영혼이 지르는 한탄이 울렸다.

쥬스의 한탄에 판도라는 조용한 목소리로 응답했다.

"당신은 사랑하는 사람을 구하고자 자신의 영혼까지 바친 거예요. 이만저만한 일이 아니죠. 오래오래 마녀교를 지탱해온 나날도 모든 것은 그 사랑 때문. 당신의 행동 전부는 사랑의 산물. 지극히 훌륭한, 사랑의 이정표."

"사랑…… . 사랑…… . 사랑, 사랑, 사랑…… . 사랑……!"

"그래, 무언가를 두려워할 필요도, 분통 터트릴 필요도 없어요. 모든 것은 필연, 운명의 인도였던 거예요. 이리되게끔 길은 여기로 이어졌어요. ──『당신의 사랑은 잘못되지 않았어요.』"

"사랑, 때문에……"

귀에 속삭이는 말을 잠꼬대처럼 반복하며 쥬스의 마음은 산산이 부스러졌다. 무릎을 꿇는 그의 눈은 빛을 잃고 망연자실하며 움직임이 멈추었다.

그 거꾸러진 쥬스의 모습에 판도라는 만족스럽게 미소 지을 뿐이었다.

"에밀, 리아……."

그리고 쥬스의 마음이 부서진 것과 때를 같이해 한 생명의 등불 또한 꺼지려는 중이었다.

"어머니."

꺼지려는 목소리가 가냘프게 부르는 소리에 에밀리아는 멍한 목소리로 대답했다.

떨리는 팔로 어머니를 끌어안으니 그 몸은 슬플 만큼 가벼워지고 말았다. 어느새 그토록 흘러나오던 피도 완전히 멎었다.

피가 멎었다면 어머니의 상처는 이제 괜찮은 것일까.

그렇게 생각할 수 있을 만큼 에밀리아의 어린 나이는 그녀의 마음을 지켜주진 않았다. 이미 움직일 힘조차 남지 않은 포르투나의 얼굴은 누가 봐도 죽은 사람의 안색이었다.

"……오, 빠, 죄송…해요."

"어머니."

"나…… 오빠 말, 아무것도, 지키지…… 해서……."

그 말은 마치 어린애가 사과하는 어조로 입에 담는 후회였다.

이미 피도 안 흐르는 몸으로 포르투나는 눈에서 눈물만을 끊임없이 흘렸다. 뜨거운 물방울을 손가락으로 느낀 에밀리아는 그것을 필사적으로 모으려 했다.

에밀리아에게는 그게 곧 지금 어머니의 생명력 전부로 생각될 따름이었기에.

"새, 언니……. 화, 화내겠지……. 용서, 안 해 주……겠지……."

어머니의 헛소리를 들으면서 에밀리아는 겨우 깨달았다.

벌어진 포르투나의 남보랏빛 두 눈에선 진즉에 빛이 사라졌다. 눈물만 흘리는 눈은 에밀리아의 얼굴도 보고 있지 않았다. 에밀리아가 곁에 있는 것도 깨닫지 못했다.

만져도, 안아도, 닿지 않는다.

그저 어린애처럼 흐느끼며 용서를 바라는 포르투나에게, 에밀리아는———.

"———어머니를, 용서할게요."

"_____."

"어머니는, 내…… 어머니고, 항상 소중히 대해 주고…… 아빠에게도 엄마에게도 지지 않을 만큼, 날 엄—청 좋아해 줬어요……."

“＿＿＿＿＿.”

“그러니까 사과할 건, 없어. 없어요. 에밀리아는, 포르투나 어머니를, 항상…… 항상 사랑하고 있어요. 사랑해요. 사랑해, 사랑해……. 사랑해애……!”

감정이 허물어진다.

목소리가 평상심을 잃고 참지 못한 눈물방울이 포르투나의 얼굴에 잇달아 떨어졌다. 눈물방울이 생명력이었더라면 그 기적은 필시 에밀리아의 눈물이 일으킨 것이리라.

“……어머니?”

“리아.”

천천히 올라온 손이 에밀리아의 뺨을 매만지고 있었다.

움직일 리 없는 손이 에밀리아의 뺨을, 귀를 어루만지고 머리카락을 간질였다. 사랑스러운 것을 만지듯, 망가뜨리지 않게끔 그저 사랑하듯이. 사랑하듯이. 사랑하듯이.

“울보구나.”

“＿＿＿＿＿.”

“엄―청, 사랑……”

힘이 빠졌다.

팔이, 툭 소리와 함께 떨어졌다.

어머니의 손길을 받던 에밀리아는 무릎 위에 있는 포르투나의 몸이 가벼워진 것을 느꼈다.

온몸에서 힘이 빠지고 무릎에 실은 무게는 늘어날 뿐인데, 에밀리아의 품속에서 포르투나의 몸은 확실하게 가벼워진 것이다. ──빠져서는 안 될 것이, 빠지고 말았다.

포르투나는 여기서 없어졌다. 그 사실을 에밀리아도 알고 말았다.

"_____."

어머니는, 포르투나는 사라졌다.

쥬스는, 페텔기우스 로마네콩티는 마음이 망가졌다.

그리고 에밀리아는──.

"그럼 봉인을 풀 희망을 선택할 준비는 다 되었나요?"

걸어온 판도라가 포르투나의 주검을 안은 에밀리아에게 말을 걸었다.

부드러운 얼굴로 조용히 답을 기다리는 판도라. 그 태도에 에밀리아는 고개를 들었다.

"......봉인을, 열어?"

"그래요. 약속을 주고받은 어머니는 안타깝지만 돌아가셨어요. 이로써 이제 당신을 옭아매는 약속이라는 족쇄는 없어요. 어때요?"

당연한 것처럼 폭론을 주장하는 판도라에게 에밀리아는 모든 것을 이해했다.

이, 눈앞에 있는 인간 모양의 악마가 무엇 때문에 이런 짓을 했는가. 이 악마는 그저 에밀리아가 약속을 어기게 하려고 이런 짓을 저지른 것이다.

그것만을 위해서 포르투나를 죽게 하고 쥬스의 마음을 부수고 숲을 깡그리 유린했다.

"맞아, 맞아. 잊고 있었네요. ──이리 오세요."

표정이 사라진 에밀리아의 앞에서 판도라가 허공을 향해 손짓했다.

그러자 에밀리아 주위에 옅은 인광이 떠오르고 무수한 빛이 천천히 손짓하는 판도라 쪽으로 다가갔다. ──빛이, 소녀의 미모에 환상적인 미를 더했다.

요정── 아니, 미정령이다.

에밀리아를 봉인의 문까지 인도하고 길을 제시해 주었던 요정님.

그게, 왜, 판도라 쪽에.

"아무 도움 없이 당신이 여기에 와 줄 거란 확신이 없어서요. 그들에게 도우라고 부탁했죠. 대단히 믿음직한 아이들이랍니다."

웃으며 미정령에게 감사를 전하는 판도라와, 그 말에 기쁘게 일렁이는 미정령.

──어디서부터, 시작된 것인가. 이미 에밀리아는 알 수 없었다.

에밀리아는 머리를 휘청휘청 흔들면서 봉인의 문을 올려다보았다.

문은 여유롭게 열릴 때를 고대하듯 에밀리아를 내려다보고 있었다. 정신이 드니 손바닥에는 묵직한 열쇠의 감촉이 있었다. 어느새 열쇠는 다시 손아귀에.

"열쇠는…… 다행이다. 아직 가지고 있었군요. 그럼, 알죠?"

미소를 보내는 판도라 앞에서 에밀리아는 조용히 몸을 틀었다.

무릎에서 어머니의 머리를 내려놓아서 부드럽게 풀 위에 뉘었다. 앞머리를 손가락으로 만지작거려서 자랑스러운 어머니의 예쁜 얼굴을 단정하게 갖추었다. 짧은, 자신과 같은 은빛 머리카락. 에밀리아는 아름다운 어머니의 머리카락을 꾸미는 꽃장식을 살그머니 벗겨 자신의 꽃장식과 교환했다.

　자신의 머리카락에 어머니의 꽃장식을 달았다. 이로써 항상 함께. 어머니와 함께 있다.

　그리고——.

　"죽어버려."

　——냉기의 칼날이 무진장하게 솟아올라 판도라의 육체가 한순간에 피보라로 변했다.

　터져 나온 피가 찰나에 얼어붙어 붉은 얼음꽃이 화려하게 피었다.

　얼음기둥 하나를 중앙에 세우고 흩날린 선혈이 꽃잎을 떨어뜨리는, 죽음과 얼음의 예술품이다.

　"살벌한 짓을 하시네요. 대체, 갑자기 왜——."

　"죽어버려."

　쏟아진 얼음 쐐기가 판도라의 손발을 꿰뚫고 지면에서 솟구친 얼음 창이 엉덩이부터 머리까지 관통. 상하 대조적인 충격을 주어 얼어붙은 몸이 날카로운 소리와 함께 산산이 부서졌다.

　"진정하세요. 말로 하면 이해할 수 있을 거예요."

　"죽어버려."

　강대한 얼음덩이가 좌우로 짓쳐들어와 판도라의 몸이 찌부러지고 끔찍한 살덩이로 변모했다.

"당신은 심성이 고운 아이예요. 이런 짓은 어머님이 슬퍼할 거예요."

"죽어버려."

회전하는 얼음 칼이 판도라를 발밑부터 토막 내어 진홍의 얼음조각이 뿌려졌다.

"당신은 많은 소원을 배신하고 있어요. 부모님도, 로마네콩티 주교도, 어머님도."

"죽어버려──!"

하얀 안개가 판도라를 감싸 안아 그 몸을 얼음상으로 바꾸었다. 그 직후 내리꽂힌 강대한 얼음의 검이 베는 게 아니라 때려 뭉갤 기세로 판도라의 얼음상을 대지에 터트렸다.

무수하며 무진장한, 방대한 파괴와 살의의 폭풍이 수도 없이 판도라를 죽였다. 하지만──.

"난처한데요. 아무래도 역효과가 난 모양인데."

"죽어버려, 죽어버려, 죽어버려, 죽어버려……!"

꺽꺽대고 흐느끼며, 얼음의 파괴가 잇따라 판도라에게 쏟아졌다.

그러나 판도라는 그 모든 것에 살해당하면서 찰나 만에 부활하기를 반복했다.

"죽어, 버려……. 죽어버려어……."

그 어린 몸에 부치는 마법을 행사하던 에밀리아 쪽이 차츰 한계를 맞이했다.

분수에 안 맞는 마법의 연발에 얼굴이 붉어진 에밀리아의 반신은 얼어붙기 시작했다. 몸에 흡수한 방대한 마나가 폭주해서 밖으로 힘을 방출하는 행위가 때를 맞추지 못한 것이다.

　"온전히 다루지 못하는 방대한 마나, 그것을 유지하게 하는 게이트. 마녀의 피는 그 인과에서 벗어날 수 없으니. ——이 숲은, 그 사실을 깨닫게 하고자 있었을지도 모르겠어요."

　의미를 모를 판도라의 술회. 그 말을 부정하듯이 에밀리아는 고개를 저었다. 오른쪽 다리는 완전히 얼음덩이가 되어서 똑바로 서기도 어려워졌다. 무릎을 꿇었다. 살의를 띤 남보랏빛 눈이 판도라를 꿰뚫었다. 그 어린 살의에 판도라는 눈을 내리깔았다.

　"비원을 앞에 두고 아쉽지만, 오늘은 여기까지로 하죠. 더 했다간 당신에게 무리를 강요하게 될 것 같아요."

　"죽어버려, 죽어버려, 죽어버려, 죽어버려……!"

　"오늘은 당신이라는 혈통과, 열쇠의 존재. 거기에 새로운 대죄주교의 탄생. ——무엇보다 봉인을 가지고 돌아가는 것만으로 충분하다고 해두죠. ……어머."

　이기적인 결론. 타인을 팽개치는 자기 위주. 유일무이한 완성된 자존심.

　상황에 단념한 판도라, 그 시야에 별안간 하얀 결정이 어른거렸다.

　——눈이다.

　에밀리아의 어마어마한 마나가 폭주하여 기후가 극한까지 일그러져서 눈이 내렸다.

처음에는 어른거리는 수준이었으나 차츰 눈은 기세와 강도를 늘려 금세 눈보라라고 불러야 할 만큼 거세졌다.

　"──이 추세를 보면, 당신은 아마도 긴 잠에 빠지게 되겠죠."

　하염없이 내리는 눈을 올려다보던 판도라가 이 기후의 원인이 된 에밀리아를 쳐다보았다. 이미 에밀리아의 몸은 허리까지 동결되어 두 팔을 움직일 수도 없었다.

　"당신의 힘으로 이 숲은 녹지 않는 동토에 뒤덮일 거예요. 언젠가 당신의 마나가 바닥나거나, 아니면 당신에게 필적하는 힘을 가진 이가 마나를 상쇄할 그 순간까지는."

　"죽어버려, 죽어버려……."

　"안타깝지만 안 죽어요. 저도 당신도, 언젠가 눈이 녹아 빙계(氷季)가 끝나듯 반드시 만나게 될 거예요. 다만 그때도 미움받고 있어선 서운하니."

　저주를 내뱉는 에밀리아의 이마에 판도라의 가는 손가락이 살그머니 닿았다.

　판도라는 증오로 남보랏빛 눈을 끓이는 에밀리아에게 순진한 얼굴로 미소 지었다.

　"당신의, 『오늘까지의 추억은, 저의 존재를 잊고 완결』할 것."

　"──아."

　"공백은 자유롭게 보완해 주세요. 그러네요. 당신은 열심히 약속을 지켰다. 그 사실은 마음에 단단히 새기고, 지금과 같은 당신으로 있어 주면 고마울 거예요."

　가슴까지 얼어붙은 에밀리아의 얼굴이 뒤로 꺾이고 초점이 안 맞는 시선이 세상을 헤맸다.

눈이 빙빙 돌고 입 끝에서 침을 흘리며 에밀리아의 머리 내용물이 뒤죽박죽 섞였다.

무작위로, 무신경하게, 기억의 벽지가 맘대로 바뀌고 모순이 무수히 발생한다.

주고받은 말이 아득히 멀리 사라지고 주어진 애정도 잊으며, 그저 공포와 죄책감이 남는다──.

──소중한 것, 사라지지 않는 것, 그것은 약속.

약속을 지킨 것, 그것만은 절대로 잊지 않는다. 약속은 지키는 것, 그것도 잊지 않는다.

──약속을 지켰다. 약속은 지켜졌다.

"당신의 마음이 어떻게 꾸며지고, 다음에 저랑 만날 때 어떻게 미소 지어 줄까. 언젠가 올 재회의 날을 기대할게요."

판도라는 휘몰아치는 눈보라 속에서도 목소리를 보내고 자신의 백금발을 어루만지면서 걷기 시작했다.

망연자실하게 무릎을 꿇고 있던 쥬스는 그 몸의 절반가량이 눈에 파묻히고 있었다. 그 귓가에 판도라가 무슨 말을 속삭이자 쥬스는 무감정한 얼굴로 일어섰다.

두 사람, 판도라와 쥬스가 나란히 서서 눈 내리는 숲을 떠나간다.

에밀리아는 그저 그 둘의 모습을 지켜보기만 했다.

몸의 동결은 이미 얼굴 절반까지 미쳐 에밀리아의 의식은 눈밖에 남지 않았다.

문득 에밀리아는 시선을 내렸다가 깨달았다.

눈앞의 지면에 부자연스럽게 눈이 쌓인 곳이 있었다.

마치 그 새하얀 설경에 누군가를 껴안고 있는 것처럼.

"_____."

입은 움직이지 않는다. 눈꺼풀을 감는 것도 이미 불가능하다.

몸은 얼고 마음도 얼어붙는다. 그리고 에밀리아의 의식은——.

"——머니."

그대로 백 년의 세월을, 소녀는 녹지 않는 얼음 속에서 잠자게

되었다.

그녀를 찾아 헤매고, 그녀를 위해서만 태어난 그 정령에게 발

견될 때까지.

——에밀리아는 줄곧, 얼음 속에서 홀로 잠자게 되었다.

3

——모든 것을 지켜본 에밀리아는 얼음덩이가 된 어린 자기

자신 앞에 우두커니 서 있었다.

"_____."

어느덧 에밀리아의 의식은 기억에 녹아 폭로된 과거 전부를

내려다보고 있었다.

보일 리 없을 광경을, 알 리 없을 사건을, 지켜보지 못했을 최

후를, 고향에 일어난 모든 일을 에밀리아는 잃어버린 기억 이상

으로 떠올려냈다.

　──무슨 일이 있었는지 모조리 떠올려냈다.

　기억의 공백을 메우는 여로를 거쳐 『후회』에 당도하는 길을 걸었다. 옛 후회를 잊는 대신에 얻은 안식은 도대체 얼마나 많은 죄 위에 성립되었던가.

　어린 날의 에밀리아는 모든 것을 목격하고, 그 모든 것을 잊고서 오늘까지 살아왔다.

　포르투나의 죽음을, 쥬스의 광란을, 고향이 얼음에 갇힌 이유도, 전부 다──.

　"──기억의 수정에 관해서 자기 자신을 책망하고 있다면, 그건 번지수를 잘못 찾았다고 해야지."

　불현듯 기억과 의식 틈새를 떠돌던 에밀리아에게 누가 말을 던졌다.

　옆에 선 마녀── 에키드나다. 그녀는 자기 팔꿈치를 안으면서 에밀리아의 옆얼굴에 차가운 눈길을 보내고 있었다. 에밀리아가 엿본 『후회』를, 마찬가지로 처음부터 끝까지 지켜본 에키드나. 그녀는 얼음덩이가 된 어린 에밀리아를 바라보고 말을 이었다.

　"너희가 상대하던 그건 『허식의 마녀』야. 얄팍하고 방자한 논리를 내세우며 현상을 자기 취향대로 『바꿔 쓸 수 있지』. 일그러진 기억의 보완은 틀림없이 『허식』의 권능이다."

　"『허식의 마녀』……."

　"살자고 발악하는 짓의 극치 같은 권능이지. 단순히 힘으로만 따지면 어린 날의 너는 판도라를 능가하고 있었어. 다만 그치가 가진 힘과 궁합이 지독하게도 나빴을 뿐이었다."

역시 마녀라고 해야 할까. 에키드나의 견식은 그 판도라에게도 미치고 있는 모양이다.

물론 에밀리아를 대하는 에키드나의 태도는 변함없이 가시가 돋아 있어 순순히 물어봤자 더 얘기는 해 주지 않을 것 같았다.

"판도라에 관해 물으면 가르쳐 줄 거야?"

"……난 타인과의 대화를 흐뭇하게 여기지만, 너만큼은 얘기 중에 탈선하니까 사절이야. 안 될지도 모르겠지만 일단 묻기나 해 보자는 마음가짐으로 질문 받는 것 또한 마음에 안 들고."

"그렇구나. ……고마워."

악담을 듣고 에밀리아가 감사를 표하자 에키드나는 부아가 치민다는 듯 입술을 일그러뜨렸다.

에키드나의 변함없는 태도에 위안을 얻었다. 그만큼 과거는 구제할 도리가 없는 것이었기에. 되살아난 기억은 진짜 의미로 에밀리아의 인생을 그 초장부터 뒤집어버린 것이다.

──얼어붙은 숲에서 모두를 구해내겠다고, 그 한마음으로 왕선에 몸을 던졌는데.

"숲 사람들을 얼음상으로 만든 건 나였고…… 그것도, 모두 날 구하려 해 주었는데."

그 마음에 응답하지 못하고 결국은 전원을 눈 아래에 가둬 넣어 얼음덩어리로 만든 것이다.

얼음에서 해방된 에밀리아는 『후회』의 기억을 잃고 숲에서 지내왔다. 매일 얼음상으로 변한 친인들을 보살핀 건 그래야만 한다는 강한 사명감에 쫓겼던 것이었다. ——그것이 속죄하자는, 죄책감이었다고도 깨닫지 못한 채.

과연, 기억을 봉인한 것도 수긍이 간다. 만약 판도라의 간섭이 없었다 해도 약한 자신은 이 기억을 잊고 싶었던 게 아닐까.

"너는 『과거』를 떠올리고, 『후회』를 지켜보았지. 하지만 『시련』은 아직 끝나지 않았어."

후회에 이르는 기억의 상영을 마치고 정지한 세계의 설경을 바라보던 에키드나가 중얼거렸다.

"과거는 순조롭게 밝혀졌다. 『시련』에 도전한 네 후회, 가장 강한 실수의 기억을 따라가는 여행은 이로써 끝이야. 남은 건 답을 내놓아야지."

"『시련』에 대한, 답……."

"첫째 『시련』은 자신의 가장 큰 후회와 결별함으로써 달성된다. 과거의 자신을 긍정할까, 부정할까. 거절했다고 해도 그 또한 선택이지. 선택해서 결말을 가리는 행동이 존귀한 법."

왠지 열기가 담긴 에키드나의 말에 에밀리아는 깊은 숨을 내쉬었다.

몇 번씩 자문자답한 과거. 거기 도전하는 『시련』의 무대에 에밀리아는 비로소 올라섰다.

팩과의 계약을 잃어, 그에게 응석 부려 내맡겼던 자기 자신을 되찾음으로써 에밀리아는 비로소 자신의 막힌 기억을 열고 이곳에 다다른 것이다.

"그렇다고 쳐도 도리어 넌 어쩔 줄 몰라 했을지도 모르지. 어쨌든 네 결의의 출발점은 더럽혀졌어. 다름 아닌 너 자신의 죄로, 네 어머니는, 친구는, 가족은 얼음상으로 전락했지."

에키드나는 칼날 같은 말로 에밀리아를 저며냈다. 동결된 숲과, 얼음상으로 변모한 친인들. 숲은 마수의 병마에 침범당하고 어머니를 잃었으며 쥬스 또한 마음이 망가졌다.

마을 사람들을, 어머니를 구하고 싶다는 소원을 품고 에밀리아는 숲을 나섰다.

그런데 그 결단은 이상론은커녕 꿈같은 이야기에 불과했고, 중요한 제일 첫걸음부터 성대하게 헛디뎌서 나락으로 떨어졌다. ──이런 나 자신에게 무엇이 남아 있을까.

"──그건, 이미 가르침을 받았는걸."

답에 미혹이 일려던 에밀리아의 마음을, 힘차게 미는 손바닥이 부지해 주었다.

──포기하지 마. 앞을 봐. 고개를 들어. 날 봐.

반복하며 반복해서, 몇 번이고 몇 번이고, 그는 에밀리아에게 그렇게 말해 주었다.

약해서 포기할 뿐인 에밀리아를 꾸짖고, 너는 최고라고 근거도 없이 단언하며.

맞부딪힌 이의 아픔이, 포개진 입술의 열기가 에밀리아의 마음에 불을 붙였다.

"어머니는, 날 사랑해 주었어."

"────────."

"나는 어머니를……. 포르투나 어머니를 구하고 싶었어. 다시 껴안아 주는 손길과 함께 같은 침대에서 자고 싶었어. 사랑한다고, 몇 번이고 전하고 싶었어."

"그럼 후회하고 있나?"

주어가 없는 마녀의 물음은 희망의 결단을 강요받았을 때를 묻고 있었다.

판도라가 제시한 두 가지 희망. 그때, 에밀리아가 약속을 어기는 쪽을 선택했더라면 혹시 포르투나도 쥬스도, 다른 사람 모두 무사하지 않았을까.

『만약』 『혹시』 『어쩌면』이라고, 과거를 돌아보며 재시작할 수 있다면 그럴지도 모른다.

그렇다 해도——.

"후회 같은 건, 안 해."

"————."

"약속을 지키고 거기서 양보 안 한 것, 후회 안 해. 내가 후회한다면 그때 힘이 부족했던 것, 영리하게 분발하지 못한 것이지. 어머니 말씀을 어기고 판도라 말대로 놀아나지 않은 걸 후회하는 짓은 절대로 못해."

왜냐면 포르투나는 끝까지 말해 주지 않았던가.

약속을 지킨 에밀리아를 긍지로 여긴다고, 너는 내 보물이라고.

——그 말이야말로 에밀리아 안에 줄곧 남아 있는 보물이다.

"그 어머니는 구할 수 없어. 넌 싸울 의미를 잃은 게 아닌가?"

"그렇지 않아. 어머니는…… 구하지 못했지. 하지만 마을 사람들은 아직 몰라. 다들, 얼음 속에서 자면서 지금도 기다려 주고 있잖아. 나만이 구할 수 있어."

"얼음상이 되고 백 년 이상. 숲은 흑사에 오염되기도 했지. 가령 동토가 녹더라도 병마가 육체를 좀먹었다면? 선조 대대로 살던 토지에는 결코 남을 수 없다면?"

"그런 건 상상이야. 그것도 나쁜 상상이지. 얼음 속에서 모두 도움을 기다리고 있어. 빨리 깨워 준 다음 난 모두에게 혼날 거야. 그리고 살아 있어 줘서 다행이라고 웃을 거야."

"어처구니없는 망상이군."

"아니, 행복한 미래예상이야!"

코웃음 치려는 에키드나의 말에 에밀리아는 굳게 단언하고 앞으로 나섰다.

백발 마녀와 얼굴을 맞댄 에밀리아는 설경을 손으로 한껏 가리키면서 말했다.

"누구에게도, 아직 보지 못한 건 부정하게 못 돼! 어머니가 남겨 준 것이, 그렇게 슬픈 일로 끝나는 건 인정 못해! 어머니의 이상은, 내가 이뤄낼 거야!"

"이상? 네 어머니가, 도대체 무엇을 바랐다는 거지?"

"어머니는 말했어. 언젠가 모두 숲을 나가서, 평범하게 살 날이 온다고. 쥬스 일행과 마을 사람들이 친해질 수 있었던 것처럼, 스바루가 날 좋아한다고 말해 준 것처럼, 어머니와 쥬스가 나란히 걸었을 세상이 반드시 올 거야!"

"거기에, 얼음상이 된 마을 사람의 모습이 있다고? 네가 그 손으로 얼음덩어리로 만들어놓고서!"

"엄—청 사과할래. 몇 번씩 몇 번씩, 몇 번이든 용서받을 때까지 사과할 거야! 그래서 용서받으면 모두에게 세상을 소개할 거야. 이제 숨어서 살 필요는 없다고. 여기가 포르투나 어머니가 말하던 세상이라고!"

숨을 들이켜고 에밀리아는 가슴에 복받친 말을 외쳤다.

어느덧 두 사람은 설경이 아니라 하얀빛에 휩싸인 세상 속에 있었다.

살을 에는 차가운 바람은 사라지고 수많은 후회에 지배된 경치가 지워진다. 그런 사실도 깨닫지 못하고 에밀리아는 가슴을 펴고서 목청 높여 말했다.

"목이 쉬어라 꿈을 노래하고, 하늘 위에 있는 어머니에게 들리도록 외칠 거야!"

"어머니가 사랑한 세상에서, 난 행복하게 살고 있다고——!"

——순간, 소리와 함께 세계에 금이 갔다.

하얀 공간에 퍼진 균열을 보고서야 에밀리아는 비로소 변모한 경치를 깨달았다. 놀라서 눈이 동그래진 에밀리아 앞에서 에키드나는 깊은 한숨을 내쉬고 가슴 앞에서 손을 맞대었다.

"——그렇군. 이해했다. 안다고 생각했었는데, 내 상상을 넘어서는군. 강요가 심하고, 오만하고, 독선적이고, 제멋대로고,

위선을 떠넘기고 있어."

"그러게. 안 돼?"

"딱히. 아무 생각도 없어. 단지 네 그런 면은 모친과 판박이군."

고운 눈썹을 찌푸린 에키드나의 말에 에밀리아는 놀라서 눈썹을 치켜들었다.

"너, 내 어머니를…… 포르투나 어머니가 아니라 다른 쪽 어머니를 알고 있어?"

"알고 있지. 내가 네게 이토록 감정적이 되는 이유도 그것과 무관하지 않아. 왜 너만 그러냐는 시샘 같은 것은 있지마는."

토라진 투로 눈을 돌린 에키드나. 그 모습이 별안간 흐트러져서 에밀리아는 눈을 크게 떴다.

동시에 에밀리아는 시야가 뿌예지며 의식이 무거워지는 것을 느꼈다. 천천히, 손발에 열기가 퍼져나가는 실감을 느끼며, 애매모호한 꿈에서 깨는 거라고 마음이 이해했다.

"이걸로 『시련』은 끝났다. 아무리 독선적인 결론이라도 틀림없이 과거에 결판을 낸 거지. 어머니의 희생을 각오의 변명으로 삼고, 힘껏 제멋대로인 소원을 관철하도록."

"맘대로 말해 봐. 나, 에키드나의 악담에 익숙해졌거든."

허리에 손을 짚고서 에밀리아는 끝까지 밉살스럽게 말하는 에키드나에게 정면으로 맞섰다. 그 당당한 태도에 에키드나는 절레절레 고개를 내저었다.

"남은 『시련』은 앞으로 둘. 힘껏 네 꼴사나운 악전고투를 기대하고 싶지만……."

"어, 잠깐! 『시련』이 아직 더 있어? 앞으로 두 개나? 다 해서 셋?"

"수는 셀 수 있나 보군. 그 놀란 모습 조금은 속이 풀린다……고 말하고 싶지만, 속상하게도 남은 『시련』은 별로 너한테 타격이 없겠지."

"그, 래?"

"뻔뻔한 태도란 언제나 자기 자신에게 던지는 물음의 천적이야. 네 내면에 파고드는 『시련』은 지금의 너와는 심히 궁합이 안 좋아. 일종의 생각 포기나 마찬가지니까."

"왠지 그거, 아무 생각도 없다고 그러는 것 같아서 엄─청 섭섭해."

에키드나의 강의에 에밀리아는 불만을 드러내며 볼을 부풀렸다. 그러나 그 이상 대화할 시간은 없다. 마녀와의 대화, 『시련』의 시간이 끝을 맞이한다.

에키드나의 모습이 빛에 삼켜지고 에밀리아의 의식 또한 빛 속에 흐려지기 시작했다.

끝으로, 빛에 녹아드는 『탐욕의 마녀』가 악의에 찬 미소를 띠며 말했다.

"──난 네가 싫다."

"하지만 나, 네가 그렇게 싫진 않은데."

에밀리아의 대답에 에키드나가 무슨 표정을 지었는지, 안 보여도 알 것 같았다.

──『시련』이, 끝난다.

4

의식이 돌아온 순간, 에밀리아는 등에 딱딱한 감촉을 맛보고 작게 신음했다.

차가운 감촉, 등에 닿고 있는 건 아무래도 벽이다. 벽 주변에서 의식을 잃고 곧장 벽에 체중을 싣는 모양새로 꿈의 세계에 삼켜진 모양이었다.

손을 뻗어 벽을 만졌다. 벽에는 거칠게 긁힌 자국이 많이 있고, 만진 곳은 마침 '좋아해.' 라고 '이 문자' 로 적힌 부분이었다. 그 절묘한 타이밍에 웃고 말았다.

에밀리아는 지금 누구보다 스바루의 말로 긍정받고 싶었다.

"——엄——청, 고마워."

이 자리에 없는 스바루에게 에밀리아는 닿을 리 없는 말로 감사를 전했다.

『시련』이 끝났다. 잊고 있던 과거로 되돌아와 봉인해 둔 후회를 목격했다. 그 광경 속에서 에밀리아는 스바루에게 몇 번이나 용기를 받았을까.

자기 자신을 도대체 얼마나 많은 마음이 지켜주고 있었는지 간신히 깨우쳤다.

과거에선 포르투나가, 쥬스가, 아치와 모두가 그 마음을 지켜주고, 그다음은 팩에게 줄곧 기댈 뿐이며, 지금은 스바루가, 람과 오토, 동료들이 지탱해 주고 있다.

필시 어느 게 빠지더라도 에밀리아는 『시련』과, 과거와 마주

설 수 없었을 것이다.

스스로 봉인한 후회에 겁먹어 아무에게도 기댈 수 없는 고독한 사람 행세를 하며, 약점을 보이지 않으려다가 마음이 나약해져서 흐느끼다가 꺾이는 밤을 내내 보냈을지도 모른다.

그렇게 안 되고 끝난 건 다른 사람들 덕분이다. ——에밀리아는 지금도 행복했다.

과거도, 현재도, 그 시절부터 에밀리아는 한 번도 혼자가 된 적이 없었으니까.

"——죄송해요, 어머니."

옅게 웃음기 서린 입매를 굳히고 에밀리아는 잠긴 목소리로 뇌까렸다.

사과의 말은 어두컴컴한 석실에 메아리치고, 바로 코를 훌쩍이는 소리가 뒤이었다.

눈물이 잇달아 흘러나와 그치지 않는다. 버틸 수 없다. 참아낼 수 없다.

오기를 부려 강한 척하며 마녀에게는 결코 보이지 않으려던 우는 얼굴. 아무에게도 들킬 염려가 없는 묘소 안에서 에밀리아는 연애편지가 새겨진 벽에 머리를 붙이고 그 얼굴을 요란하게 드러냈다.

"어머니……. 어머니……."

흘러넘치는 눈물, 그치지 않고 하염없이 흐르는 다정한 기억의 향수.

원래라면 훨씬 전에, 백 년도 전에 흘렸어야 할 눈물.

에밀리아는 잊어버린 바람에 지금껏 애도하지도 못한 어머니의 죽음을, 아무도 모르게 할 수 있는 석실 안에서 하염없이 애도했다.

밖으로 나갔을 때 이 우는 얼굴을 들키지 않도록.

약한 자신이라도 좋아한다고 말해 준 사람에게 약한 모습을 보여주지 않아도 되도록.

울고 또 울고, 울부짖고 흐느끼고서, 그러고 나서.

어머니의 추억을, 어머니의 애정을, 어머니에게서 받은 모든 것에 감사하고 애도하면서.

──에밀리아는 그대로 계속해서 『사랑』에 얼굴을 붙이고 마냥 울었다.

5

눈물을 닦고 뺨을 두드렸다. 흐트러졌을 머리카락을 정리하고 소매 주름을 정성껏 폈다.

지금, 볼썽사나운 얼굴이진 않을까.

평소라면 에밀리아의 몸가짐에 꼬치꼬치 잔소리하는 팩의 존재가 지금은 없다. 가슴의 깨진 결정석에서 줄곧 곁에 있던 온기는 느껴지지 않았다.

"……하지만 내가 기필코 맞이하러 갈 거야."

어디로 갔든 간에 이 세상에서 사라진 것은 아니다.

에밀리아가 계약할 정령은 늘 부모 노릇을 대신해 준 그 고양이 정령뿐인 것이다.

"그리고 팩이 없으면 엄—청 마나 낭비가 많은 것 같고……."

중얼거린 에밀리아는 자신의 온몸에 솟구치는 막대한 마나에 현기증을 일으킬 뻔했다. 이 전부가 자신이 보유하는 마나인 건 기억을 되찾은 현재 의심할 여지도 없다.

고향 숲을 홀로 얼음덩어리로 만들 정도인 에밀리아의 힘. 아마도 팩은 이 힘을 깨닫지 못하게 하느라 남몰래 상당히 애를 먹고 있었으리라.

모든 것은 에밀리아가 무의식중에 봉인해버린 기억을 보지 않게 하려고.

"팩은 참 과보호라니까."

옅게 미소 짓고 에밀리아는 결정석을 가볍게 손가락으로 튕겼다. 그리고 크게 심호흡했다.

가슴 가득하게 찬 공기를 넣었다가 몸속에 가라앉은 약한 마음을 단번에 내놓았다.

"——좋아! 이제 괜찮아."

자기 자신에게 타이르듯 에밀리아는 굳게 단언했다.

포르투나와 쥬스 생각을 하면 가슴이 아프다. 지금도 문득 긴장을 풀면 울어버릴 것만 같다. 하지만 언제까지고 홀쩍이고만 있을 수는 없다.

에밀리아는 해야 할 일이 많다. 그리고 그건 분명 포르투나와 쥬스가 에밀리아에게 기대하고 바라던 미래로 이어질 터.

머리에 단 꽃장식을 만졌다. 늘 소중히 여겨온 그것이 어머니의 유품이었던 것을 마음이 기억해냈다. 포르투나는 항상 함께 있었다. 그때, 소원한 대로.

"남은 『시련』은 둘, 이지만……. 그 전에."

말과 함께 에밀리아는 한번 석실 밖으로 발길을 돌렸다. 두 번째 『시련』을 시작하는 방법을 모르겠다는 점도 있지만 밖에서 기다리는 스바루 일행에게 보고도 하고 싶었다.

모두에게 그토록 폐를 끼쳤지, 걱정하는 스바루와는 크게 싸우기까지 했지. 종국에는 팩과도 동떨어지게 되었지만. ── 그래도 과거와 마주할 수 있었다.

기억해낸 과거는 자상한 것만은 아니었다. 아직 뚜렷한 실감은 없지만 에밀리아라는 소녀의 근본이 아마 크게 흔들릴 만한 기억이기도 했다.

하지만 이 순간만은, 그저 달성감만을 가지고 모두가 있는 데로 돌아가고 싶었다.

돌로 지은 통로가 끝나고 묘소 밖의 바람이 불어온다. 저녁 시간이 지나 밤을 맞이한 묘소는 도전자를 환영하듯 파랗게 빛을 내고 있고, 하늘에서는 은색 달빛이 쏟아진다.

그 달빛에 눈을 가늘게 뜨고 에밀리아가 천천히 초원을 내려다보니──.

"──잘 돌아오셨습니다, 에밀리아 님."

혼자 덩그러니 기다리고 있는 람의 마중 인사를 받고 고개를 크게 갸웃하고 말았다.

제5장 『입술에는 연지를 긋고』

1

──다시, 이야기는 시간이 뒤바뀐다.

『성역』이 만들어진 진짜 과거가 설명되어 그 뒤편에 숨겨졌던 진실이 밝혀지고, 그 사실을 알면서 모든 것을 획책한 인물에게 진의를 캐물을 조건이 갖춰진 장면으로.

──로즈월 L. 메이더스의 꿍꿍이와 정면으로 마주할 때가 온 것이다.

스바루 일행은 그렇게 마음먹고 묘소에서 촌락으로 가는 길을 급하게 내달리고 있었다. 이 발길이 가는 곳에서 이 국면을 만들어낸 지모의 주인이 기다리고 있다.

"흉계란 의미론 대장도 상당한 편이라고 보는데 말이지."

"누가 듣고 오해하겠다……. 승패 운운이 아니라 로즈월과 비슷하게 사악한 머리 굴러간다는 소문이 돌아봐라. 길 가기만 해도 날달걀 세례 받으면 어쩔래."

"그건 그거대로 웬 불안이에요. 새알을 던지다니 아깝게."

미묘하게 각각 논점이 어긋난 대화를 나누면서 스바루 일행은 서로 사정을 정리했다. 특히 동료로 가담한 직후인 가필과의 정보 공유는 급선무였다.

느긋하게 시간은 뺄 수 없어서 설명은 꽤 조급하고 유동적일 수밖에 없지만.

"가필, 실제로 넌 로즈월과 얼마나 협력하고 있었어?"

"이 어르신이 그 자식하고오? 그럴 리 있겠냐. 이 어르신이 그 자식이랑 대화한 건 에밀리아 님과 대장 때문에 슬쩍 주고받은 정도야. 그거 말고는 대장네가 온 첫날 이래로 말도 안 섞었어."

"그건 그거대로 커뮤니케이션이 괴멸적인데……. 아니, 이해는 하지만. 그래도 연적이란 이유만 가지고 그렇게 싫어해서야 맘이 편하겠냐."

"……딱히 그것만 이유인 것도 아니야. 이 어르신이 그 자식을 맘에 안 들어 하는 건."

눈길을 피하고 가필이 낮게 중얼거렸다. 가필과 로즈월, 둘의 관계도 10년 이상이 될 것이다. 스바루는 알지 못할 복잡한 감정이 엿보였다.

하지만 가필의 그 답변에 스바루는 의심을 긍정받은 느낌이 들어 탄식했다. 가필의 반항이 로즈월이 직접 지시한 게 아니라면.

"가필에, 류즈 씨들과 시마 씨. 람은 당연하거니와 에밀리아까지 포함하면, 그 인간은 얼마나 주도면밀하게 수작을 부렸던 거야."

"사전준비 시점에서 완전 불리한 형편. 덕분에 적이 놓는 수는 용의주도하다라. 지금부터 도망칠래요?"

"안 됐지만 지금의 파티 방침은『목숨을 소중하게 팍팍 나가자』다."

소극적인 모습을 가장한 오토의 말에 스바루 또한 너스레로 응수했다. 그리고 스바루는 그 대화에 곤혹스러워하는 가필에게 "요컨대." 하고 말을 이었다.

"이번 사건, 흑막인 로즈월의 암약이 장난 아니라 이거야. 네가 그 녀석과 거래해서『성역』해방을 반대한 거라면 얘기가 단순했는데……."

"누가 거래 같은 걸 해! 이 어르신은, 이 어르신의 의사로 대장을 물어뜯은 거야!"

그야말로 물어뜯듯이 포효하며 가필이 자기 목덜미를 장식한 휘석을 움켜쥐었다. 무심결에 그렇게 행동한 건 자기 의사가 있는 곳을 물리적으로 확인하고 싶었기 때문일까.

아미 가필 본인도 불안에 쫓기는 것이리라. 류즈가, 시마가 말한『성역』의 진정한 역할에 당혹감을 느낀 것처럼 가필 또한 자기 반골심의 출발점에 대해.

고뇌하는 가필을 사이에 끼고 스바루와 오토는 얼굴을 마주 보았다.

"가필의 자기신고를 믿자면, 상황이 변경백에 유리하게 굳어진 건 죄다 변경백의 강운이 이뤄낸 업적이란 뜻이네요."

"그편이 더 무서운데. 행운이라니, 우리에게 제일 모자란 능력치잖아."

스바루와 오토는 떫은 표정을 교환하다가 한숨을 쉬었다. 그 반응에 가필은 놀라기보다 으스스함을 느낀 분위기로 눈썹을 모았다.

"아니 근데 대장과 형씨는 왜 그렇게 침착해? 대장 말이 옳으면 그 자식은 『성역』에 있는 놈들을 완벽하게 조종하고 있었단 말이잖아?"

"잘 따라잡고 있네. 그래. 이게 진짜라면 되게 위험하지."

원래 있는 협력자를 최대한으로 이용하고 그렇지 않은 사람은 교묘한 말로 유도해서 로즈월은 『성역』과 저택을 외통수로 몰아넣기 위한 국면을 만들어냈다. 당연하지만 맘대로 유도당한 그 기물 중에 필두로 이름이 오르는 것이 스바루와 에밀리아일 것이다.

그리고 스바루가 수도 없이 괴롭힘 당한 『가필』이라는 불확정 요소―― 그조차도 계획에 편입하고자 도대체 로즈월은 얼마나 많은 사색을 거듭했단 말인가.

――그 집념과 실행력은 그야말로 『마인(魔人)』이라고 형용하기에 걸맞은 경지에 있었다.

지금부터 스바루 일행이 가는 곳은 바로 그 마인의 거처다. 마인과의 직접 대결을 목전에 두고 너스레를 주고받는 둘의 모습에 가필이 곤혹스러워하는 것도 당연했다.

"애초에 대장은 뭐 하러 그 자식한테……."

의혹을 눈에 드리운 채로 가필은 당연히 품을 만한 의문을 입에 담으려 했다.

그러나 공교롭게도 그 의문에 답할 시간은 없다. 왜냐면——.

"——도착했다."

스바루의 한마디에 세 사람의 발이 멈추었다. 정면에 있는 것은 돌로 지은 거처—— 사태의 흑막이며 타도해야 할 벽이 된 로즈월이 기다리는 임시 숙소다.

"사전 약속은 안 잡았지만."

너스레로 씻어낼 수 없는 긴박감 속에 세 사람은 건물에 발을 디뎠다. 공기가 메마른 옥내의 가장 안쪽에 있는 문 안에서 인기척. ——로즈월, 그 존재를 느낀다.

그 문 앞에서 스바루는 한순간의 망설임을 느꼈다. 그때——.

"——들어오도록, 스바루. 마침 내 준비도 끝났거어—든."

"————."

문 너머로 들리는 그 목소리에 세 사람은 저마다 숨을 죽였다. 스바루는 고개를 돌려 오토와 가필, 긴장을 눈에 드리운 둘에게 눈빛으로 의사를 확인했다.

"준비라고 지껄이시는구만."

"이 마당에 이르러서 무슨 준비일까요. ……이거, 저희 숯덩이라도 되는 거 아니에요?"

"안심해. 네가 재가 됐을 때는 나도 타다 남은 쓰레기야. 널 혼자서 죽게 두진 않아."

"든든한 요소가 하나도 없는데 말이죠!"

준비라는 한마디는 마음에 걸린다. 하지만 다짜고짜 공격해 올 만큼 멋없는 상대가 아니다. 그런 로즈월에 대한 기묘한 신뢰가 있어서 스바루는 문고리를 잡았다.

그리고——.

"아아, 그런 뜻인가."

스바루는 로즈월의 『준비』에 수긍이 가서 한숨과 함께 뇌까렸다.

그 숨결에 뒤늦게 방을 들여다본 두 사람은 스바루와 같은 광경을 보고 각각 대조적인 반응을 보였다. 가필은 혀를 차고 오토는 놀라서 눈이 동그래졌다.

그러고 보니 오토는 처음 목격하는 것이었던가.

"이 타이밍에 구태여 내게로 발길을 옮겨 줄 줄이야. 그래서 어떤 용건으로 왔을까아——? 형세가 불리하다 판단해 화평 조건을 찾으러 오기라도 했나?"

농담 같은 어조로 말하며 로즈월은 입구에 선 스바루 일행을 흘겨보았다.

——얼굴을 하얗게 칠하고 요사한 아이라인에 입술에다 연지를 그은, 낯익은 광대 형상으로.

침대에서 일어나 아파 보이는 붕대 차림새는 기발한 의상 속에 숨어 있다. 음색과 행동에 표표한 분위기를 두르며 자기 집념을 감출 필요를 잃은 마인이 거기 서 있었다.

그 임팩트는 심대해서 처음 보는 오토가 동요하는 것도 알 만하다. 그 모습을 본체만체하며 스바루는 로즈월에게 어깨를 으쓱였다.

"칼같이 치장하고 마중해 주기는. 그렇게 기합 넣으면 쑥스럽다고."

"뭘, 신경 안 써도 되다—아마다. 누가 뭐래도 네가 내게 말하아—지 않았나. 또, 이렇게 화장한 상태로 마주하자고오— 말이야."

"아— 그러고 보니 그랬었군."

마지막 한판 승부를 걸고 떠날 적에 스바루는 확실히 로즈월에게 말했었다. 설마 정말로 분장하고 맞아줄 줄은 몰랐지만.

"원래 내게 화장이란 전투에 앞선 채비 같은 것이라서. 질 수 없는 승부에 임한다는 마음가짐에 자기암시 같은 수단으로 난 화장을 하고 있었던 거어—지."

"과연. 그야말로 전투 화장이란 뜻인가……. 정말이야? 둘러대는 소리 아니지?"

"뭐, 믿을지 말지는 네게 맡기겠지만. 전투를 앞둔 화장을 하고 이렇게 널 맞이한 것…… 그게 내 어떤 각오를 표현하아—는 건지를 말이야."

의미심장하게 목소리를 낮춘 로즈월의 말에 스바루는 그의 전투 화장을 진지한 것으로 받아냈다.

스바루가 이번에 모든 것을 걸었듯 로즈월도 이 싸움에 전력을 기울이고 있다. 그 사실을 서로 이해하고 두 사람은 진정으로 게임판을 사이에 둔 대국자로서 이곳에 들어선 것이다.

"그리고 처음 질문으로 돌아가지. 스바루. ——여기에는, 뭘 하러?"

방에 들어섰을 때의 첫 질문, 혹은 가필이 미처 묻지 못한 질문. 그 대답을 요구받아 스바루는 숨을 죽였다. 여기에 온 목적, 그건 하나뿐이다.

그것은——.

"——항복 권고다."

2

——항복 권고. 그것은 곧 패배를 인정하라는 선고다.

"＿＿＿＿＿."

스바루가 이른 한마디에 실내에는 침묵의 공기가 차올랐다.

선언한 스바루와 목적을 공유하던 오토에게 놀란 모습은 없다. 따라서 선언에 반응한 사람은 눈빛의 온도를 낮춘 로즈월과 두 눈에 동요가 어린 가필뿐이었다.

"항복, 권고라면……."

"말 그대로 의미예요. 당신이 나츠키 씨에게 듣고 싶어 하던, 뭐 하러 변경백이 있는 데로 가느냐. 이게 그 대답이죠."

미덥잖게 이를 딱 부딪친 가필의 말에 오토가 냉정한 목소리로 대답했다. 그 목소리를 등지고 스바루는 로즈월을 쳐다보며 "그런 뜻이지." 하고 말을 이었다.

"네 주도면밀함에는 두 손 들었어. 솔직히 글렀단 생각이 진짜 몇 번이나 들더라고. 하지만 너라면 알걸. 네가 만든 국면이 무너지기 시작했다는 것을."

"확실히. 확실히 네 말이 맞다아——마다. 상황에 변화가 있었던 건 분명해. 그건 네 동행자가 증명하고 있지. 유달리 내 마음에 걸리는 건⋯⋯."

말을 끊고 한쪽 눈을 감은 로즈월의 눈초리가 스바루의 등 뒤로 넘어갔다. 노란 눈이 꿰뚫는 것은 당연히 상황 변화를 상징하는 가필──이 아니다.

"저, 말인가요?"

처음으로 로즈월의 의식에 들어간 오토가 희미하게 뺨을 굳혔다. 그 오토의 말에 로즈월은 고개를 끄덕이고 웬일로 순수한 의혹에 갸우뚱했다.

"들어왔을 때부터 생각했었는데⋯⋯ 저 친구는 도대체 어디에서 오신 어느 분이지─이?"

"끝내준다, 오토. 너는 미래 간파하는 예언에서도 누락됐나보다."

"전혀 안 고맙고, 얘기를 하나도 안 전했다는 사실에 놀란 마음을 숨길 수 없거든요?!"

분위기를 망가뜨릴지도 모르는 엉뚱한 느낌. 오토가 진심으로 스바루에게 대들었다.

애초에 오토가 스바루 일행에 따라온 것은 그를 로즈월에게 소개한다고 약속했기 때문이다. 거기서 마녀교 토벌에 대한 공헌과, 화물이던 기름의 매입가를 정하는 교섭이 기다려야 했다. 그 경위를 감안하자면 현시점에서 로즈월이 오토에 대해 모르니 사전에 했던 이야기와 다르다고 오토가 화내는 것도 무리는 아니다. 하지만──.

"그런 인물이, 나와 스바루의 승부 추세를 좌우할지도 모르는 곳에 입회하고 있군. 과연. ――요컨대, 저 친구가 그러한가."

"아아, 맞아. 오토가 그래."

"――?"

로즈월의 확신을 스바루가 끄덕이고 긍정했다.

당사자인 오토만이 자신이 무슨 화제의 중심에 있는지 모르는 표정이다.

오토는 알지 못하리라. 그에게는 자각이 없다. 오토의 존재, 그것이 바로――.

"――처음으로 어긋난 톱니바퀴지."

로즈월은 정밀기계를 구축하듯 신중하게 국면을 만들어냈으리라.

생각할 수 있는 모든 지혜를 다 동원해 장소에 있는 기물의 움직임을 남김없이 예측하고, 어떤 흐름을 따라가더라도 반드시 스바루를 『사망귀환』으로 몰아넣기 위한 마인의 책모.

그 정밀기계가 낳은 게임판 위에, 게임판 밖에서 날아든 미지의 기물이 난입해서――

"흐름이 바뀌었지. 예언서에도 안 실린, 보잘것없는 내 친구 덕분에 말이야."

"……다시, 이름을 들어 볼까."

로즈월이 남김없이 계산한 게임판에 일그러짐을 낳은 공로자의 이름을 차분하게 물었다. 그 말에 스바루는 한 발짝 뒤로 물러서고는 친구의 등을 앞으로 밀어냈다.

그 기세에 오토는 앞으로 발을 내딛고는, 호흡을 한 번 한 뒤에 로즈월에게 묵례했다.

　"오토 스웬이라고 합니다. 이렇게 변경백님을 뵐 기회를 얻어서 영광입니다. 변변찮은 행상인에 불과하지만 잘 부탁드립니다."

　"기억해 두지, 오토. ——다음 기회에는, 절대로 자네를 놓치지 않을 거야."

　이름을 밝힌 오토에 대한 로즈월의 답변은 스바루 말고는 정확하게 의미가 전해지지 않았다. 그런 만큼 스바루는 로즈월이 오토에게 보내는 경계가 얼마나 진심인지 알 수 있었다.

　"잘됐네, 오토. 노린 대로 더할 나위 없을 만큼 로즈월의 인상에 남았다고!"

　"제가 바란 건 이런 식으로 기억되는 게 아니었지만 말이죠!"

　틀림없이 좋은 인상은 아니지만, 존재감이 약해서 잊히는 것보다 훨씬 낫다.

　어쨌든 로즈월 내면에서 오토에 대한 경계는 단숨에 치솟았다. 이는 동시에 항복 권고로 이어지는 상황 변화가 더욱 명확해졌다는 뜻이기도 하다.

　"오토 덕분에 너는 회복해서 마지막 한판 승부에 도전할 기개를 얻었단 말이군."

　"그런 거지. ……그런 건데, 뭔가 이상하지 않냐? 일반적으로 지금은 메인 히로인이 날 힐링해야 할 장면이잖아. 남캐가 나대는 건 분위기 파악 못하는 거 아니야?"

"그렇게 비난 어린 눈으로 봐도 전 모르겠는데요?!"

"농담이다, 농담."

실제로 오토가 없었으면 지금쯤 진영은 완전붕괴했다. 그 사실에 대한 감사를 솔직하게 전하는 건 마음이 무리지만, 진심으로 감사하고 있다. 그리고——.

"————."

스바루의 시야는 희미하게 로즈월의 두 눈에 초조함이 어린 것을 포착하고 있었다. 그건 필시 승리를 확신하던 국면에서 미지의 한 수가 놓인 것에 대한 초조함.

로즈월을 몰아치는 수는 오토의 존재만으로 그치지 않는다.

진정 변화를 상징하는 인물, 가필 쪽으로 로즈월의 시선이 이번에야말로 돌아갔다. 그 시선에 안색을 바꾸지 않는 가필을 보며 로즈월은 낙담한 기색으로 입술을 벌렸다.

"참으로 원, 정성껏 길이 다아— 들었어, 가필."

실망을 사는 가필의 위치는 스바루와 오토의 등 뒤였다. 예측 못한 사태에 대비해 두 사람을 동시에 커버할 수 있는 위치. 그 모습을 로즈월은 탄식하듯 비난했다.

"그토록 기세등등하게 외부인을 물어뜯던 네가, 지금은 스바루와 유쾌한 동료들의 일원이란 말이이—지. 그 빠른 전향에는 놀랐어. ——네가 마음 깊은 곳에 오래오래 소중히 지켜온 어머니에 대한 애정조차 쉽게 어겨버릴 줄이야."

로즈월의 칼날 같은 말이 가필의 근저에 있던 동기를 폭로했다. 가슴을 째고 장기를 적출하듯 말의 메스가 가필의 소원을

까발리려고 들었다.

　어머니에 대한 사랑을, 과거 최대의 후회를, 가필이 하염없이 떠안던 마음을──.

　"그만둬, 로즈월. 가필의, 이 녀석의 마음을 네가 알까 보냐."

　"알 리도 없지. 알고 싶지도 않고. 싸구려 말의 응수와 싸움에 진 정도 가지고 흔들리는 마음이다. 이걸 얄팍하다고 안 하면 뭐라고 해야 하지?"

　"로즈월!"

　모멸을 거듭하는 로즈월의 말에 가필이 아니라 스바루가 격분했다.

　스바루는 가필과 충돌해 주먹을 주고받으며 그의 마음이 외치는 소리를 직접 들었다. 그 소리가 가볍다고, 싸다고, 감히 말하게 둘까 보냐.

　"있어 봐, 대장."

　그러나 성내는 스바루를 말린 사람은 가필 본인이었다.

　로즈월의 힐난하는 말에 가장 상처받았을 가필. 그 마음속 상처는 얼마나 클 것인가. 스바루는 그 사태를 막으려 했다. 하지만──.

　"니놈 말은 가볍구만, 로즈월."

　따분한 듯이 팔짱을 끼고 이를 딱 부딪친 가필은 로즈월에게 그렇게 내뱉었다.

　그 태도에 스바루는 놀라고 로즈월도 희미하게 눈썹을 치켜들었다.

얼마 전의 가필이라면 분노에 맡겨 덤벼들었을 모욕이다. 그런데 그는 미지근한 바람이라도 뿌리치듯이 무시하고 말을 이었다.

"이 어르신이 어중간하단 얘기라면 부정 못하지. 불과 몇 시간 만에 이 어르신이 대장 쪽을 따라간 건 사실이다. 전향이 빠르단 비방도 받아 주마."

"전향 다음에는 철면피인가. 네가 여태까지 얽매이던 마음……. 결코 짧지 않은, 10년의 세월을 소비해 온 소원은 어디로 사라지는 거지?"

가필의 대답에 로즈월은 어깨를 으쓱이고 두 눈을 사악 차갑게 좁혔다. 아름다운 좌우의 색이 다른 눈동자가 그 미색에 어울리지 않는 탁한 감정에 흐려져 보였다.

그 감정을 눈에 머금은 채로 로즈월은 여전히 가필에게 말의 공격을 가했다.

"소원은, 사라지지는 않아. 정말로 사랑했더라면 마음은 결코 형태를 바꾸지 않을 거다. 네 10년은, 그렇게나 쉽사리 형태를 바꿔버리는 것이었나?"

한탄스럽다는 듯한 로즈월의 음성에 어두운 열기가 피어올랐다.

"고작 며칠 스바루와 접했다고 무슨 일이 얼마나 있었지? 사랑하는 존재에 대한 마음과 필적할 만한 뭔가를 이 친구와 쌓아 올렸나? 그럴 리 없지. 무엇을 쌓든 간에 사랑하는 존재와 비등할 정도의 마음에 어찌 이를 수 있을까. ——무언가를 제일로 생각한다 함은, 그런 것 아닌가."

목소리는 잔잔하다. 그럼에도 열기를 띠고 있다. 변심을 규탄하듯이 시작되었을 그 말은 되레 호소하듯, 애원하듯 듣는 이의 마음을 비통한 감정으로 후려치려고 했다.

──자신에게 가장 소중한 하나 외의 모든 것을 덜어낸다.

전에 로즈월은 그렇게 말했었다. 그것이 바로 로즈월이 품은 사랑의 철학이다. 로즈월에게 무언가를 사랑한다 함은 바로 그런 것이다.

"……아니면, 사랑하지 않았었나? 가필."

그렇기에 로즈월은 그 철학에 위배된 가필의 변화를 부정하려고 한다.

10년을 소비한 애정을, 한 번 내놓은 결론을 어기려 하는 가필을 부정한다.

"너는 어머니를, 가족을 사랑하지 않았던 건가? 그래서 쉽게 다른 것에 마음을 내맡길 수 있나? 단련해온 힘이 못 미치고 이빨이 부러진 정도로 굽히는 마음이 네 10년인가? 그렇다면 네 사랑을 나약하고 덧없는 가짜로 만든 건, 너 자신의 과오야."

표정을 바꾸지 않으며 로즈월은 말만으로 가필의 변심을 탄핵했다.

마음의 상처를 헤집는 규탄에 스바루는 이곳에 가필을 데려온 것을 딱 한순간 후회했다. 딱 한순간만. ──그렇다. 후회는 한순간뿐이다.

"──니놈 말은 가볍구만, 로즈월."

탄핵당한 가필이 로즈월을 똑바로 마주 보고 다시 말했다.

표정은 변함없고 감정은 어김없다. 가시 돋은 태도에 눈초리는 왠지 가엾어하는 듯하다.

"니가 이 어르신을 어떻게 힐난하든 알 바 아니야. 하지만 착각만은 하지 마라."

"……착각?"

"이 어르신은 딱히 싸움에 진 것만 가지고 대장에게 붙은 게 아니라고. 패배는 확실히 쓰라렸지만 그 정도로 뒤집을 만큼 이 어르신 대갈통도 말랑말랑하지 않지."

가필이 톡톡 자기 머리를 손가락으로 두드리다가 이를 딱 부딪쳤다. 조용히 열기를 더하는 로즈월과 대조적으로 가필의 투기는 차갑고 맑다.

"니 말이 맞아, 로즈월. 이 어르신은 10년, 줄곧 과거에 얽매였지. ……그 사실을 니한테 털어놓은 기억은 없지만 새삼스레 안 놀란다."

"_____."

"그 과거하고 10년 만에 붙고 왔다고. 대장이……라기보다, 람인가. 람한테 한 소리 들어서. 묘소에 들어가서, 과거하고……. 그래서 이 어르신은 이쪽에 서 있는 거다."

가필이 자기 발밑을 가리키고 자기가 설 곳을 결정한 이유를 표명했다.

"과거와, 맞선 거냐. 가필, 네가."

그 선언에 로즈월의 두 눈에 다시 초조함이 생겼다. 오토의 존재를 인정했을 때와 마찬가지로 가필의 선언에도 로즈월의 마음이 흐트러졌다.

가필이 다시 자신의 과거를 바라기 위해서 묘소에 도전한 사실을, 직시하고.

"자기 과거에는 못 이긴다. 이 어르신도 그렇게 생각했다고. 그래서 니가 같은 곳에서 옴짝달싹 못해도 이 어르신은 안 웃어. 못 웃지."

"_____."

"이 어르신이 안에서 뭘 보고, 왜 대장한테 붙는지 얘기해 줄 작정도 없어. 근데 말이다. 딱 한 가지, 이 어르신이 니가 아니라 대장에 붙을 마음을 먹은 결정적인 이유를 가르쳐 주마."

조금 전의 앙갚음처럼 이번엔 가필이 로즈월에게 칼날 같은 말을 겨누었다. 그리고 그는 이를 드러내며 연적이 아니라 앞을 막는 장애물인 로즈월에게 내뱉었다.

"──약하다, 약해, 그대로 있으라고 그러는 쪽보다, 넌 강하니까 필요하다고 하는 쪽에 붙고 싶어지는 건 인지상정 아니냐."

심플한 가필의 말. 그것이 로즈월의 간절한 바람에 대한 대답이었다.

단언한 가필은 콧방귀를 뀌고 뻔뻔스럽게 팔짱을 끼었다.

"……왜."

"아니, 아무것도 아니야. 믿고 있다."

불만스럽게 으르렁댄 가필의 말에 스바루는 어깨를 으쓱이고 말했다.

확실히 가필의 심경에는 변화가 있었다. 하지만 그것은 로즈 월의 탄핵에 다시 발판이 흔들릴 만큼 쉽게 일어난 변화가 아니다. 따라서――.

"로즈월."

스바루는 입을 다문 로즈월을 다시 돌아보며 진짜 『항복 권고』를 던졌다.

오토가 있고, 가필이 있으며, 이만큼 변화가 일어난 상황에서.

"가필은 과거를 봤어. 그 결과 우리 쪽에 서도, 그렇다고 10년 간 가족을 생각해온 마음이 약해지는 건 아니야. 마음의 강약은 안 변했을 거라고. 변하지 않은 채로 이 녀석은 변한 거야. 그걸 믿을 수 없는 거냐?"

『성역』에 고집스럽게 얽매이던 자세를 잃어버려도 가필의 마음이 약해진 건 결단코 아니다. 가필의 내면에서 일어난 변화의 크기는 그 본인 말고 아무도 알 수 없으리라.

그렇지만 지금의 가필이 어디가 약하단 말인가. 흔들렸다고 한탄할 필요가 어디에 있는가.

"너도 마찬가지야. 말했잖아, 로즈월. 나는…… 우리는 너랑 계속 충돌하고 싶은 게 아니라고. 방식만, 같은 방향을 택해 주기만 한다면 함께 걸을 수 있어. 지금이라면 아직 물릴 수 있을 거다."

로즈월이 구축한 국면은 현재 크게 무너졌다. 계획은 부득이 하게 변경해야 하며, 가필도 스바루 일행과 적대하기를 그만두었다. 지금이라면――.

"──저택에 보낸 자객을 멈춰. 그걸로, 죄다 타협할 수 있어."

로즈월의 계획을 무너뜨리고 『성역』과 저택을 에워싸는 문제를 한곳에 몰아넣을 수 있다. 이 항복 권고를 받아들여 주면 모든 것을 끝낼 수 있다.

따라서 위험을 무릅써도 할 가치가 있다고 믿으며 스바루는 이곳에 왔다.

그런 스바루의 한 가닥 희망에 로즈월은──.

"──거절하지, 스바루."

"──────."

"이 정도 변화에 꺾일 만큼, 내 400년은 가볍지 않아."

로즈월은 고개를 가로젓고 스바루의 요구를 딱 부러지게 거절했다.

그 두 눈에 미처 숨기지 못한 분노마저 드리우며 로즈월은 싸움의 속행을 굳게 선언했다.

3

로즈월의 감정에 변화가 생기고, 실내의 공기가 무거워졌다.

권고를 내친 로즈월의 두 눈에는 분노가 깃들었다. 하지만 로즈월의 전투 화장을 바른 표정은 웃음을 띠고 있으며 상극하는 감정이 장렬한 귀기를 낳고 있다.

방 전체에 침투하는 흉악한 감정의 소용돌이, 그 중심에서 로즈월은 스바루를 조소했다.

"항복 권고라. 옳거어—니. 확실히 이만큼 상황이 극적으로 변화하면 이미 승패는 판가름 났다고 네가 착각해도 무우—리가 없지."

"내가, 착각하고 있다고?"

"그렇다마다. 반상 밖에서 기물을 들여놓았다고, 가필을 치웠다고, 그걸로 우위에 섰다고 생각 중이지? 하지만 우위는 여전히 내게 있다."

가슴에 손을 짚고서 로즈월은 스바루의 주장을 모조리 빗나갔다고 부정했다.

"지금 막, 네가 입에 담은 바와 같지. 그리고 그게 있는 한, 내우위는 굳건하다. 네게는 막을 수단이 없어. 지금 이 순간에도 낯익은 패배의 발소리가 들리겠지?"

"——큭."

언외로 로즈월은 스스로 꾸민 저택의 습격을 논거로 삼았다. 저택의 습격, 자객의 존재가 있는 한 스바루에게 승산은 없다고.

『성역』에서도, 저택에서도, 아무도 잃지 않겠다. 희생이 나게 하지 않겠다.

——그것이 스바루와 로즈월의 승부, 『STRAIGHT BET』의 조건이다.

"그것이 나와 너의 승부. 너 스스로 제안한 승부야."

스바루의 속마음을 정확히 알아맞히고 로즈월이 한 걸음 앞으로 나섰다.

신장 차가 있는 두 사람. 로즈월이 스바루를 내려다보며 검은 눈에 시선을 집중하고 말을 이었다.

가차 없이, 매섭게, 그것이 옳다고 단죄하듯이 말을 이었다.

"내기의 조건에서 너는 어쨌지? 자기가 가진 가장 큰 무기를 속박하고, 보통 사람이 되었지."

담담히 로즈월은 말을 이었다.

"그 보통 사람인 네가 뭘 할 수 있지? 이 이상 뭘 뒤집을 수 있다고?"

로즈월은 여전히 말을 이었다. 말에, 서서히 열기가 담겼다.

"아무것도 못해. 할 수 있을까 보냐. 왜냐하면――."

말을 끊고 좌우의 색이 다른 두 눈에 완전히 같은 격정을 드리우며 말을 이었다.

"왜냐하면 너는―― 너란 놈은, 보통 사람 이하로 열등하기 때문이다!"

노성을 터트린다. 양립할 수 없는 존재에 로즈월이 순수한 분노를 발산했다.

자신의 『죽음』을 목전에 두어도―― 아니, 『죽음』의 도가니 속에 있어도 평정을 유지했던 남자가, 나츠키 스바루의 불합리한 자세에 그저 분노만을 품고 있었다.

"네가 모든 것에 대한 비장의 수가 될 수 있는 이유는, 어디까지나 그 힘이 있기 때문이야. 그걸 스스로 버리고 보통 사람이 되어 일반인 이하인 네가 뭘 할 수 있어! 세월이 새긴 마음은 아무도 침범할 수 없는 성역이다! 아무도! 누구든 그건 바뀌지 않아!"

『성역』에 얽매여, 가족에 대한 애정을 오래도록 곡해한 가필의 10년.

망각하고 싶어질 정도의 죄와, 그 때문에 생기는 죄책감을 버리고 온 에밀리아의 100년.

그리고――.

"10년과, 100년, 그리고 내 400년이다. ――그것을 다름 아닌, 보통 사람인 네가 뒤집는 일이 감히 있을까 보냐!"

"……마음은, 변하지 않는 것이기 때문이냐."

"그래!"

"오랜 시간 동안 한결같이 믿어 온 마음이기 때문이냐."

"암, 그렇고말고!"

스바루의 물음을 로즈월은 모조리 긍정했다.

마음은 아무도 뒤집을 수 없다고. 마음은 결코 변하지도 꺾이지도 않는다고.

"―――."

지금, 겨우 알아낸 느낌이다. 겨우 로즈월의 본심을 이해한 느낌이 든다.

――로즈월은 자기 마음을 긍정받고 싶은 것이다.

마음이란 이러해야 마땅하다는 명제를 자기 외의 마음을 긍정함으로써 믿고 싶은 것이다.

그렇기에 로즈월은 가필이 약한 채로 남기를 바랐다.

자기 마음에 계속 얽매여 변하지 않는 것을 필사적으로 지킨다. 그런 가필로 남아 주길 바랐다. ――그렇게 소원해 줄 동료이기를, 간절히 바라던 것이다.

"왜 그러는 거야, 로즈월."

정인에게 보내는, 단 하나의 마음.

자신의 그 마음을 긍정하기 위해 로즈월은 다른 사람이 누군가를 사랑하는 마음에도 긍정적이었다.

생각해 보면 늘 그랬었다. 스바루가 에밀리아에게 보내는 마음에도, 렘이 스바루에게 정을 주는 데에도 로즈월은 늘 긍정적이지 않았던가.

그건 로즈월이 믿고 있기 때문이다. 마음의 강함을, 유대의 소중함.

누군가가 누군가를 생각하는 마음을, 로즈월은 누구보다도 믿고 있다. 그럴진대──.

"왜 너는 정을 주는 마음의 약한 면만 보는 거야. 누군가에게 끝없이 정을 주는 게 강한 마음인 걸 알면서, 왜 그 약한 면만 보려고 하는 건데."

"──내가, 그것을 믿기 때문이다."

스바루의 말에 로즈월의 들끓는 감정을 머금은 목소리가 대답했다.

그 두 눈이, 파랗고 노란 색의 다른 광채가 어마어마한 격정에 더욱 형형해졌다.

──마지막 내기에 도전하기 전, 로즈월은 스바루에게 말했었다.

절망적인 상황에 꺾여 간곡하게 용서를 빈 스바루에게 로즈월은 말한 것이다.

 너를 믿는다고는 생각지 않는다. 너를, 진심으로 믿고 있다고.

 지금 로즈월의 눈은 분노에 솟구쳐 세상에서 가장 미운 남자를 쏘아죽이고자 노려보고 있었다.

 "네가, 그렇게 누군가의 강한 면을 믿고 기대하듯이! 나는, 누구나 약하다고 믿고 있기 때문이다! 약하고 여려서, 단 하나의 소중한 존재에 매달리는 것 말고는 마음을 성취하지 못하는 조그만 존재라고, 그렇게 믿고 있기 때문이야!"

 "_____."

 "400년간 나는 한 여성을 늘 마음에 그렸어. 함께 지낸 나날보다 훨씬 오래도록 닿지 못한 시간을 보내고도 여전히 그 모습이 새겨져서 떨어지지 않아. 영혼을 마냥 태우고 있지. 그 이별의 날에 마음이 산산이 부서진 채로 나는 하나도 변하지 않았어!!"

 좁은 방이 진동한다고 착각할 만큼 로즈월의 목소리에는 귀기가 감돌았다.

 그가 이렇게까지 감정을 노출하는 모습은 본 적이 없다. 상상한 적도 없었다. 그렇기 때문에 스바루는 그 모습이 애처롭게 여겨질 따름이었다.

 400년──. 시마에게 들은 이야기가 옳으면 그건 바로 메이더스 가문이 『성역』을 관리해 마녀 에키드나의 소원을 물려받은 다음의 기나긴 세월이다.

 대대로 당주가 로즈월이란 이름을 계승하는 메이더스 가문에

선 그 『성역』을 관리하는 역할 또한 마찬가지로 계승되었다. 그 이름과 사명이 가진 의미를, 로즈월은 혼동하고 있다.

일족의 비원을 자신의 비원이라고 맹신하며 로즈월은 여태까지 살아오고 말았다. 일반인이라면 쉽사리 포기할 수 있던 길. 그러나 재목이던 로즈월은 그 길을 걸어가고 말았다.

은사에게 보내는 순수한 경애는 일그러져 저주로 변해서 일족을 옭아매고, 한 마인을 만들어냈다.

그것이 메이더스 가문. 400년의 비원을 물려받는 남자, 로즈월 L. 메이더스인 것이다.

"……우위는 지금도 내 쪽에 있다. 기록과 일부가 어긋나지만 그게 어떻지? 내 바람은 결말에 있다. 무력한 너로선 그 결말을 흔드는 조건에 도저히 다다르지 못해."

호흡의 간격을 두고 나서 로즈월의 목소리에 평정이 돌아왔다.

그런데도 여전히 그의 주장은 변함없다. 항복 권고는 받아들이지 않고, 우위는 항상 자기 쪽에 있다고. 그리고 로즈월이 하는 주장의 가장 큰 근거가 바로——.

"——나와 너에게, 가장 중요한 한 명이 남아 있는 한, 승부는 끝나지 않아."

로즈월이 승리를 확신하는 근거. 언외로 나타낸 그 근거는 지금도 묘소에 도전하는 소녀다.

사람의 나약함을, 가필의 나약함을 믿듯이 로즈월은 믿고 있다.

에밀리아가 약하고 여려서, 후회를 극복할 수 있는 강함일랑 없는 약자로 계속 남으리라고.

"——에밀리아를 얕보지 마라, 로즈월."

그런 로즈월의 논거에, 그의 기세에 말문이 막혀있던 스바루의 마음이 일어났다.

여기서 침묵은 택하지 않는다. 에밀리아가, 계속 웅크리는 행동을 택하지 않은 것처럼.

"에밀리아는 이미 네 의도대로 되진 않아. 그 애는 넘어서서 갈 거야."

"넘을 수 있을까 보냐. 기댈 곳을 잃고 자신이 떠안은 후회에 찌부러져 『변할 수 있다』는 대망을 품은 것을 후회하고 흐느끼며 네게 매달릴 거다. ……그게 딱 어울려."

"우는 얼굴이 어울리는 여자가 어디 있는데. 너, 에밀리아가 우는 얼굴 본 적 있는 거냐?"

불이 붙는다. 로즈월의 말에 스바루의 마음을 홍련이 휩쌌다.

——묘소 안, 스바루와 말다툼하기 전에 본 에밀리아의 기억이 떠오른다.

자신이 떠안은 중책에 더불어 팩과의 연결고리를 잃은 비탄에 잠긴 에밀리아. 견디지 못할 감정에 눈물과 함께 스바루를 노려봤을 때의 그녀가 지은 표정——.

"——그렇게 형편없이 우는 여자, 난 한 번도 못 봤다!"

"상처받고 헐뜯긴다. 그게 하프엘프의 숙명이지. 『질투의 마녀』와 같은 출신은 날 때부터 짊어진 저주. 『마녀』라고 멸시받는, 필연이야."

"웃기지 마. 그 애의 어디가 마녀라고. 너희가 말하는 마녀가
어디 있다는 거야."

로즈월이 한 번 격정을 드러내며 부르짖었다. 그렇기에 이번
엔 스바루가 부르짖을 차례다.

고개를 들어 스바루는 로즈월의 멱살을 잡았다. 분노에 눈꼬
리를 치켜들며 어머니에게 물려받은 사나운 눈매도 실컷 살려
서 로즈월의 색깔 다른 두 눈을 지근거리에서 노려보았다.

마음에 안 든다. 아아, 죄다 마음에 안 든다. 지금 이 세상 모든
게 마음에 안 든다.

"그 애가 마녀라고 한다면! 너희가 죄다 몰려들어서 그 애를
마녀로 만든 거잖아! 약한 게 당연하고, 멸시받는 것도 마땅하
고, 어떻게 할 수도 없는 출생이 원인이라며 계속 떠들어서 너
희가 그 애를 불쌍한 『마녀』로 만드는 거야!"

뇌리에 플래시백하는 마녀의 다과회──. 과거, 대죄의 이름
을 내세운 일곱 명의 마녀.

튀폰, 다프네, 미네르바, 세크메트, 카밀라, 에키드나.

그리고 그 세계가 깨지기 전, 스바루를 끝까지 걱정한 사테라.

잊을까 보냐. 그 얼굴은── 에밀리아와 판박이였다.

"누가 한 명이라도 그 애에게 말해 준 적이 있어?! 괴로울 때
나, 슬플 때는 울어도 된다고! 흘린 눈물을 닦을 수 없으면 옆에
있는 누군가가 닦아 준다고. 그래 주는 누군가가 네게도 있다
고, 누가 말해 준 적이 있느냔 말이야?!"

힘들고 괴롭고 슬픈 경험을 쌓았지만 아무도 에밀리아를 울게 해 주지 않았다.

그렇기에 그 애는 그렇게나 우는 모습이 형편없는 것이다. 누구든 울음소리를 참으며 우는 얼굴을 가리고. 울고 있는 자신을 지킬 방법을 몇 번씩 울면서 배운다.

그걸 모르고 지냈으니 그 애는 우는 모습이 형편없는 것이다.

"아무도 안 하겠다면 내가 하겠어. 마음이…… 저주가! 변할 여지가 없는 거라고 믿는 네게, 우리가 떡 들이대 주지!"

로즈월의 가슴을 떠밀고 스바루는 오른손을 하늘에 내질렀다.

공교롭게도 그 몸짓은 지금 막 『시련』에 도전하는 에밀리아가 자신에게 악의의 말을 내던진 마녀에게 보인 것과 같은 자세였다.

"──내 이름은 나츠키 스바루! 은빛 하프엘프, 에밀리아의 기사!"

옛날, 나츠키 스바루는 각오도 없이 그 말을 읊다가 많은 사람에게 그 엄한 짓을 비웃음 샀다.

그때의 자신을 돌아보면 지금도 부족한 자신보다 더 부족하다.

하지만 지금은, 그때와 다른 점이 하나 있다.

──이젠 누가 그걸 비웃더라도 나츠키 스바루가 이 결의를 부끄러워할 일은 없다.

"에밀리아는 올 거다, 로즈월. 네가 고집스럽게 약하다고 믿은 그 애가, 네 마지막 희망을 끊어버리러 올 거야."

"─────."

"그렇게 해서, 네가 매달리는 약한 면이 전부 벗겨지고, 마지막으로 남은 너와 드디어 대화가 된다면…… 비로소 귀를 기울여줄 거라고 믿지."

스바루의 각오와 결의를 들어도 로즈월의 고집스러운 마음은 허물어지지 않는다.

여기까지 그가 수도 없이 주장해온 바와 같다. 400년이나 되는 시간이 쌓아 올린 것은 말 하나, 행동 하나로 쉽사리 바꿀 만한 게 아니다.

가필의 10년이, 에밀리아의 100년이, 말과 행동을 겹쳐서야 비로소 움직이듯이.

로즈월의 400년 또한 스바루 일행이 행동하고 말을 보내서야 겨우 전해진다.

──지금은, 그렇다고 믿고 싶다.

"역시 내가 짐작한 것과 같군. ──나츠키 스바루."

"왜?"

그 말의 마지막에, 로즈월이 차분한 목소리로 스바루를 불렀다.

시선이 교차한다. 스바루를 보는 로즈월의 눈은 격정이 어딘가로 사라지고 잔잔했다.

그리고 로즈월은 의아해하는 스바루의 시선에 입술을 달싹거렸다.

"너와 나는 닮은꼴이다. 정인에게 이상을 강요한다는 의미로 말이야."

"──너는 약한 면을, 나는 강한 면을 믿지. 닮은꼴이라고, 한 가지만은 수긍해 주마."

받아들이기 어려운 주장을 서로 거절하고 스바루와 로즈월은 거리를 두었다. 이 이상은 말이 아니라 행동을 겹쳐 증명하는 것 말고는 다른 수단이 없다.

"간다."

이야기는 끝났다며 스바루는 동석한 둘을 부르고 방을 나갔다. 오토가 말없이 그 등을 따르고 마지막으로 가필은 딱 한 번 로즈월을 쳐다보았다.

혼자 남은 로즈월. 그 모습에서 무엇을 봤는지 작은 목소리로 툭 말한다.

"──바보 자식이."

4

그렇게 교섭이 실패로 끝나 건물 밖으로 나온 스바루 일행은 얼굴을 맞댔다.

서로 상대의 각오와 속마음을 맞부딪친 대화다. 로즈월의 동기가 판명되고 국면을 호각으로 되돌렸다고 인정하게 만드는 등, 단기간에 비정상적으로 농밀한 시간이었다.

그 대화 끝에 분명하게 할 수 있는 말이 있다면 하나뿐이었다.

"위험해. 저택의 습격을 막고 싶었는데 도리어 뒤로 물러설 수 없는 느낌이 됐어."

"본래 목적이 도중에 빠진 교섭이었던 감은, 좀 부정 못하겠네요……."

"형씨, 너무 대장을 탓하지 말아 줘. 대장 딴에 기합 넣은 좋은 큰소리였잖아. 이 어르신은 들으면서 기분 좋았다고."

"평화적으로 문제를 수습할 교섭장이 아니면 저도 동의하고 싶었지만 말이죠!"

욱한 것을 반성하는 스바루와 무책임하게 그 행동을 추켜세우는 가필. 그 둘의 모습에 오토는 진심으로 난감하다고 머리를 감싸 쥐었다.

"그야 변경백은 항복을 안 하시겠다 싶어서 별로 기대하지 않았지만요. 온건하게 끝내면 좋았을 판국에 왜 그렇게 결렬되는 느낌으로……!"

"확실히 나랑 가필한테도 나쁜 점은 있었지만, 너한테도 책임은 있잖아?"

"제 책임이라니, 저 그렇게 거창한 짓은 아무것도……."

"아니, 그 자리에 존재했었잖아?"

"존재가 책임 문제?!"

살짝 어폐가 있다. 정확히는 그 자리에 동석하는 상황의 계기가 된 게 오토의 책임이었다. 요컨대 로즈월의 국면을 치명적으로 어지럽혔다는 뜻이다.

당사자에게 자각이 없으니 책임이라고 들어도 누명 썼다는 느낌을 씻을 수 없겠지만.

"좌우간 농담 따먹기나 할 상황이 아니야. 로즈월이 저택에서

손을 떼지 않았어. 한시라도 빨리 저택에 달려가야만 해. 그래
야 하는데…….”

교섭의 실패는 그대로 저택을 에워싸는 문제가 지속됨을 의미
한다. 로즈월의 말대로 이 문제를 해결 못하면 결국 승부는 스
바루 일행의 패배로 끝난다.

엘자와 메일리. 로즈월이 고용한 자객이 저택을 습격할 때까
지 한시의 유예도 없다.

초조감에 입술을 깨무는 스바루. 그때 가필이 “저기 말이야.”
하고 이를 딱 부딪쳤다.

“이 어르신에게 해 주는 설명이 당최 부족한데, 그 자식이 뭔
가 꾸미고 앉았고 저택에 있는 녀석들이…… 누님이 위험하다.
그건 맞아?”

“──. 그래, 맞아. 저택에 살인청부업자를 보냈고, 그게 엄
청 실력자야. 나 따위로는 이도 안 먹혀. 그러니까 전력이 필요
해서…….”

“그럼 얘기는 빠르지. 여기서 어물거리지 말고 당장 저택에
가자고.”

“아니, 얘기 좀 들어! 돌아가 봤자 전력이 부족하다고! 피해자
늘려서 어쩔래!”

“아앙?! 대장, 뭔 소리를 하고 자빠졌어! 이 어르신으론 부족
하단…….”

“네! 잠깐 거기까지!”

언성을 서로 높이는 두 사람 사이에 오토가 끼어들어서 언쟁

을 도중에 멈추었다. 그리고 그는 "잘 들어요?" 하고 각자 얼굴을 바라보며 말했다.

"방금, 명백하게 이야기의 흐름이 이상했었는데, 가필은 알고 있나요?"

"알고 있냐니, 뭘 말이야?"

"저택에 구원하러 간다는 말은, 『성역』 밖에 나갈 필요가 있단 거예요. 에밀리아 님이 도전 중이지만 묘소의 결계는 아직 건재. 당신이 결계에 걸려선……"

얘기가 안 된다고 오토는 가필의 발상에 뚫린 허점을 지적하려고 했다.

하지만 가필은 그 지적을 듣자 콧잔등에 주름을 잡고 말했다.

"결계? 문제없어. 이 어르신은 결계엔 안 걸리는 체질이거든."

"──뭐?"

손가락으로 개 이빨을 만지고 그렇게 내뱉은 가필의 말에 스바루와 오토의 목소리가 겹쳤다. 의문 어린 목소리와 시선에 가필은 "그러니까." 하고 혀를 찼다.

"이 어르신은 『튀기』를 통과 안 시키는 결계의 예외야. 누님이랑 똑같이. 혼혈 아버지랑 인간 엄마 사이에 난 애니까. 피가 흐려서 결계에 안 걸려."

──따라서 결계가 풀리기 전인 현 상황이라도 저택을 구원하러 가는 데에 지장은 없다.

가필의 당당한 출신 공개에 스바루는 완전히 얼이 나가고 말았다.

확실히 전에 프레데리카가 『성역』을 빠져날 수 있던 건 그녀가 열어진 혼혈—— 쿼터라는 점이 이유라고, 그렇게 듣기는 했지만.

"너도, 같은 조건……? 하, 하지만 프레데리카와는 아버지가 다르다고 들었는데?!"

"……그 뭐냐. 엄마가, 운도 없고 남자 보는 안목도 없는 사람이거든. 그걸로 알아채."

눈초리를 피한 가필, 그 모습에 거짓은 느껴지지 않는다.

즉, 가필과 프레데리카의 어머니는 각각 다른 혼혈의 아인과 아이를 만들었다는 뜻인가. 그 결과, 남매는 『성역』의 결계에 막히지 않는 체질이고——.

"앙? 왜 그래, 대장."

"왜 그래가 아니야! 먼저 말하라고! 그걸 알았더라면, 너…… 너어어어."

"몰라! 대장이 잘 얘기 안 해 준 게 잘못이잖아! 『입시즈는 말이 모자라서 망했다』라는 거랑 똑같다고!"

"자자자자! 또다시 그만! 그쯤에서 그만해요!"

드잡이질로 발전하려던 둘이지만 스바루가 떡이 되기 전에 다시 오토의 인터셉트가 들어갔다.

"서로 설명이 부족한 점은 앞으로 반성할 점으로 삼고, 지금은 현재 가장 큰 장애물이 치워진 것을 행운으로 생각해야죠. ——나츠키 씨, 이거라면."

"알아! 결계를 넘을 수 있으면 얘기야 빠르지!"

오토의 말에 스바루는 머리를 전환하고 조건 변화에 즉각 대응할 것을 결단했다.

결계를 넘을 수 있다면 가필을 데리고 저택에 돌아갈 수 있다. 가필이 있으면 엘자 패거리에 대항할 수 있다.

단, 대신에 『성역』에 남기고 가는 꼴이 되는 여타 문제들에 대한 대항책을 강구할 필요가 생긴다. 그 준비는 이미 수배해놨지만——.

"남은 건…… 가필!"

"아앙?"

"무력 외의 부분은 우리가 전부 마련해 줄 수 있어. 하지만 무력 면에선 상대가 거꾸로 서도 우리는 못 이긴다. 그러니까."

거기서 말을 끊고 스바루는 가필의 얼굴을 정면으로 응시했다.

가필은 이야기의 핵심에서 방치되어 불만스러운 내색이었지만, 그 표정이 삽시간에 바뀌었다.

"솔직히, 뭐가 뭔지 아직 모르는 게 많은데 말이야."

이를 드러내고 녹색 두 눈을 형형히 빛내며 가필은 웃었다.

"싸움질이라면 몽땅 이 몸한테 맡겨. ——이 어르신은 최강이라고."

5

"그래서, 이건 뭐하려는 작정이야?"

대성당—— 아람 마을의 피난민이 모인 건물, 그 바로 앞에서 소란피우는 스바루 일행을 향해 숲에서 돌아온 람이 내뱉은 첫 마디가 그거였다.

와글와글 모여서 웅성거리는 것은 그 자리에 다들 모인 아람 마을 사람들이었다. 한곳에 모인 피난민들 앞에서 스바루 일행이 무엇을 하고 있었느냐면——.

"용차를 다 준비하고, 야반도주라도 할 셈이야? 지금 이런 타이밍에."

"누가 듣고 오해하겠다. 근데 야간 기습이란 느낌인 건 틀림없군. ——지금부터 나랑 오토랑 가필끼리 저택에 간다. 레…… 프레데리카 쪽이 위험해."

이두 용차에 칠흑의 애룡 파트라슈를 맨 스바루가 람에게 대답했다. 그 답변에 람은 눈썹을 치켜들고 "저택에……." 하고 중얼거린 다음 말했다.

"에밀리아 님이 치르신 『시련』의 결과가 아직 안 나왔어. 어쩌려고?"

"에밀리아는 클리어할 거야. 에키드나 따위에게 기죽지 않아. 류즈 씨 쪽은?"

"시마 님을 간호해 주고 있어. 람은 에밀리아 님이 돌아오시길 지켜보러 갈 건데."

"알았어. ……그럼 그 역할은 너한테 맡겼다. 부탁하자."

"부탁하자니, 바루스. 너 말이야……."

무책임하다고 느꼈는지 람의 목소리에 날이 섰다. 그러나 그렇게 여기는 게 당연하다. 이만큼 상황을 내팽개치고 가버리면 람은커녕 에밀리아라도 성을 내리라.

그래도 가야 한다. 렘과, 프레데리카와 페트라. 그리고——.

"——대장, 기다렸군! 돌아왔다!"

"이쪽도 준비 완료했어요. 언제든 갈 수 있어요!"

스바루와 람의 대화에 기세등등한 두 목소리가 끼어들었다. 그리고 가필이 용차 지붕에, 오토가 차부석으로 각각 뛰어들었다.

오토는 계획을 최종 확인하러, 가필은 은신처에 잊은 물건을 가지러 갔었다.

"이게 있으면 가뜩이나 최애강인 이 어르신이 더 최애애강이 되지. 대장한테도 이거 든 이 어르신이었으면 안 졌다고."

"그 최강, 저택에서 실컷 발휘해줘야겠다."

"헹, 기대하시지. 『라인하르트로부터는 도망칠 수 없다』지."

"걔, 살아 있는데 고사성어 대접받고 있어? 황당하네."

흥분한 기색인 가필의 말에 스바루는 놀라면서도 쓴웃음 지었다. 그다음 스바루는 등 뒤—— 람과 그 뒤에 늘어선 아람 마을 사람들을 돌아보았다. 당연히 람은 아직 수긍 못한 표정이지만 아람 마을 사람들은 스바루의 눈초리에 깊이 끄덕여주었다.

"다들 들은 것과 같아! 우리는 지금부터 한발 앞서 저택에 돌아갈게! 불규칙 요소뿐이라 미안하지만……."

"걱정 마시길, 스바루 님."

스바루의 말을 가로막는 목소리, 그것은 허리가 굽은 노파—— 아람 마을의 촌장이었다. 그녀는 자애로움으로 가득한 눈과 함께 스바루를 보며 쉰 목소리로 말했다.

"이미 전원, 내정관님께 말씀을 들었습니다. 그리고 잊으셨나요?"

"_____."

"이 땅에서 저희를 해방할 역할을, 대체 누가 맡아 주셨는지."

촌장의 물음에 스바루는 순간 당혹스러워하다가 금세 눈을 크게 떴다.

떠올린 것이다. 이미 아득히 멀게 느껴지는, 이 『성역』을 찾아온 최초의 날── 이 대성당에서 에밀리아가, 아람 마을의 주민에게 『성역』에서 해방될 것을 약속한 기억을.

촌장은 그 말을── 아니, 촌장만이 아니다. 마을 사람 전원이 그 말을 믿어 주고 있다.

"그러니 기우랍니다, 스바루 님. 그보다 해야 할 일이 있으시겠죠?"

"이런 곳에서 제자리걸음 하지 말고 어서 가보세요."

"아아, 하지만 가는 중에 코피 자국은 닦는 편이 나아요. 페트라가 실망하니까."

촌장에 이어서 마을 사람들이 잇달아 성원을 던져주었다. 말투야 다양하지만 어느 것이나 스바루 일행의 결단을 밀어주는 내용이었다. 그 사실에, 구원을 받았다.

"다들 고마워. 하지만 내가 한 말은 잊지 말아 줘. 기다리는 건……."

"──아슬아슬할 때까지 기다리죠. 뭘, 결계가 그 전에 풀리면 좋을 뿐인데."

"그러니 말이죠, 스바루 님. ──그만 포기하고 저희에게 도움을 받아 주세요."

그 강렬한 위협에 스바루는 완전히 말문이 막혔다.

『도움을 받아 주세요』라고 내뱉은 그 말은 마을 사람의 총의. 더 뭐라고 대꾸하는 짓은 염치 없는 짓이다.

이만큼 각오를 떠맡고 무슨 말을 할 수 있을까. 스바루에게는 이 감정을 말로 표현할 방법이 없다.

따라서 고개를 숙였다. 그리고 남은 문제는──.

"람, 이러쿵저러쿵 자세히 설명할 여유가 없어서 그래. 단지 다들 자기 역할을 알아. 에밀리아도 그래. 그러니 너도……."

"──좋아. 맘대로 해. 람도 지금부터는 람 맘대로 할 테니까."

스바루가 최선을 다해 말하려 하는데, 자기 팔꿈치를 안은 람이 그렇게 말하고 콧방귀를 뀌었다. 그 대답에 스바루는 쩔쩔매다가 자기 뺨을 손가락으로 긁고 말했다.

"평소에는 자유로운 네가 맘대로 하겠단 선언을 들으니 무슨 짓 저지를지 엄청 무서운데."

"핫, 실컷 전율하지그래. ──바루스, 정말 괜찮은 거지?"

"그래. 내가 전하고 싶은 말은 전부 에밀리아에게 전했어."

"벽에 새겼었지."

"그거 평생 들먹일 심산은 아니지?!"

람의 야유에 스바루는 목청 높여 대답하고 나서 품속을 뒤졌다. 손끝에 닿은 딱딱한 감촉에 스바루는 가볍게 숨을 내쉬고 말했다.

"──람."

부르면서 손끝에 걸린 그 물건을 람에게 던졌다. 람은 그것을
부드럽게 받아냈다.

"무리한 짓 하지 마."

"바루스가 그 소리 해? 웃기려 하지 마."

스바루의 말에 람은 옅게 미소 짓고 받아든 그 물건을 메이드
복에 슬쩍 집어넣었다.

그 뒤로 주고받을 대화는 없다. 필요한 것은 교환했다. 이제는
저마다 각자 최선을 위해서, 할 수 있는 행동을 추구할 뿐이다.

"──간다! 새벽이 오기 전에 저택에 돌아갈 거야. 부탁하자,
파트라슈!"

용차에 올라탄 스바루의 구령에 차체에 연결된 파트라슈가 높
이 울었다. 그 울음소리에 촉발되어 함께 연결된 오토의 애룡도
낮게 으르렁댔다.

천천히 이두 용차가 움직이면서『성역』밖으로 질주한다.

"저, 그런데 아까 제 귀에 못 들은 척할 수 없는 단어가 들렸는
데요. 마을 분들이 말하던 내정관님은 누구를……."

"──출발!!"

오토의 의문이 어영부영 지워지고『바람막이의 가호』가 전개
된 용차가 출발했다.

마을 사람들의 성원을 받고 용차는 밤의 숲을, 가도를, 저택을
향해 달려 나갔다.

제6장 『거짓말을 소원으로』

1

"──그런 이유로, 바보 셋은 영리한 지룡에게 용차를 끌게 하고 저택으로 달려갔습니다."

그렇게 에밀리아에게 경위 설명을 마친 람은 피곤한 기색으로 이마에 손을 짚었다.

람치고는 희한하게 에밀리아에게 민낯을 내비친 태도에 살짝 놀랐다. 그렇다고는 해도 놀란 건 람만이 아니라 스바루 일행의 야단법석에도 놀랐다.

"응, 얘기는 알아들었어. ……아유, 진짜 못 말린다니까."

한숨짓고 나서 에밀리아는 옅게 미소 지었다.

에밀리아의 그 모습을 담던 람의 연홍빛 눈이 미심쩍은 눈치와 함께 가늘어졌다.

"……그뿐이신가요?"

"그뿐인데? 아, 물론, 내가 나오기를 기다려 주지 않은 건 살짝…… 엄─청 살짝만, 욱하지 않는 건 아니지만."

여하튼 그토록 호들갑스러운 대화를 거치고 에밀리아를 묘소에 내보낸 판국이다.

　그 당사자가 결과도 지켜보지 않고, 마중조차 땡땡이치다니 이게 무슨 일인가.

　"하지만 실패한다는 생각도 안 했다는 뜻이니까."

　정말로 스바루가 에밀리아를 가장 걱정했다면 그는 여기에 남았을 것이다.

　그런데 스바루가 이곳에 없는 건 에밀리아보다 더 걱정해야 할, 달려가야 할 누군가가 이곳이 아니라 달려간 곳에 있기 때문이다.

　──믿어 주고 있다고, 나츠키 스바루를 안다면 그렇게 생각할 수 있다.

　"역시 조금은 화났지만. 스바루는 진짜로 날 좋아하는 걸까."

　"……바루스는, 에밀리아 님을 누구보다 사모하고 있어요."

　"응, 고마워."

　저도 모르게 스바루가 보내던 호의를 확인하는 거나 비슷한 짓을 하는 에밀리아. 그녀의 미소 짓는 모습에 람은 뭔가 딴생각이 있는 것처럼 눈을 내리깔았다.

　"에밀리아 님, 이렇게 돌아오셨다는 말씀은……."

　"『시련』 말이야? 응, 그건 해결……이라곤 좀 말하기 힘들 것 같아. 나 자신의 과거하고는 똑바로 마주했는데…… 아직 끝이 아닌가 봐."

　"그건, 무슨 말씀이시죠?"

　"『시련』은 하나로 끝이 아니야. 앞으로 두 번 더 있고…… 결계가 풀리는 건 그다음이 되나 봐. 그래서 이다음에 다시 묘소에 들어가야만 하거든."

에키드나에게 전달받은 경악의 진실. 그렇다고는 해도 할 일은 변함없다.

이 자리에 없는 스바루 일행은 몰라도 람이나 『성역』의 주민, 아람 마을 사람들은 아직 좀 더 기다려줘야겠지만 이대로 끝까지 그만두지 않고 전진할 것이다.

"정말 강해지셨군요, 에밀리아 님은."

에밀리아의 눈에서 그 각오를 봤는지 람이 차분하게 중얼거렸다. 그 음성에 기묘한 망설임을 느끼고 에밀리아는 말없이 람이 뒷말을 잇기를 기다렸다.

조용히, 잠깐 사색과 침묵이 이어진다. 이윽고──.

"──에밀리아 님, 죄송합니다."

"……람이 사과하다니 엄─청 희한하네. 갑자기 왜 그래?"

"람도 그렇게 생각합니다. ……지금 람은 처음으로 에밀리아 님께 본심으로 머리를 숙였다고요."

여태까지의 인사는 모양뿐이었다는 람의 떳떳한 고백에 에밀리아는 쓴웃음을 지었다. 그 쓴웃음을 정면에 받으며 람은 연홍빛 눈으로 에밀리아의 남보랏빛 눈을 곧게 바라보았다.

그리고 사과가, 참회가 시작되었다.

"여태까지 람은 에밀리아 님께서 일어서실 수 있으리라 믿지 않았습니다. 『시련』에 마음이 꺾이고 기댈 곳이던 대정령님까지 잃어서…… 어떻게 설 수 있겠느냐고."

"_____."

"하지만 에밀리아 님은 지금 이렇게 여기 서 계시죠. 가슴을 펴고, 앞을 보며. 볼에 눈물자국이 남아 있는 건 약간 감점이지만요."

"아, 어떡해. 아이 참……."

에밀리아는 소매로 얼굴을 쓱쓱 닦아 람에게 지적당한 눈물의 흔적을 꼼꼼하게 지웠다. 그러고 나서 다시 그녀를 돌아보고 부드럽게 갸웃거렸다.

"그러면 람은 내가 울보라서 스바루랑 오토에게 협력해 준 거야?"

"무슨 농담을. 람은 그 둘에게 힘을 보탠 게 아니랍니다. 람이 힘을 보탠 사람은, 협력할 가치가 있다고 판단한 분은, 에밀리아 님이에요."

"그래? ……응. 그럴지도 모르겠다."

에밀리아가 『시련』에 도전한 건 그 자리에 스바루가 말을 걸어주었기 때문이다.

그리고 스바루의 말이 닿으려면 가필의 한탄을 막을 필요가 있었다. 그 때문에 오토와 람의 협력이 필요하고, 그 결과 에밀리아는 앞으로 내디딜 수 있었으니까.

확실히 람의 행동 전부는 에밀리아에 대한 공헌이었다고도 할 수 있으리라.

"그런데 어째서? 람은 어째서 날 돕자고 마음먹은 거야?"

"──부탁을 하는 입장인데, 먼저 성의를 제시하지 않을 수는 없기 때문이죠."

그 말과 이어지는 행동에 에밀리아가 숨을 죽였다.

눈앞에서 람은 에밀리아 앞에 무릎 꿇고는 공손히 머리를 조아리고 있었다. 이는 자기가 품고 있는 경의를 최대한 상대에게 드러내기 위한, 최상위의 인사다.

여태까지 람이 에밀리아에게 보이던 겉모양뿐인 경의가 아니다. 진짜배기 경의의 표현———.

"부탁합니다, 에밀리아 님. ——부디 제 주인, 로즈월 님을 구해 주세요."

"······로즈월을?"

"그분은 망집에 사로잡혀 계세요. 오래오래 마음을 옭아맨 저주 같은 망집에. 혹여 그래도 람은 좋았어요. 그분이 람을 보지 않아도 람을, 그 망집을 달성하기 위한 도구로밖에 여기지 않아도, 그래도 좋았어요."

경의를 바치는 채 람은 그 속내를 에밀리아에게 솔직히 털어놓았다.

그 말은 람이 무표정의 가면 속에 항상 굳게 유지하던 마음 깊은 곳에서 로즈월을 바라보며 내내 품던 소원일지도 몰랐다.

이용당하기만 하는 도구라도 좋았다고. 그러나 람은 그 자세에 고개를 내저었다.

"하지만 그 망집은 이미 결말로 이어지는 길에서 벗어났습니다. 모든 근간에 있던 소원은 창끝을 겨눌 곳을 놓치고, 로즈월 님은 모양뿐인 글자에 매달릴 뿐······. 부디 그걸 깨트려 주세요."

"로즈월은 그게 깨져도 괜찮은 거야?"

"괜찮지……는 않겠죠. 아마 평정을 잃으실 거예요. 자기 인생의 의미를 잃고 무너질지도 모르죠. 하지만 에밀리아 님밖에 없어요. 로즈월 님께서 지주로 삼던 길, 거기서 벗어난 곳에서도…… 마음을, 성취하게 해 줄지도 모르는 건."

그것은 애원이었다. 머리를 숙였지만 어조는 평소와 같다. 그러나 람은 애원한다.

에밀리아는 그녀의 애원, 그 주장의 절반가량도 정확히 이해 못하고 있다.

하지만 람의 소원은, 마음은 진짜다. 그걸 알 수 있다. 그리고 그걸로 충분했다.

"난, 뭘 하면 돼?"

"──옥좌에, 앉아 주십시오."

"_____."

"에밀리아 님께서 루그니카의 옥좌에 앉으실 때, 로즈월 님의 소원은 이루어집니다. 하염없이 걸어온 길 밖에서도 마음이 결실을 맺을 날은 찾아온다고, 로즈월 님께 부디 그렇게 가르쳐 주세요. 오늘을, 내일을, 살아갈 의미를 내려주세요."

입을 다문 에밀리아에게 람은 끊임없이 말을 거듭했다.

이토록 유창하게 얘기하는 람의 마음을 에밀리아는 처음으로 들었다.

그렇기 때문인가. 그렇기 때문일까.

에밀리아의 가슴속에 이렇게까지 말로 표현할 못할 감정이 밀려든 것은.

　아무에게도 기대지 않으며 서 있던 것 같던 람이, 지금 이렇게 자신을 의지해 주는 것에 참을 수 없을 정도의 열정을 품고 마는 건.

　"부탁합니다, 에밀리아 님."

　말이 안 나오는 에밀리아 앞에서 람이 천천히 고개를 들었다.

　──연홍빛 눈은 그녀의 작은 몸 가득히 담긴 사랑으로 촉촉했다.

　"──그 사람을, 구해 주세요."

　그, 잔잔한 호소에 에밀리아의 온몸은 확실하게 떨었다.

　내장을 직접, 손으로 흔드는 것 같은 감각과 온몸을 도는 피로 열기가 퍼지는 감각.

　그런 감각이 몸속을 온통 내달린 뒤, 에밀리아 안에 한 가지가 남았다.

　가슴속에 형형하고 뜨겁게 타오르는 단 한 가지 사명감──.

　"내가 임금님이 되는 것하고, 로즈월이 구원받는다는 것. 그 관계는 잘 모르겠어."

　"_____."

　"람의 마음도, 아마 진짜 의미로는 아직 난 알아줄 수 없고."

　"_____."

　"하지만."

　에밀리아는 말없이 자신을 바라보는 람의 눈을 마주 보고 한 번 숨을 들이켰다.

당혹감은 부푸는 가슴에서 사라졌다. 불안도 머릿속에 남아 있지 않았다.

영혼은 유례없을 만큼 불타고 있었다.

"람이 나한테 뭔가를 부탁하는 건 처음 있는 일인걸."

그러니까 어렵게 생각할 필요일랑 없다.

"좋아, 람. 날 믿어 준 네게, 난 지금 보답해 주고 싶어."

그것은 틀림없이 망설일 필요도 없을 만큼 에밀리아가 해야 할 일과 하고 싶은 일이 일치한 순간이었기에, 에밀리아는 웃으며 끄덕였다.

"분명 그게 지금부터 내가 시작해야만 하는 일이야."

에밀리아는 당당하게 자신이 바라는 것을, 누군가가 바라주는 것을 이루고 싶다고 마음먹었다.

그 답변에 경의를 표하던 람이 "아." 하고 작게 입을 열었다. 어딘가 긴장의 실이 끊긴 것만 같은 모습. 아마 불안하기도 했었는지 안도감에 입술을 달싹거렸다.

그런 완화된 표정에 에밀리아는 희미한 만족감을 얻었다. 단지 촉촉한 눈에서 눈물을 흘리지 않고 참은 모습이 역시 람답다는 생각이 들었다.

그렇게 에밀리아는 무릎 꿇은 람에게 손을 뻗어 슬쩍 그녀를 일으키려다가──.

"──슬슬 저어─도 축사를 읊어 봐도 괜찮겠습니까?"

"우──."

잡은 손이 떨리는 감촉, 목소리에 에밀리아는 고개를 들어 람의 등 뒤── 촌락 쪽에서 천천히, 이 묘소 앞의 초원에 모습을 드러내는 사람을 발견했다.

귀에 익은 목소리, 표표한 태도. 무엇보다 지금 막 화제의 중심에 있던 인물──.

"──로즈월."

그렇다. 에밀리아는 희미한 경계를 품고 상대의 이름을 불렀다.

2

"바쁘신 와중 같은데, 일단락 지어진 분위기라……. 문제없었을까요?"

이름이 불리고 묘소로 걸어오는 인물은 로즈월 L. 메이더스 본인이었다.

그 복장은 평소와 같은 기발한 의상에, 오랜만에 보는 백분으로 칠한 화장. 부상당해 침대에서 요양하는 모습뿐이던 여태까지와 다르게, 에밀리아가 아는 바로 그 남자였다.

그런데도 에밀리아는 그의 모습이 평소의 그것과 명백하게 다른 것으로 느껴졌기에.

"──거기까지만."

"……흠."

에밀리아의 한마디에 로즈월의 발이 멈추었다. 그 행동은 목소리에 담긴 딱딱한 감정만이 원인이 아니다. ──로즈월에게 겨눈, 에밀리아의 손바닥이 원인이다.

에밀리아는 오른손으로 람을 끌어당기고 왼손을 로즈월에게 겨누고 있었다. 물론, 그것이 단순한 위협이 아니라는 게 솟구치는 마나를 느끼는 로즈월에게는 명백했을 것이다.

"이이—건 또, 환영이 너무하지 않습니까. 에밀리아 님이 『시련』에 도전한다는 말에 이렇게 중상인 몸을 떠밀어서 달려왔거어—언만."

"그게 진짜 본심이라면 나도 믿어 주고 싶은데……."

말을 흐리고 에밀리아는 고운 눈썹을 찌푸렸다.

본래 로즈월은 에밀리아에게 왕선에서 유일한 아군, 후원자다. 『시련』에서 목격한 직후의 과거—— 동토로 변모한 엘리오르 대삼림에서 에밀리아를 데리고 나와 얼음 속 친인들을 구할 가능성을 제시해 준 은인이기도 하다.

그런 로즈월을 에밀리아는 경계했다. ——잡고 있는 람의 손바닥이, 떨고 있었기에.

"그렇게 무서운 표정 짓지 마시지요, 에밀리아 님. 전 이래 봬도 진심으로 당신을 걱정하고 있어요. ……동정하고 있다고, 그렇게 바꿔 말해도 되죠."

"날 동정……? 그건 도대체 무슨 의미야?"

"말 그대로 의미입니다. 당신을 진심으로 동정해요. ——주위의 기대에 응답하는 것 말고 사랑받을 방법을 모르는 당신이, 바라지 않는 과거와 부득이하게 마주하는 상황을."

애처롭다는 양 고개를 가로젓고 내뱉은 로즈월의 말에 에밀리아는 눈을 크게 떴다.

동정이라고, 로즈월은 에밀리아의 처지를 가엾어하듯이 말했다. 그러나 거기에 담긴 차갑고 음울한 감정은 동정과는 다른 것──악의에 가까운 것이었다.

　"새삼 당신에게 축사를, 연민과 동정의 마음을 겹쳐서 보내드리죠. ──용케 『시련』을 넘으셨습니다. 전 당신에게는 무리라고 생각했었는데요."

　"……솔직하게 고맙다고 말하기 어려운 축하인걸. 그리고 아직 똑바로 『시련』이 끝난 건 아니야. 아직 앞으로 두 번이나 더 남아서."

　"네, 알고 있습니다. 그리고 조금 안심했어요. ──지금의 제 축사가 선의의 말이 아님은 정신머리 없는 당신도 아실 수우─있군요."

　의도를 읽지 못하겠다고 곤혹스러워하는 에밀리아에게 로즈월은 빈정대는 말을 던졌다.

　악담에 담긴 감정은 복잡해서 희열과 비탄이 똑같이 나뉜 것처럼도 느껴졌다. 하지만 그 이상으로 사무치게 전해지는 감정은 뭔가 자해나 자조와 닮은 피학의 단편이었다.

　"로즈월, 당신은 여기 뭐 하러 온 거야? 정말 그 말이나 하러 왔을 뿐이야?"

　"대강은, 그렇지요. 남은 건 확인일까요."

　"확인이라면…… 내, 『시련』의 결과 말이야?"

　눈을 감고 로즈월이 턱을 주억거렸다. 확인하고 싶던 건 『시련』의 결과. 에밀리아가 과거와 마주 서서 어떠한 답을 냈는가.

다시 마음이 꺾일 것인가. 아니면.

"나로선 안 될 줄 알았다고 그러던데…… 조금은 다시 봤어?"

"_____."

"그렇지. 많이 걱정 끼쳤을 거야. 아주 조금 전까지 난 계속 움츠러지고만 있었지……. 팩에게도, 스바루에게도, 모두에게 많은 폐를 끼쳤는걸."

에밀리아가 『시련』은 넘을 수 없을 거라고 여겨도 당연했다.

솔직히 지금도 이렇게나 약한 자신이 『시련』에 도전한 것이 신기할 따름이다. 마음은 어질어질하고, 사고방식도 얄팍하며, 나약하고 한심한 자신인데.

"하지만 폐를 끼쳤을 텐데, 다들 날 도와주더라. 참 못난 나한테 모두 힘을 보태 주었어. 그래서 나도 기죽고 있을 순 없다는 생각에……."

로즈월에게 겨눈 왼손을 거두고 에밀리아는 자기 가슴속에 있는 열정을 잡으려고 했다. 마나가 아니라 말을, 지금의 로즈월에게 건네야 한다고 생각했다.

하지만 에밀리아의 말에 눈을 감은 로즈월의 목이 희미하게 울렸다.

"_____."

낮게 이어지는 그것은 웃음소리였다. 로즈월은 목소리를 억누르며 큭큭 웃고 있었다.

그리고 뜬 한쪽 눈── 노란 시선을 애쓰는 에밀리아에게 보내고 말했다.

"스바루와 똑같은 말을 하는군요. 그것도 그 친구 말을 빌렸습니까?"

"윽——!"

"로즈월 님!"

말문이 막힌 에밀리아를 대신해 람이 로즈월의 모멸에 언성을 높였다.

여태까지 침묵을 지키던 람은 에밀리아 옆에서 주인에게 연홍빛 감정을 강하게 쏟아냈다. 그러나 로즈월은 선선한 바람이라도 쐬듯이 무시하고 에밀리아에게 말을 이었다.

"빌린 말과 준비된 입장. 여기서 『시련』에 도전하는 것조차 모든 건 마련되고 나서 주어진 선택지……. 탓하진 않습니다. 그러라고 당신에게 바란 것은 저이며, 주위죠. 다만 그걸 알고도 스바루는 심한 말로 다그치는군요."

"그렇지 않아! 스바루는 내게……."

"그 친구 아닙니까. 어차피 이치나 도리는 꺼내지 않고 오로지 당신을 꾸짖으며 격려했을 뿐이죠? 독선을 밀어붙이고 하면 할 수 있다고 감정론으로 당신을 이상에 끼워 맞췄죠. 압니다. 알다마다요. 누가 뭐래도 저와 그는 동류이니까아—요."

"스바루와 로즈월이 동류? 무슨 뜻이야?"

"사랑하는 여성에게 이상을 밀어붙인다는 뜻이죠."

단언에, 맞잡은 람의 손에 강한 힘이 담겼다.

그 손바닥의 감촉을 느끼면서 에밀리아는 로즈월의 노란색 시선과 정면으로 맞섰다. 로즈월은 입매를 힘없는 웃음으로 꾸민 채 고개를 가로저었다.

"무슨 말을 하던가요? 듣기 좋은 말로만 채웠겠죠. 에밀리아 님의 어리광을 받아 주고, 자상하게 망가지기 쉬운 물건 다루듯 정성껏 정중하게 취급했겠죠. 에밀리아 님이 사실은 약하고 여리며, 덧없는 소원을 품은 적이 있는, 평범한 소녀인 걸 고려도 해 주지 않았겠죠? 그 친구는 진짜 당신에게는 조금도 흥미가 없습니다. 그 친구가 사랑하는 것은 자기 안에 있는 이상 속의 당신이죠. ——안 그래요?"

몰아치듯 말하며 로즈월은 적막감까지 섞인 눈을 살짝 내리깔았다.

모멸과 조롱. 문면만 좇으면 그러할 말의 나열. 그러나 에밀리아에게는 왠지 감정의 토로에, 자해하는 한탄으로도 느껴졌다.

그것이 스바루를 말하는지, 혹은 자기 자신의 얘기를 하는지, 로즈월 본인도 명확하게 차별화할 수는 없을지도 모른다.

그 기세에 압도당하면서 에밀리아는 살짝 숨을 들이켰다.

로즈월의 서슬에 확실히 주눅이 들기는 했다. 그렇지만 말해야만 한다.

여기에는 없는 그를 대신해서. 무엇보다 여기서 떨고 있는 그녀를 대신해서.

"……그뿐?"

"————."

"스바루랑, 로즈월이 똑같다고, 그렇게 생각할 이유는 그뿐이야?"

에밀리아의 물음에 로즈월의 두 눈에 미심쩍은 빛이 떠올랐다.

그러나 로즈월의 괴이쩍은 반론은 없다. 에밀리아의 물음에 로즈월은 이어지는 말을 갖추지 못했다. 그렇다면 역시 말해 줘야만 한다.

"당신이 하고 싶은 말이 그뿐이라면······."

"────."

"스바루와 로즈월은 전혀 안 똑같아."

왜냐면 묘소 안까지 에밀리아를 쫓아온 스바루는 확실히 이상론을 늘어놓았고, 『성역』을 해방하는 행동의 의의와 도리를 에밀리아에게 설파하진 않았다.

하지만 그는 결코 에밀리아에게 달콤하고 번드르르한 말만 쏟아내진 않았다.

"스바루 말이야. 나더러 귀찮은 여자라고 했는걸."

"······뭐?"

"자기가 이것저것 애쓰고 있는데, 폐만 끼치고 뭐 높은 사람 행세하냐고. 지나간 일에 언제까지나 끙끙 앓고 기대만 하게 하지 말라고. 넌 입만 살았을 뿐이지, 몽땅 부족해서 두고 볼 수 없다고. ──스바루는 나한테 그렇게 말해 줬는걸."

묘소 안, 차가운 석조 통로에서 스바루는 에밀리아에게 이마를 밀어붙이고 고함쳤다.

그 순간의 마음이 떨리던 매도를 에밀리아는 전부 기억한다.

"전부, 스바루 말이 맞았어. 나는 약골에, 입만 살았고, 온통 부족하기만 해."

약골인 것도, 입만 산 것도, 부족한 점조차 잊어버린 것도, 에밀리아가 잊고 기억을 막아서 없었던 걸로 하던 부분도 뭉뚱그려서 스바루는 알아주고 있었다. 전부, 내다보고 있었다.

──그 사실이, 과거를 되찾은 에밀리아에게는 감격할 만큼 기쁘다.

"스바루는 나를 똑바로 봐 주고 있어. 나도 스바루에게 꼴사나운 모습만 보여줄 수 없다고 생각 중이야. 그러니까 스바루와 로즈월은 하나도 안 똑같아."

나츠키 스바루가 에밀리아에게 이상적인 모습인 것밖에 허용할 수 없는 사람이었으면 아마 에밀리아는 지금도 묘소에서 무릎을 껴안고 있었으리라.

가필도 이상 외의 존재를 안 다음에 그러고도 이상론을 말해주는 스바루가 상대가 아니었으면 틀림없이 귀를 기울여주지 않았을 것이다.

스바루는, 에밀리아가 약하다고 알고도 에밀리아를 좋아한다고 말했다.

스바루는, 가필의 자상한 마음을 알고도 변하라고 그에게 말한 것이다.

발을 멈추고 싶어 하는 누구에게나 스바루는 달려가서 다그치고 등을 밀어 뛰기 시작한다.

할 수 있을 거라고. 싸울 수 있을 거라고. ──멈춰 설 짬은 없다고.

"기억이 돌아와서 불안했어. 팩이 없어져서 짓뭉개질 것만 같아서……. 모두 떠올랐을 때, 내가 나 자신이 아니게 되어 지금까지의 자신은 거짓이 될 것만 같아서."

믿던 것이 제로가 되어 아무것도 안 남은 자신은 움직일 수 없어진다. 그런 마음으로 웅크리던 에밀리아가 이렇게 지금 과거와 상대를 넘어선 것은──.

"하고 싶다고 생각했을 때, 변하고 싶다고 빌었을 때── 손을 끌어주겠다, 거들어주겠다. 그렇게 말해 주는 사람이 있다고 가르쳐 줬는걸."

"그건, 단순한 기만이 아닌지? 좋은 말을 써서 당신을 다시 일으켜 세우기 위한……."

"아니야. 거짓말 같은 게 아니야. 근거가 없는, 엉터리 같은 것도 아니야. 스바루가 믿는다고 말해 준, 그 마음은 거짓말이 되지 않아. ……거짓말로 만들지 않을 거야. 그게, 내 답이야."

로즈월의 항변을 에밀리아는 당당히 부정했다.

그를, 스바루를 두고, 아무것도 못하는 한심한 에밀리아에게 있지도 않은 희망을 들려준 거짓말쟁이라는 말을 못하게 할 것이다. 말하게 해선 안 된다.

나츠키 스바루가 에밀리아에게 『꼭 할 수 있다』고 단언한 건 거짓말이 아니다. 에밀리아가 자신의 껍질을 깨고 『꼭 할 수 있다』를 완수하면 거짓말은 거짓이 아니게 된다.

거짓말이 아니게 된 그것을, 사람들은 『소원』이라고 부르므로──.

"──거짓말을 소원으로 만드는 것. 그게 지금의 내가 해야만 하는 일이고, 하고 싶은 일인걸."

스바루가 필사적으로 열심히 가르쳐 준 것.

에밀리아 안에서 뚜렷하게 구체화되지 못하던 답이, 지금 비로소 형태를 갖춘다.

──이것을, 진짜로 바꾸는 것. 그게 바로 에밀리아가 이뤄야 할, 소원이라고.

"────."

에밀리아의 말에 로즈월은 도중부터 아무 참견도 하지 않았다. 다만 내던진 말을 들은 체 만 체 하는 게 아님은 그의 두 눈을 보고 있으면 똑똑히 알 수 있었다.

로즈월의 표정은, 웃는 얼굴처럼 장식된 화장 속의 민낯은, 사무치는 감정을 참듯이 에밀리아에게 두 가지 색깔의 눈길을 보내고 있었기에.

복잡하기 짝이 없어 해독할 수 없는 로즈월의 심정. 그는 현명해서 에밀리아는 상상도 못할 세상을 살고 있는 줄 알았다. 하지만 이 순간, 깨달았다.

혹시 로즈월이 여기에 발길을 옮긴 진짜 이유는──.

"──로즈월, 혹시, 나한테 심한 짓 당하고 싶었어?"

문득 떠오른 가능성. 그것은 입에 담은 순간, 그렇다는 생각밖에 들지 않았다.

부상을 무릅쓰고 찾아와서, 축하의 말에 모멸을 섞어 기대도 안 했다고 험담을 뱉으며 종국에는 스바루를 바보 취급까지. 안 어울리는 태도를 수도 없이 거듭한 건.

"마치 날 화나게 해서 벌을 받고 싶은 것 같아."

"……노파심에 말해두겠습니다만, 아픈 꼴 보는 건 저도 싫으니까요오—?"

"——? 그런 거야 누구나 싫잖아?"

이해 못할 응답이었지만, 그 말은 갸웃거리는 에밀리아의 말을 부정하지 않았다.

상처 받고 싶다. 벌을 받고 싶다. 로즈월은 그것을 바라며 이곳에 온 것인가.

자기 자신이 싫어져서 엉망진창이 되면 그만이라고 생각하는 파괴충동은 에밀리아도 이해할 수 있다. 그 감정을 자신의 안으로 겨눌까, 밖으로 겨눌까 차이가 있을 뿐이다.

에밀리아는 안으로 겨누는 성질이다. 로즈월도 그럴까.

"당신 또한 변해가는군. ——그 사실이, 내게는 도저히 받아들이기 어려워."

"로즈월?"

"결단은 존귀하고 걸으려는 의사는 고상해. 당신이 아픔과 상처를 받아낸 끝에 그 자세에서 희망을 찾아낸 것은 이해할 수 있어. 그렇기 때문에 난 당신을 동정해."

동정한다고, 로즈월은 처음에 꺼낸 말을 다시 에밀리아에게 건넸다.

하지만 그 동정이 헛짚은 거라고 이미 에밀리아는 주장했다고 생각한다. 가엾게 여겨질 이유는 없다. 에밀리아는 이미 희망을 찾아냈으니까.

로즈월은 그 희망을 덧없는 것이라고 고개를 가로저었다. 왜냐하면——.

"당신이 상처 받기를 옳다고 한 결단조차도 이 끝나는 세계에선 이미 무의미해."

"끝나는, 세계……?"

"정확히는 종말로 가는 세계일까. 옳은 길에서 벗어나 그릇된 미래로 어긋난 세계지. 이미 『성역』도, 왕선조차도, 무의미하게."

느릿느릿 고개를 가로저으며 로즈월은 진심으로 절실하게 아까워하듯이 말했다. 그 태도에 서린 모순된 감정에 에밀리아는 곤혹감을 숨기지 못했다.

아깝다고 진심으로 생각하면서 로즈월은 그것을 놓으려고 하고 있었다.

"로즈월……. 뭘, 내던지려고 하는 거야? 당신이…… 당신과 내가 시작한 일이잖아? 그걸 도중에, 그런 짓은 절대로 안 돼!"

"——그럼 당신은 대체 어쩌고 싶다고?"

"그런 건 몰라! 하지만 안 되는 건 안 돼! 로즈월이 뭘 포기하려 그러는지는 모르겠지만 포기하지 마! 그런 건 너무 제멋대로 잖아!"

애들 같은 논법임을 알면서도 에밀리아는 로즈월의 체념에 손을 뻗었다. 로즈월이 놓으려고 하는 것을 대신에 거머쥐어 억지로 자신을 돌아보게 했다.

"아무것도 놓아버릴 필요는 없어. ——이 이상, 아무것도."

"……정말로, 스바루 같은 말씀을 하시는군."

가슴을 펴며 그렇게 단정한 에밀리아의 말에 로즈월이 땅이 꺼져라 한숨을 쉬었다. 그 뒤에 그는 김이 빠진 모습으로 어깨를 으쓱이고 눈길을 에밀리아의 등 뒤, 묘소로 보냈다.

"당신이 입에 담은 호언장담이 과연 어디까지 실현 가능할지."

"그건 내가 지금부터 증명할래. 묘소에서…… 아니, 『성역』 밖에서도 그래."

두 번째 『시련』에 도전하겠다. 에밀리아는 로즈월에게 굳게 단언했다. 그리고 여태껏 줄곧 손을 놓지 않고 있던 람 쪽을 돌아보았다.

"에밀리아 님."

침묵하며 둘의 설전을 지켜보던 람이 입술을 달싹이며 에밀리아를 불렀다. 그 부름에 끄덕인 에밀리아가 잡은 손바닥을 부드럽게 풀었다.

"가 볼게, 람. ──네 소원은, 반드시 어떻게 해 보일게."

"─────."

눈인사하는 람에게 끄덕이고 에밀리아는 고개를 돌려 묘소 입구로 눈길을 보냈다.

로즈월의 말도, 람에 대한 말도, 에밀리아는 전부 최선을 다했을 터다. 나머지는 말이 아니라 행동을 통해 에밀리아가 나아가는 답을 증명해야만 한다.

돌계단에 발을 딛고 한 번은 벗어난 묘소를 다시 찾는다. 그 등에──.

"──시작한 건 저와, 선생님입니다. 그 점만은 틀렸어요. 에밀리아 님."

몹시 향수가 어린 음성이었다.

상냥하게 짓밟듯이. 끔찍하게 보듬듯이.

그런 목소리를 등에 받고 에밀리아는 빛이 일어나는 묘소로 나아갔다. 한 번은 벗어난 통로를 지나서 석실로── 거기서 두 번째 『시련』이 기다린다.

──누군가가 건넨 거짓된 말을, 참된 소원으로 만들기 위한, 『시련』이.

"과거는 봤어. 그렇다면, 그다음은…….."

무엇이 기다릴까. 첫 번째 『시련』에서 겪은 고전을 떠올리며 에밀리아는 석실로 나아갔다.

그리고 옅은 파란 광채가 스바루가 남긴 응원의 말을 비추는 방에 당도했다.

남은 『시련』은 둘. 세 번째 『시련』을 넘었을 때, 『성역』이 맞이하는 미래란.

그것을, 생각한 순간이었다.

『──있을 수 없는 현재를 보라.』

귓전에서 속삭이는 자기 목소리가 들렸다고 깨달은 순간, 몸의 힘이 빠졌다.

의식이 하얗게 새고 강렬한 감각이 에밀리아의 육체로부터 영혼을 떼어내어 이곳이 아닌 다른 곳으로 데려간다.

"스바루."

마지막으로 자기 입술이 무엇을 말했는지, 그마저도 애매한 채로 『시련』이 시작되었다.

3

에밀리아가 묘소에 들어가는 모습을 지켜보고 나니 초원에는 로즈월과 람 두 사람이 남았다.

람은 아담한 가슴에 에밀리아가 잡았던 왼손을 살그머니 포갰다.

"……생각 외로 각오를 굳힌 것 같더어—군. 역시 만만찮아, 스바루는."

람이 그러고 있는 옆에서 마찬가지로 에밀리아를 배웅한 로즈월이 중얼거렸다. 음성에 담긴 감정은 옅어서 내용만큼 유감스러워하진 않는 것 같았다.

실제로 그러할 것이다. 로즈월은 직전에 보인 태도만큼 마음에 지장을 느끼지 않았다. 그 증거로 로즈월은 뜻대로 이루어지지 않은 결과에 신경 쓰는 기색도 없이 말했다.

"모처럼 네가 만들어 준 호기였는데 유용하게 살리지 못해서 미안한걸. 저렇게까지 말했는데 폭발하지 않을 줄이야……. 빈틈투성이인 면은 아주 타고난 모양이야."

"……로즈월 님은 언제부터 람과 에밀리아 님의 대화를?"

"스바루 일행에게 큰소리를 들어서 말이야. 에밀리아 님이 어떨지 확인하려고……. 그래서 네가 그녀에게 무릎을 꿇는 모습도 봤었지. ──너도 배우가 다 됐군."

감탄한 기색으로 로즈월은 람의 질문에 그렇게 대답했다. 즉, 로즈월은 람이 에밀리아에게 경의를 바치며 한 가지 소원을 던지는 모습도 보고 있었던 것이다.

보았음에도 에밀리아와의 대화로 발전해서 현재 람의 노고를 치하하고 있다.

"에밀리아 님이 도발에 넘어가 내게 위해를 끼치는 상황이 되면 승패는 금방 판가름났겠지만…… 그건 다소 속 편한 생각이었나."

에밀리아의 분노를 자극해 자신에게 그 창끝을 돌리게 한다.

자신을 상처 입히도록 꾀하고 있다고 간파한 에밀리아의 안목은 옳았다. 에밀리아가 한 가지 잘못 짚은 점은, 그게 벌을 받고 싶어서 나온 희망이 아니라는 것이었다.

──로즈월은 단지 마서(魔書)의 기록을 성취하려고 최선을 다했을 뿐이다.

그러기 위한 왕선이고, 그러기 위한 『성역』이며, 그러기 위한 자기 자신이다.

가필의 한탄을, 류즈와 시마의 숙원을, 프레데리카의 충심을, 스바루의 갈등을, 에밀리아의 죄책감을, 람의 사모조차도 마서가 바라는 종말을 위해 이용한다.

"저택으로는 스바루 일행이 가고, 이곳 『성역』은 에밀리아 님에게 맡겨졌지. 언뜻 묘수 같지만 악수에 불과해. 보고 싶은 것밖에 보려 하지 않는 건 누구에게나 나쁜 버릇이라고 불리는 부류의 병이지. 스바루도 그 점이 좋지 못해."

"그건, 즉?"

"가필이, 스바루 쪽으로 붙은 건 예상 밖이었어. 하지만 그렇다면 그거대로 『성역』의 반상에서 치우면 방도가 있지. 번거로운 그 친구의 『눈』이 감겨 줬다면 여태까지 못하던 형식으로 목적에 접근할 뿐이야."

"_____."

"가필 일로 네가 그들에게 협력했단 말은 들었어. 물론 잘되라는 생각에 한 일인 건 안다. 너는 정이 깊지. 그 점도 계산하고 있거든."

다가온 로즈월이 고개 숙인 람의 어깨를 다정하게 두드렸다. 손바닥에서 전해지는 감정은 로즈월로부터 람에게 보내는 절대적인 신뢰였다.

그 손끝에 닿은 람의 가슴속에서 심장고동이 높아졌다.

그와 접촉해 말을 주고받고 무언가를 명령받기만 해도 람은 더없는 행복감에 채워진다. 그것이 살아가는 의미 그 자체였다고 해도 과언이 아니다.

──사는 보람이라고, 그렇게 의식한 순간, 마음에 생긴 희미한 공백을 람은 무시했다.

지금은 그 공허한 감각에 다가붙을 수는 없다.

"로즈월 님은 지금부터 어떻게 하실 요량이시죠?"

"여전히 내가 바라는 바는 변함없지. 좀 무리를 할 필요는 생겼다만."

“람은…….”

“——여기서 에밀리아 님의 귀환을 기다리도록. 장하신 저분을 맞이하는 이가 없어선 아무리 나라도 가슴이 아프거어—든.”

희미하게 눈썹 끝을 내린 말투에는 비꼬는 감정이 아니라 에밀리아에게 보내는 배려가 있었다.

에밀리아의 노력을 꺾는 방침을 내세우면서 그 마음에 배려하는 파탄 난 행동거지. 에밀리아만이 아니다. 스바루에게도, 가필에게도, 하나같이 똑같다.

그렇기에 람은 자신에게만은 흉금을 털어놓는 로즈월의 등에 묵례하고 배웅했다. 초원을 지나 촌락이 아니라 숲으로 가는 로즈월.

그 모습을 시야에서 사라질 때까지 배웅하고 나서, 람은 살짝 그 연홍빛 눈을 감았다.

그리고——.

4

——그리고, 닫은 눈에 비친 광경을 의지해 람은 그 장소에 당도했다.

병적인 백색을 띤 건물. 방문자를 물리치는 거절의 악취. 길 아닌 길 끝에, 숲속 가장 깊은 곳에 숨은 옛 마녀의 실험장——. 수도 없이 설명 들었으나 당도하지 못한 곳.

그 장소에 람은 초대받지 않고 기어이 발을 들이고 있었다.

"_____."

발소리는 숨기지 않는다. 오히려 자신의 존재를 그의 고막에 새기듯이 의식적으로 강하게 내기까지 한다. 시야를 좇아 발걸음을 따라서 자신이 이곳에 찾아왔다고.

이렇게 이곳에 나타난 것 자체가 온갖 물음에 대한 자신의 대답이라고.

"……『천리안』을 이용하면, 그래. 여기에 오는 것도 쉽겠지."

따라서 방문자―― 아니, 침입자의 존재는 마인에게 곧장 알려졌다. 마인은 방 입구에 서 있는 람을 쳐다보고 좌우 색이 다른 두 눈에 의혹과, 희미한 당혹감을 드리웠다.

흔치 않은 그의 태도에 람은 자기 가슴이 소녀의 고양감으로 설레는 것을 자각하고 있었다.

오니족에 전해지는 『천리안』의 비술은 술자와 대상자의 파장이 맞지 않으면 기능하지 않는다. 물론 람에게 걸리면 마수(魔獸)에게도 파장을 맞출 수 있지만, 상대가 더 고수라면 이야기는 다르다. 더 실력 있는 상대가 마음을 닫으면 동조하는 건 결코 불가능하다.

다시 말해, 정녕 로즈월이 마음을 열지 않으면 『천리안』은 발동하지 않는다. 실제로 여태까지 한 번도 람이 로즈월과 시야를 겹친 적은 없었다.

그것이, 지금에 와서 비로소――. 이 사실에 어떻게 환희하지 않을 수 있으랴.

"네게는 에밀리아 님을 기다리라고, 그렇게 명령했을 텐데."

"네, 명령받았습니다."

"그럼 물어보지. ——무엇 때문에, 너는 여기에 왔을까아
——?"

"——간단한 거죠."

묻는 말에, 열정으로 높이 뛰는 심장박동을 숨기며 무표정한
채 고요히 응답했다.

분홍빛 머리카락을 찰랑거리며 람은 자신의 치맛자락 속에서
지팡이를 뽑았다. 로즈월을 섬기고 얼마 안 되었을 적, 그에게
선물을 받아 애용하고 있는 지팡이—— 부러진, 람의 뿔을 이
용한 마장(魔杖).

그것을 손아귀에서 휘돌리며 경애하는 주인에게 끝부분을 들
이대고——.

"——마녀의 망집으로부터, 당신을 빼앗으러 왔습니다."

미치광이 사랑에 삼켜진 정인을, 자신의 사랑으로 태우기 위
한 고백을 건넸다.

5

——람이 도박에 나선 이유는, 그것이 유일하게 자신의 소망
을 이룰 수 있는 호기라고 생각했기 때문이다.

"——안녕하세요, 람 씨. 오늘은 바람도 선선하고, 참 좋은 밤
이네요."

그 남자가 람에게 말을 붙인 것은 에밀리아가 묘소의 『시련』을 넘기 전날 밤이자, 가필이 10년의 정체를 깨트리기 전날 밤이며, 스바루가 부끄러운 연애편지를 읽는 소리에 치욕에 떨기 전날 밤이고, 람이 숙원에 도전하기 전날 밤── 다시 말해 어젯밤이었다.

"───────."

촌락 한구석, 주변에 인기척이 없는 곳에서 발길을 멈추고 람은 그 인물을 빤히 바라보았다.

"……저기요?"

"───. 아아, 누군가 했더니 바루스랑 같이 있던 남자구나. 바루스 옆에 없으면 인상이 너무 흐려서 무슨 생물인지 몰랐어."

"인간 외 생물이 후보에?! 아니, 나츠키 씨의 부속품 대접인 건 알기야 하겠는데요……."

"누군가의 부속품인 걸 허용하는 남자에게 가치라곤 없어. 사라져."

"요 메이드 참 신랄하네!"

말 붙일 엄두도 못 낼 람의 태도에 청년은 목소리를 뒤집으며 하늘을 우러렀다. 그 반응에 람은 한숨을 쉬고 팔꿈치를 안은 자세로 상대를 정면으로 응시했다.

가늘어진 연홍빛 눈. 그 시선에 청년은 불편한 듯 어깨를 움츠리고 물었다.

"저, 얘기해도 상관없을까요?"

"기억할지 말지는 따로 치고, 먼저 이름부터 밝히면 어때? 기억할지 말지는 따로 치고."

"왜 두 번 다짐받았는지는 확인하지 않겠다고요! ……전 오토 스웬이에요. 일개 행상인이지만 얼굴과 이름만이라도 기억해 주신다면."

"그건 가지고 온 얘기가 얼마나 흥미로운지에 달렸다고 해야 겠지."

"그럼 솔직하게. ——나츠키 씨와 변경백의 내기, 우리 쪽에 협력해 줄 수 없을까요?"

주도권에 이쪽에 있다고, 그렇게 주장한 걸로 여기던 람은 가 볍게 숨을 죽였다. 그만큼 아무렇지도 않게, 청년—— 오토는 품속으로 쉽사리 파고든 것이다.

힐끔 쳐다보니 미소 짓는 오토는 시선을 통해 람을 꼼꼼히 관 찰하고 있다. 실실 풀린 표정과 의뭉스러운 태도 뒷면으로, 람 은 그가 행상인이라고 자칭한 말의 진가를 이해했다.

"여간내기가 아닌가 봐."

"그냥 한참 꿈이나 좇고 있는 놈이죠. 그러니 부모한 목표를 좇아가는 나츠키 씨와 배포가 맞은 걸지도 모르겠지만요. 이크 크, 이건 여담이었군요."

"핫, 뻔뻔스러워. 그리고 착안점도 엇나갔어. 람의 소원은 로 즈월 님의 마음에 따르는 데에 있지. 그런데 어째서 바루스에게 힘을 빌려준다는 얘기가 나와?"

"그, 마음이 가는 곳이라는 게, 이미 변경백이 바라는 흐름에 서 벗어난 건 알고 계시죠? 나츠키 씨도 말이 있었을 텐데요."

어느 정도 이상의 확신과 함께 오토는 람에게 접촉해왔다.

그 사실을 탐탁잖다고 느끼면서 람은 자신의 다리 죽지에 한 손을 스윽 넣었다. 치마 속에 찬 지팡이는 람이 마법을 행사할 때 애용하는 무기다.

오토 상대로 과도한 전력이라고는 생각하지만, 즉시 제압할 때는 요긴하게 쓰고 있다.

"보건대, 여기가 제『고비』시간 같네요."

"대체 뭐야?"

뺨을 푸들거리며 입술을 핥아 축인 오토의 중얼거림에 람이 한쪽 눈썹을 올렸다.

"중대한 갈림길, 같은 의미예요. 저 은근히 고비에서 승률은 좋다고요?"

"자신감 한 번 거창하네. 그 자신감으로, 람을 어떻게 꼬드길 작정이야?"

어중간한 유혹 가지고는 들은 척도 안 한다. 그 이전에, 오토의 생각은 람의 입장조차 위태롭게 할 수 있다. 중대기로, 정녕코 중대기로다.

힘껏 능숙하게『고비』인지 뭔지를 성취해 보면——.

"나츠키 씨가 람 씨를 좀처럼 적으로 여기지 않는 것 같아서요. ——그게 확실하다면 저희는 람 씨의 진짜 소망을 거들어 드릴 수 있을 것 같단 말이죠."

"——속상해."

"엥?"

얼빠진 표정의 오토에게 람은 탄식하고 허벅지로 넣은 손을 뺐다. 그리고 뺀 손으로 자기 머리카락을 살짝 어루만지고는 말을 이었다.

"속상하다고, 그렇게 말했어. ──자세히 말해 봐."

지팡이를 어떡할지 그 판단은 설명을 다 듣고 나서라도 늦지는 않다.

적어도 교섭의 첫걸음으로서는 나쁘지 않다. 그렇게 받아들이기에는 충분한 낌새였다.

──그렇게 오토는 람의 요구에 따라 자세하게 설명을 진행했다.

"──라고, 생각하는데요. 어떨까요?"

"바보 아니니?"

람은 바보를 보는 눈으로, 바보에게 해야 할 말을, 바보를 향해 내뱉었다.

그 말을 하고 싶어질 만도 하다. 여하튼 오토의 설명은 개요 수준이 아니라 그들이 가진 패를 싹 까발린 내용에 가까웠다. 즉, 계획의 전모를 폭로한 것이다.

"이걸 몽땅 람이 로즈월 님께 전해드리면 어떻게 될지 상상력이 없어?"

"나쁜 상상을 안 한 것도 아니에요, 저도 말이죠. 하지만 전 상인이라서요. 거래 장소에서 승리를 얻는데 필요한 노력은 아끼지 않아요. ──쫄거나 쉬엄쉬엄한 결과로 실패하다니, 그랬다간 스웬 가문의 망신이 되니까 말이죠."

가족을 망신 줄 수 없다고 오토는 콧김 씩씩하며 단언했지만, 이미 가족이 없는 람의 마음에 닿을 만한 결의는 아니다. —— 아닐, 터다.

"람 씨?"

"——. 아무것도 아니야. 그보다 처음에는 바루스의 심부름꾼 같은 태도로 접근해왔는데…… 이건 독단이지? 적어도 가프에 대해선 바루스에게 얘기 안 했고."

"아— 이크……. 역시, 아시겠어요?"

"이 무모한 짓, 바루스가 승낙할 것 같지가 않으니까. 람도 혼자서 하는 건 명청이나 할 짓이라고 생각해. ——손해 보는 성미라고 말하는 걸로는 부족할 만큼."

스바루와 오토의 계획에는 당연하지만 가필에 대한 대책이 쌓여 있다.

그리고 그 과격한 내용은 입안자 자신이 사력을 다해서야 겨우 광명이 보일 정도의 위태로운 외줄 타기였다.

"정말로 손해 보는 성미야. 누구냐고는 말 안 하겠지만, 입안자는 상인에는 절대로 안 맞아."

"그거, 제 눈을 이렇게나 똑똑히 보면서 숨길 작정이어요?!"

남자의 오기 같은 것일까. 시시하다고 람은 경멸과 함께 콧방귀를 꿰었다.

그러나 오토의 그 은밀한 결의를 제외하면 계획은 나쁘지 않다. 도박 요소가 적지 않게 있지만—— 필패를 기다리기만 하는 것보다 훨씬 긍정적이지 않은가. 따라서.

"──람이 협력한다면, 조건은 세 가지 있어."

손가락을 세 개 세운 람의 말에 오토는 표정을 굳히고 깊이 끄덕였다.

"경청하겠습니다."

"우선, 가프. 때려눕히는 건 좋아. 람도 가프의 콧대를 꺾는 데에는 대찬성. ──단, 콧대를 꺾은 다음은 람에게 맡겨 줘야겠어."

"가필에게는 기대하는 역할이 있으니, 그쪽에 지장만 없다면."

"그건 가프 하기 나름이지만."

크게 걱정은 안 한다. 가필과는 10년 동안 알고 지냈다. 그동안 람이 지켜보던 가필이라면 꺾일 일은 분명히 없다. 바보지만.

"그리고 에밀리아 님이야. 대정령님이 모습을 감추셔서 초췌해진 에밀리아 님은 두고 볼 수 없어. 바루스더러 어떻게 하라고 해. ──로즈월 님의 의도 밖에서, 그런데도 앞으로 가겠다면 그분이 일어서는 건 피할 수 없으니까. 가망이 희박하지만."

"그 점은, 이번엔 나츠키 씨와 에밀리아 님 하기 나름이겠네요. 뭐, 이 계획은 제일 불분명한 그 부분이 잘 풀린다는 전제로 성립된 판국이지만요."

람의 말에 오토는 한심한 얼굴로 머리를 긁었다.

그 또한 자각하고 있는 대로 이 계획의 발판에는 스바루와 에밀리아의 관계에 기대하는 비중이 매우 크다. 둘 사이에 확고한 뭔가가 있다. 그렇게 믿는 것을 전제로 한 계획이다.

감정도 포함해서 이론 일변도의 계획인 것에 비해 그 점만은 유달리 감상적인 기대가 있었다.

"어쨌든 그 두 가지 조건을 우선 감수할 것. 이건 최저한, 계획의 성공에 필요한 것도 있으니 딱히 지장은 없잖아?"

"하긴요. 솔직히 더 생트집 잡을 가능성도 고려했었는데……아, 아니지, 아니야. 이런 말 하면 세 번째로 엄청난 게 올 것 같으니 잠자코 있겠습니다."

"바보구나."

오토의 경계심도 이해한다. 하지만 그건 기우다.

확실히 람이 람의 목적을 위해서 계획에 편승하는 것은 확실하다. 하지만 그 점은 제안해온 오토도 이미 반영했을 것이다.

가필과, 에밀리아, 나머지는 스바루와 오토가 분투하는 건 당연하다. 거기에 람이 다소나마 협력하는 것도 좋다. 하지만 람의 마지막 마무리만은 양보할 수 없다.

그렇다면 람이 오토에게 요구할 마지막 조건은 단순하다.

그것은——.

"——바루스한테, 람이 왜 내기에 나설 마음을 먹었는지 입 다물고 있는 거야."

6

그리고 편승한 계획의 마지막 마무리에 이르러서 람은 로즈월과 맞서고 있었다.

장소는 숲에 은닉된 시설—— 시마가 설명한 과거에도 나타난, 어느 의미로는 묘소와 나란히 『성역』의 중핵이라고도 할 수 있는 게 이 장소였다.

자욱한 악취와 비정상적인 하얀 벽에 오감 일부가 어지러워진다. 그러나 문제는 없다.

람의 의식은 영혼 구석구석까지, 한참 옛날에 눈앞의 남자에게 빼앗겨 있으므로.

"망집, 이라아——."

나지막하게 로즈월이 중얼거렸다. 그건 람이 내뱉은 발언을 반추하는 행동이자 이 자리에 나타난 그녀의 목적을 유추하기 위한 작업이기도 했다.

로즈월은 이 순간에도 다양한 가능성에 머리를 굴리고 있다. 그 대다수는 아마도 진실에서는 크게 벗어난 것들. 그리고 극히 작은 가능성에 사색이 미친 순간.

"설마 싶지만…… 넌 진심으로, 내게 지팡이를 겨눌 셈인가?"

놀란 듯이 눈썹을 들고 로즈월은 람의 태도에 한 가지 결론을 얻었다. 그 외의 수용할 방법이 없을 터인 발언에 간신히 도달해야 할 답을 얻은 것이다.

그 물음에 람이 턱을 주억이자 로즈월은 "그렇군." 하고 어깨를 축 늘어뜨렸다.

"네가 지팡이를 겨누는 건 몇 년 만이지만…… 지금은 안타깝군. 내 마음과 목적을 아는 네게 망집 소리를 들은 것도 말이야."

"입에만 담지 않았을 뿐이지 줄곧 생각하고 있었어요. 당연하잖아요."

"당연하다……. 하아—긴, 당연하겠지. 네가 보기엔 오래도록 숙여오던 굴욕의 나날이니."

어깨를 으쓱이면서 로즈월이 두 가지 색의 눈에 의연하게 서 있는 람을 비추었다. 그리고 자신의 남색 머리카락에 슥 손가락을 집어넣고 말을 이었다.

"자기가 보고 싶은 것밖에 보지 않는다. 그걸 나쁜 버릇이라고 스바루를 평해 놓고서 자기 발밑이 이렇게 되다니 실로 얄궂군. 네 행위는, 네 딴에 나온 충의의 표현인 줄 알았지."

"가프를 때려눕힌 건 람의 목적 때문이자 가프의 미련함을 교정하겠다는 두 가지 의미가 있었어요. ……람 없이 그 일당은 어쩔 작정이었는지."

"결과적으로 잘 돌아간 감은 부우—정할 수 없지. 마지막 한 판 승부에서 스바루도 아슬아슬한 내기를 선택한 꼴이야. ——나로선 도저히 그런 도박은 할 수가 없어."

그건 스바루의 결단을 비아냥거리며 자기 사고의 합리성을 설파하는 것만 같은 말투였다.

실제로 로즈월의 의견에는 일리는커녕 백리가 있다. 스바루의 행동은 그 대다수가 임기응변이고, 오토의 계획도 람의 협력을 포함해서 천운이 편을 들었을 뿐이다.

타이밍이 좋을 뿐인 남자. 람의 그 평가도 변함없는 상태다.

"하지만 타이밍이 좋은 것만이 바루스의 장점이니까요. 그 유

일한 장점에 내기한 건 잘못이 아니었어요. ──책을, 가지고
계시죠?"

"_____."

"마지막 승부라고 이름 지은 상황에서, 로즈월 님께서 스스로
거동하신 국면에서, 당신이 무엇보다 의지하는 『예지의 서』,
그것을 들고 있지 않을 리가 없어요."

로즈월은 『예지의 서』의 보관 장소를 아무에게도 전하지 않
았다. 실존만은 확실한 『예지의 서』는 항상 람의 손이 닿지 않
은 곳에 넣고 있었다.

그 『예지의 서』가 확실하게 로즈월의 수중에 있는 호기. 그 호
기가 찾아온 것이다.

──람은 이 순간을 줄곧 기다리고 있었다.

"──잊은 적은 없다. 너와 나 사이에서 맺은, 단 하나의 서
약을."

"검을 잡는 자는 검에게, 마에 매달리는 자는 마에게, 불꽃에
내맡기는 자는 불꽃에게."

"그리고 귀신(鬼)에 비는 자는 귀신에게, 기댈 곳으로 삼은 그
존재에 멸망하리라, 였지."

그 맹세의 말을 주고받은 것은 그야말로 둘의 관계가 시작하
던 시점까지 되돌아간다.

아직 어리던 시절의 람은 오니족(鬼族)을 멸망시킨 무리에게
복수하는 데 로즈월의 손을 빌리고, 복수를 성취한 뒤에 맹세했
다. 로즈월에 대한 충성과, 그의 소원을 없애겠다는 결의를.

그것이 9년이나 전에 맺은, 람과 로즈월 사이의 흐려질 수 없는 서약——.

"그때가 왔단 거군. 확실히, 이 세계의 흐름은 내가 바라는 그것과 길이 어긋났어. 그리고 그것은 서약의 이행을…… 소망을 잃은 나를 네게 바치는 약속을 의미하지."

로즈월은 오랜 세월에 걸쳐 인생 전부를 바칠 각오로 마서의 기록을 따라가려고 했다. 그것이 실패하면 살아갈 의미를 잃을 정도로.

"빈 껍질이 된 나라도 괜찮다면 네 마음대로 해도 된다고. 그렇게 맹세했지."

"살리는 것도 죽이는 것도, 람 나름."

"그래, 그랬었어. 네 복수는…… 10년 가까운 시간을 거쳐 겨우 이루어진다."

잊을 리 없는 서약을 서로 확인하고 로즈월이 품속에서 검은 책을 빼냈다. 두꺼운 표지의 책을 목도한 람은 한눈에 그것이 저주스러운 예언서임을 이해했다.

『예지의 서』, 찾아 헤매던 로즈월의 기댈 곳. 옛날, 없애겠다고 맹세한 마서.

"네게는 정말로 기나긴 고통의 시간이었겠지."

"————."

"누가 뭐래도…… 고향을 멸망시킨 원인 중 하나인 남자에게 하고 싶지도 않은 충성을 맹세하고 지내야만 했어. 뿔을 잃어 육체를 유지할 수 없어진 네가 살아가는 데 필요했다고는 해도,

이만한 고통은 썩 있는 법이 아니야. 남의 일 같이 말해서 미안하다만."

감정이 메마른 음성으로 로즈월이 람의 입장을 정의했다.

고향을 멸망시킨 원인 중 하나—— 그 말에 람의 가슴속에서 아픔과 함께 기억이 되살아났다. 그 기억은 불타오르는 고향 마을과 울부짖는 동포, 구원을 바라는 가족의 최후였다.

아인족 최강이라고 칭송받은 오니족도 수의 폭력에는 대항할 방도가 없었다. 소수의 동포는 더 많은 악의에 토벌되고, 단 하룻밤 만에 일족은 멸망해서 람과『——』밖에 남지 않았다.

로즈월과의 서약은 그 뒤, 살기 위해서 필요했다.

그 사실을『——』에게는 알리지 않고 람 또한『——』에게는 아무 설명도 하지 않았다.

"——?"

희미하게 쑤시는 기억의 공백에 람은 위화감을 느끼고 눈썹을 모았다.

소금 선에노 있던, 어딘가 결락된 기묘한 상실감. 없어서는 안 될 것이 빠져나간 듯한 감각. 그러나 람은 아무 일도 아니라며 억지로 얼버무렸다.

"복수심을 충성심의 껍질로 덮어, 속에 자라나는 복수의 불꽃을 숨기며 너는 나를 섬기고 살았지. 그렇다고 해도 너만큼 우수한 기물은 달리 없어. 여태까지도, 이『성역』에서도 얼마나 너를 요긴하게 여겼던지."

람이 기억의 위화감에 타협을 짓는 중에도 로즈월의 독무대가 이어졌다.

그 말의 대다수는 칭찬이다. 람이 오래도록 숨겨온 본심을 이해하고, 그 비원을 이루고자 수 없는 고난을 극복하고, 얼마나 훌륭하게 여기에 이르렀는지를 꼼꼼하게 칭찬하고 있다.

거기에는 심히 일그러졌지만 사랑이 있었다.

어린아이가 세월을 거쳐 소망을 이루기 직전까지 손이 미친 것을 축복하는, 사랑이.

하지만——.

"——그렇기 때문에, 아깝군. 네 결단은 아주 조금 일렀어."

목소리에 담긴 칭찬의 마음이 불과 찰나 만에 낙담하는 감정으로 바뀌었다.

미소까지 띠던 로즈월은 고개를 가로젓고 지팡이를 잡은 람을 쏘아보았다.

"내가 『예지의 서』를 들고나올 수밖에 없는 기회를 만든 것은 훌륭해. 가필이 『성역』에 얽매이기를 그만두면, 에밀리아 님이 스바루에게 기대기를 그만두면, 결과야 어쨌든 기록을 준수하려면 나 자신이 움직일 도리밖에 없지."

기록의 성취에 필요한 요건을 하나씩 배제한다. 『성역』 해방에 장애가 될 수 있는 문제의 매듭을 하나씩 풀면 저절로 쓸 수 있는 기물은 없어진다.

"하긴 배제가 아니라 해결을 선택하는 구석이 네 정 많은 성격을 설명하는군."

"가장 간단한 수단은 가장 악수. 람도 불리한 내기는 좋아하진 않으니까요."

"그런 데 비해서는 이번 수는 아슬아슬한 줄타기 많지 않던가아—? 물론 네 『천리안』이 기능할 정도로 내게 접근한 것은 칭찬할 만해. 훌륭했어. 단."

거기서 말을 끊은 로즈월은 한쪽 눈을 감고 노란 시선으로 람을 꿰뚫었다.

"앞으로 한 발짝, 여기서 내가 이루려는 행동을 못 본 척해야 했다. 그 점만이 아깝군."

두 팔을 벌리고 오른손에 책을 든 채로 로즈월은 자신의 등 뒤로 의식을 보냈다.

시설의 가장 깊은 곳. 하얀 벽에는 공동이 생기고 숨겨진 방에서는 파란빛이 누출되고 있다. 빛을 따라서 시력을 집중하니 시야에 들어오는 것은 비정상적인 크기의 결정석── 아니, 마수정과, 그 안에 봉인된 어린 소녀의 모습이었다.

──그 소녀가 바로 시마가 말한 『성역』의 진실, 류즈 메이엘.

"『성역』의 핵이 되어 친구를 위해 그 몸을 바친 존엄한 소녀다. 하지만 이 순간의 내 목적은 그녀가 아니야. 필요한 건 이 마수정이지."

"마수정을 촉매로 대마법을 행사할 작정이신가요."

"기후를 바꿀 정도의 것을 말이지. ──아까 난 이 세계는 내바람에서 벗어났다고 말했지만 그건 정확하진 않아. 아직 중요한 부분에선. 그런 의미로도 넌 기세가 과했어."

"……그, 『예지의 서』의 기록과는 벗어났을 텐데요."

"과정은 그렇지. 그러나 결말은 그렇지 않아. 『성역』에서 책의 기록은 결말에 이를 때까지는 성패 여부를 묻지 않아. ── 여기서 눈이 내리면『성역』은 어떻게 되지? 미래는?"

『예지의 서』의 기록에 따라 로즈월은 이 『성역』에 눈을 내린다. 그러기 위해서 마법의 촉매로서 마수정을 원해 이곳에 왔다. 그리고 그 마법을 쓰려면──.

"──절대적인 집중과, 정밀한 마나의 취급이 필요하지. 그 순간이라면 네 복수는 확실하게 달성할 수 있었을걸. 뿔을 잃었다고는 해도 네 기습 아닌가. 내 상처는 깊고, 널 신용한 나머지 반응도 늦어. 틀림없이 해치웠을 테지."

"……그래서는, 의미가 없었으니까요."

"──? 완벽한 상태의 날 굴복시키는 데에 의미가 있다고? 아니면 1초라도 빨리 나를 없애고 싶었던 건가? 그 마음은 알 수도 있건만."

"아니요. 역시, 당신은 아무것도 몰라요."

람의 대답에 로즈월은 진심으로 의아한 표정을 지을 뿐. 그 사실에 눈을 감았다.

"──────."

눈꺼풀 뒷면에는 결코 겉으로 드러내지 않는 복잡한 감정의 소용돌이가 있다. 평생, 아무에게도 보이지 않겠다고 맹세한 자신의 본색을, 람은 눈을 감음으로써 자신에게만 내보인다.

눈을 뜨고 고개를 들었다. 그리고 평소대로 기세등등한 눈초리로 로즈월을 바라보았다.

"당신의 소망은 이루게 하지 않아요. 소원이 성취되어 빈 껍질이 된 당신을 받은 다음에는 의미가 없어요. 망가진 당신을 맞이해도 이 가슴은 채워지지 않아요."

"그건 또 참, 탐욕스럽기도 하군. 그런데, 그래서 어쩔 거지? 아무리 네가 신동이라고 불린 오니여도 뿔이 없는 지금은 옛날에 까마득히 못 미치지. 나도 부상이 있는 몸이긴 하지만 술식의 구축에 들어가기 전이라면 마법은 완벽히 다룰 수 있어. 이길 수 있다고?"

"아니요. 무모하겠죠. 로즈월 님의 힘은 당신의 스승 다음으로 이해하고 있습니다."

승산이 없는 싸움이라는 로즈월의 선고에 람은 항변하지 않고 끄덕였다.

실제로 람에게 승산은 없다. 가필 전에서 힘을 소모하지 않았어도 그렇다. 로즈월과 싸워서 희박하나마 승산을 얻을 수 있는 자는 한정적이며, 거기에 람은 포함되지 않았다.

"——그럼 넌 도대체, 어떻게 목적을 달성하려는 거어——지?"

내세우던 책을 가볍게 던져 반대쪽 손으로 받아든 로즈월이 품속에 그것을 갈무리했다. 그렇게 빈 두 손바닥에 일렁이는 불꽃이 떠올랐다.

빨강, 파랑, 초록으로, 잇달아 색을 바꾸는 불꽃을 과시하며 로즈월은 두 눈을 가늘게 떴다.

로즈월의 시선에 람은 지팡이를 잡은 손에 힘을 주고 비어 있는 반대쪽 손을 메이드복 안으로 슥 집어넣었다. 그리고——.

"람으로는 승산이 없다. 그건 명백하죠. 그러니까──."

"──2대1이라면, 우리가 우세해질까?"

"────."

목소리는, 람의 것도 로즈월 것도 아니다. 백색의 건물 안, 가장 깊은 곳의 큰방에 울려 퍼진 그 음성에 로즈월이 입술을 크게 일그러뜨렸다.

분노가 아니다. ──예상 밖의 놀람과, 놀람이 초래한 환희에 웃은 것이다.

"네가, 스바루 쪽의 계획에 편승한 가장 큰 이유는, 이건가!"

"말했을 텐데요, 로즈월 님. ──마녀의 망집으로부터 당신을 빼앗겠다고."

로즈월의 카랑카랑한 목소리에 람이 살짝 치마를 잡고 인사를 올렸다.

두 사람이 대화하는 가운데 빛이 생겨났다. 빛은 서서히 형상을 이루고──.

"──그리고 나는 지나가는 야생 정령. 자, 언젠가 했던 싸움의 연장전을 시작하자."

회색 체모에 긴 꼬리, 쓸데없이 강렬한 애교를 뿌리며 새끼고양이 대정령이 현현했다.

람의 손에는 스바루에게 넘겨받은 마수정이 있다. ──미계약의 대정령, 하룻밤 한정의 변덕이다.

"아아, 그렇군. ──이거라면, 확실히!"

"안녕, 로즈월. 그러고 보니 너하곤 결판을 내지 못했거든."

갈채를 보내는 로즈월의 말에 얼굴을 씻으면서 대정령이 응답했다.

그리고 이 상황을 만들어낸 람의 책모에 로즈월은 깊디깊게 끄덕였다.

"──오도록."

"바라시는 대로."

──매끄러운 색채의 불꽃이 불타오르고 무색의 바람 칼날이 미쳐 날뛰며, 얼어붙는 냉기가 폭발적으로 세계를 침범한다.

충격파가 이 순간만의 『성역』에 퍼져나가며 오니와 마인과 정령의, 일그러진 춤사위가 시작되었다.

제7장 『포효의 재회』

1

──어둠 속에서 숨을 죽이며 페트라는 온몸의 소리를 모조리 열심히 숨기고 있었다.

작은 몸을 더욱 작게 웅크리고, 의복과 공기가 스치는 소리에도 신중해진다. 입에 손을 대고서 걷는 이유는, 이러지 않으면 흐트러진 호흡이 목을 울리게 하기 때문이었다.

가능하다면 시끄럽게 울고 있는 심장고동도 멈춰줬으면 할 정도였다.

"──흑."

밝은 갈색머리를 찰랑거리며 페트라는 눈에 익기 시작한 저택을 마치 낯선 세계로 헤매든 것처럼 불안하게 걸었다. 푹신푹신한 융단이 깔려서 다행이었다. 덕분에 떨리는 발끝이 마루를 때리지 않아도 된다. 다음에 빨 기회에는 감사를 담아 융단을 빨자고 마음에 맹세했다.

그런 바보 같은 생각이라도 안 하면 당장에라도 발이 멈춰버린다. 안 그래도 아장아장 걷는 아기보다 느린 걸음이다. 멈추면 아마 다시는 걸을 수 없으리라.

길고 끝없는 복도. 지금만은 동경하던 큰 저택의 넓이가 미웠다.

——뭐가 어째서, 이런 상황이 되고 만 것일까.

불과 몇 시간 전까지만 해도 이 저택은 페트라에게 꿈만 같은 직장이었다. 원래 저택에는 동경을 품고 있었으며, 메이드 제복도 귀엽고 근사했다. 지도해 주는 프레데리카는 자상하며, 그리고 저택에는 아련한 마음을 보내는 상대도 있으니 완벽했다.

그 동경과 꿈에 휩싸인 완벽한 세계가 지금의 페트라에게는 마음이 얼어붙을 만큼 두려웠다.

이변이 일어난 이날 밤도, 어제까지와 아무런 변함이 없는 하루였다.

저녁 식사 뒤, 손도 대지 않은 베아트리스의 식사를 치우고 방에서 자고 있는 렘이라는 여성의 몸을 닦은 뒤, 프레데리카의 방에서 그녀로부터 하루에 한 일의 총평을 듣는다. 그다음에는 목욕하고 주어진 자기 방에 돌아가 내일을 대비해 취침을——.

"——페트라, 일어나시어요. 페트라."

"……프레데리카, 언니?"

밤중에 몸을 흔들며 거는 말에 페트라는 조용히 각성했다. 바라보니 침대 옆에는 제복을 입은 프레데리카가 서 있어서 페트라는 동그란 눈을 끔뻑이며 놀랐다.

이런 시간에 깨웠기 때문……이 아니다. 프레데리카를 둘러싼 긴박한 분위기 때문이다. 그 감각에는 기억이 있다. 요 몇 개월간, 페트라는 몇 번쯤 이 기척을——.

"언니."

졸음기를 바로 내쫓고 페트라는 침대에서 폴짝 뛰어내렸다. 그 모습에 프레데리카는 슬며시 놀라지만 상황을 이해한 페트라가 팔에 뛰어드는 것을 살짝 받아냈다.

그리고 빈손으로 자상하게 페트라의 머리를 쓰다듬으며 말했다.

"페트라, 잘 들으시어요. ——식당의 부엌문을 지나 밖으로 나가요. 소리를 내지 말고 조용히, 되도록 서둘러서. 할 수 있지요?"

"할 수, 있어요. ……하지만 프레데리카 언니는."

"금방 쫓아갈 거여요. 저택 밖에 나가면 마을까지 달려요. 무사히 제가 합류하면 내일은 조금 늦잠을 자는 게 어떠셔요?"

슬쩍 농담 같이 말하고 안던 팔을 풀어낸다. 페트라는 프레데리카가 미소를 띤 채로 그 온몸에 긴장을 퍼트린 것을 여실히 간지하고 있었다.

뭔가, 뭔가가 저택에서 일어났다. 그리고 그 뭔가에 페트라는 도움을 줄 수 없다.

"페트라."

짧은 부름을 계기로 두 사람은 방 밖으로 나갔다.

밤에 물든 하늘에는 구름이 끼어, 달빛이 닿지 않는 저택은 암흑에 잠겨 있다. 복도를 침범한 어둠에 프레데리카가 시력을 집중하고, 페트라는 살짝 뒤로 빠졌다. 프레데리카가 녹색 동공을 좁히며 숨을 죽이고, 페트라가 그녀의 시선과 반대쪽으로 달려 나간 것은 동시였다.

"식당……. 식당……."

프레데리카의 당부를 입안에서 되풀이했다. 식당이 있는 곳은 본관 1층이다. 다행히 이동복도를 지나면 금방 도착한다. 저택의 내관은 이미 외웠다. 어두워도 거뜬하다.

하지만 동관에서 본관으로 이어지는 이동복도에 접어든 시점에서, 페트라의 발이 우뚝 멈추었다. 본관으로 달려가 식당의 부엌문에 뛰어든다. 거기서 마을까지 도망치라는 게 프레데리카의 지시였다. 그러나──.

"──렘, 씨가."

저택에 남은 『잠자는 공주』, 그녀는 지금도 이 위의 층계에서 침대에 누운 채 남아 있다.

이동복도 바로 근처, 층계참을 바라보며 페트라는 망설였다. 프레데리카의 지시에 따라야 한다고, 공포를 느끼는 본능은 호소한다.

하지만 페트라는 스바루에게 렘을 부탁받았다. 잠자는 그녀의 옆얼굴을 스바루가 얼마나 애잔하게 바라보고 있었는지 페트라의 눈은 똑똑히 새기고 있었다.

지금 여기서, 페트라가 혼자만 도망치면 어떻게 되나. 렘은, 스바루와의 약속은.

"윽──."

강하게 어금니를 깨물고 페트라는 무서워하는 마음을 부추겨서 계단에── 위층으로 가기 위한 계단에 발을 딛고 렘이 잠자는 방을 향했다.

존경하는 프레데리카의 당부를 어긴다. 그 죄책감은 강하다. 공포도 있다. 하지만 이런 분위기의 저택에 렘을 두고선 도망칠 수 없다.

마수가 있던 숲과 똑같다. ──그때, 스바루는 페트라와 친구들을 버리지 않았다.

"난 바보야……. 왕바보……."

회상이 끝나고 최초의 갈등으로 돌아와 페트라는 울어버릴 것 같은 얼굴로 약한 소리를 흘렸다.

심장이 시끄럽다. 발의 진행이 느리다. 프레데리카에게 혼난다. 감정이 뒤죽박죽이다.

"아아, 진짜……. 얼굴이 귀여운 것만이 장점이면서, 왜 이런 바보 같은 짓을……! 그치만, 그치만 그치만……."

무섭다. 울고 싶다. 소리칠 것만 같다. 하지만 그러시는 않는다. 그럴 수는 없다.

왜냐면 스바루는 하지 않는다. 안 한다. 무서워도 울고 싶어도, 그 사람은 안 한다.

"스바루라면 꼭 이렇게 할 거야……. 그러니까, 그러니까 스바루한테는, 그 사람한테만은, 죽어도 폼을 잡아야……."

공포가 임계점에 이르러서 페트라는 자기 마음을 격려하고자 말했다.

어두운 복도, 목적한 렘의 방이 보이기 시작했다. 불과 10미터의 거리, 마음이 조급해지는 것에 따라 달려 나갈 뻔했다. 그러나 발은 초조한 마음을 따라잡지 못한다.

앞으로 몇 걸음, 앞으로 몇 미터, 앞으로 두 군데만 더 방문을 지나친 다음에———.

———도착했다. 페트라는 고개를 들었다.

순간, 복도에 인접한 창문 밖, 달에 접어든 구름이 바람에 흘러가 은색 빛이 복도에 비쳐들었다. 어둠뿐인 세계에 색깔이 생기고 눈부셔서 눈을 가늘게 뜬 페트라는 보았다.

"———어머, 귀여운 아가씨인걸."

어둠에 동화한 듯한, 검은 여자가 바로 눈앞에 서 있었다.

"———아."

방문을 사이에 끼고 불과 세 걸음 거리에 여자가 있다.

윤기 있는 흑발을 땋아 내리고 풍만한 몸매를 강조하는 칠흑의 복색. 동성인 페트라라도 느껴지는 화사한 색향과, 그 오른손에 잡힌 흉악한 나이프가 유난히 특징적으로———.

"듣던 말로는 표적은 두 명에다 추가가 한 명. 네가 작은 쪽 메이드로구나."

"_____."

"떨리니? 괜찮아. ———네 창자는 무척 고울 거야."

무슨 말을, 들었는지 모르겠다.

단지 미소 짓는 여자의 다가오는 발소리가, 그대로 『죽음』의 발소리와 같은 뜻임은 알 수 있었다. 그걸 아는데 페트라의 발은 공포에 움츠러들어 움직이지 않았다.

여자의 가는 팔에는 어울리지 않은 흉기. 저것은 자신의 생명을 대수롭지 않게 거두어 가는데.

"착하네. ⋯⋯천사와 만나게 해 줄게."

무정하게도 여자는 떠는 소녀를 겨누며 나이프를 쳐들었다.

그 칼날이 바람을 가르며 페트라의 몸통을 가차 없이 쓸어 베었다. 그 직전──.

"페트라──!!"

복도의 창문을 깨트리며 그림자가 페트라와 나이프 사이에 끼어들었다. 날카로운 소리가 울려 퍼지며 강철 사이의 마찰음에 불똥이 튀고, 충격에 페트라는 엉덩방아를 찧었다.

정면에 금빛 머리카락이 나부낀다. 페트라를 흉기로부터 감싼 것은 수도 없이 올려다본 등이었다. 어머니보다 넓은 그 등을 보여주는 여성은, 페트라에게 한 명뿐이었다.

"프레데리카 언니!"

"못된 아이군요, 페트라. 도망치라고 그랬는데. 나중에 벌 줄 거예요."

"네, 네!"

페트라를 등 뒤에 둔 채로 시선만으로 무사를 확인한 프레데리카가 엄하게 말했다. 그 자상한 엄격함에 페트라는 울먹이는 소리로 연거푸 대답했다.

그런 둘의 대화에 나이프가 막힌 여자는 짙은 적색의 입술을 기쁜 내색으로 일그러뜨렸다.

"멋져. 당신이 큰 쪽의 메이드구나. 메이드가 둘이 모여서, 그 것도 사이가 좋다니 기뻐. 둘의 창자를 늘어놓아 내용물의 궁합 도 좋은지 확인해 줄게."

"머리부터 꽁무니까지 하나도 이해 못할 기호로군요. 취미가 좋다고는 말 못하겠어요."

이상성이 극에 이른 여자의 발언에 프레데리카가 두 팔을 내 밀고 큰소리쳤다.

프레데리카의 두 팔이 삐걱거리는 소리를 내며 골격이 변화하 듯이 조금씩 커졌다. 고운 손톱은 짐승 발톱으로 변하고 팔꿈치 까지의 피부에 황금의 짐승 털이 자라났다.

"아인의 핏줄이구나. 수화했을 때는 뱃속 내용물이 인간일 때 와 달라? 똑같아?"

"그런 지적 호기심, 시험해 본 적 없어요."

"그래. 그렇다면 갈라본 다음에 부탁하면 보여줄래? 죽기 전 에 수화하거나, 풀거나 해 주면 되니까."

"여유를 부려주시는군요……."

두 팔을 흉기로 만든 프레데리카를 앞둔 여자의 태도는 일관 적이고 꿋꿋하다. 그 자세를 지적당한 여자는 "그러게." 하고 고개를 기울였다.

"나, 얼마 전에 왕도에서 죽을 법한 경험을 한 뒤로 실력이 올 랐거든. 당신으론 무리야."

"……당신을 확실히 해치우지 못한, 그분을 원망하고 싶은 기분이어요."

프레데리카의 사명감과 여자에게서 새어 나오는 광기가 어린 귀기――그것이 승패를 결정짓는 것은 아니지만, 격의 차이는 페트라조차 알 수 있을 만큼 명백하다.

"페트라, 이번에야말로 저택 밖으로.――피난로를 써요."

"하, 하지만, 언니……!"

목이 턱턱 막히며 페트라는 바로 근처에 있는 방문에 눈길을 보냈다. 그 안에 페트라가 무모하게 군 이유가 있다. 프레데리카도 그 시선만으로 의도를 알아챘다. 따라서.

"누구 의뢰인지는 모르겠지만 저와 페트라가 표적인 모양이군요."

"그래. 메이드가 두 명에, 정령 여자애. 숫자는 조금 불만이지만 정령의 배는 열어본 적 없어서 기대하고 있어. 지난번엔 한 발짝 못 미쳤으니까."

"――――."

머리가 아파지는 대화지만 프레데리카의 임기응변에 페트라는 눈을 크게 떴다.

대수롭잖은 대화로 행세하며 프레데리카는 여자로부터 표적을 캐낸 것이다.――여자의 표적에 렘은 포함되지 않았다. 『잠자는 공주』는 이 적의 기억에서도 사라졌다.

"가요!"

"넷!"

서로 의도를 이해한 직후, 프레데리카의 목소리에 페트라는 뒤쪽으로 달리기 시작했다.

동시에 몸을 돌린 여자가 도망치는 소녀의 등을 노리며 뭔가를 던졌다. 달빛에 반짝이는 은빛 쇠꼬챙이가 도합 네 개, 정확하게 페트라의 두 다리로 내달린다.

　"취미 이상으로, 심성이 고약해!"

　그 쇠꼬챙이를 프레데리카의 굳센 팔에 달린 짐승 발톱이 깡그리 격추했다. 그 사이 페트라는 한 번도 등 뒤를 돌아보지 않았다. 소녀는 전폭적인 신뢰를 프레데리카에게 맡기고 복도를 달렸다.

　"참한 아이네."

　"자랑스러운 애지요!!"

　여자의 요사한 목소리와 프레데리카의 포효, 그와 동시에 온 저택에 울려 퍼지는 강철의 굉음. 프레데리카가 여자와 격돌하며 목숨을 건 사투가 시작되었다.

　"헉! 헉! 허억!"

　복도를 내달리고 계단을 날 듯이 내려가고 페트라는 가쁜 숨을 쉬었다.

　날카로운 음향이 연거푸 울려 퍼지고 통로가 박살 나는 진동이 쉴 새 없이 들렸다. 프레데리카 본인부터 상대가 더 고수라고 명언했다. 그녀의 분전은 페트라를 무사히 피신시키려는 것이다.

　자신은 이미 한 번 실수했다. 프레데리카는 여차할 때의 피난로를 통해 도망치라고 페트라에게 말했다. 그 말에 따라 도망치면──도망치면, 프레데리카는 죽는다.

　그렇게 생각했을 때, 페트라의 뇌리에 한 가지 가능성이 떠올랐다.

"——베아트리스, 님이라면."

이 저택에 남은 마지막 한 명, 초월적인 존재라고 들었던 그녀라면.

"여기……! 아니야. 이쪽은?!"

계단 아래의 통로를 뛰어다니며 페트라는 손닿는 대로 눈에 띄는 문을 열어젖혔다.

베아트리스는 마법의 힘으로 저택 안을 방째로 이동한다고 들었다. 스바루와 함께 찾았을 때도, 식사를 나르려 했을 때도 못 찾았지만 반드시 어딘가에 있다.

지금의 페트라에게는 강한 힘을 가진 마법사가 필요했다.

베아트리스라면 반드시 프레데리카를 구해 줄 거다. 저택도, 약속도 지켜——.

"없어……. 여기에도 없어, 언니……!"

숨이 차오르며 당장에라도 허물어질 성싶은 페트라는 눈물을 흘렸다. 서관, 이 층에 있는 문은 전부 다 열었다. 그런데도 베아트리스는 없다. 싸움 또한 이어지고 있고.

빨리, 빨리해야 하는데. 빨리 안 하면, 프레데리카가.

"언, 니가……!"

뛰어야 하는데, 페트라의 다리에서 조금씩 힘이 빠져나갔다.

주먹도 쥐지 못할 만큼 떨리는 손으로 페트라는 자신의 다리를 연방 때렸다. 위축된 마음을 부추겨서 베아트리스를 찾아야 한다. 그런데 용기가 부족하다. 눈물이 흐른다.

"──스바루우."

약함이 마음에 사무칠 때, 페트라의 입술이 매달리듯이 한 소년의 이름을 부른다.

그것이 페트라에게 이 세상에서 가장 용기가 있는 사람의 이름이었다.

떨리는 다리를 꾸짖으며 이기지 못할 상대에게도 맞서는, 용기를 가진 굉장한 사람.

페트라와 마을 사람들이 정말로 위험해서, 죽어버릴지도 몰랐을 때, 가장 먼저 달려와서 구해 준 사람── 그 이름을, 부르고 만다.

여기에 지금, 그 사람이 없는 걸 알아도.

"스바루, 스바루……. 도와줘, 스바루."

"오냐. 알았다, 페트라."

"──어."

얼굴을 손으로 가려 눈물을 막으려던 페트라는 무심코 숨을 죽였다.

손가락 틈새로 보이는, 눈물로 뿌예진 시야, 바로 눈앞에 누군가가 서 있었다. 그 사람은 쭈그려 앉은 페트라를 위해 무릎을 꿇고 눈높이를 맞추면서 말했다.

"늦어져서 미안해. 그래도 구하러 왔다. ……무사해서 다행이야, 페트라."

낯익은 사나운 눈매와 함께 그 사람은 안심한 것처럼 웃어주었다. 힘껏 페트라를 배려한 그 얼굴이 전혀 자상하지 않아서,

그렇기에 페트라는 진심으로 안도하고 말았다.

"스바루야⋯⋯? 와, 와준 거야?"

"나 맞고, 왔어. 무사히 돌아왔지. 페트라의 부적 덕분이야."

고개 끄덕이고 치켜든 스바루의 오른쪽 손목에 하얀 손수건이
감겨 있다. 꽤 지저분해진 그것은 출발한 날에 페트라가 스바루
에게 맡긴 부적이었다.

환영도, 꿈도 아니라 스바루가 돌아왔다. 손을 뻗어 그 뺨을
만지려는 페트라를 살짝 부축해서 등을 다정하게 쓸어주었다.

그 손바닥에 마음이 편안해진다. 안심에 의식을 휙 내맡기고
싶어진다. 하지만 아직 그러면 안 된다.

"스바루, 프레데리카 언니가 위에⋯⋯. 검고, 큰 나이프를 든
무서운 사람이⋯⋯."

"검고 큰 나이프를 든 무서운 사람 말이지. 응, 알아."

더듬대는 특징 설명에 스바루는 전부 알고 있다는 양 끄덕였
다. 사태의 중대성은 공유되고 있다. 페트라는 스바루 품속에
서 애타게 천장을 손가락으로 가리켰다.

"부탁해. 프레데리카 언니를 구해 줘! 스바루, 그 여자, 해치
워 줘!"

"좋았으, 나한테 전부 맡겨라! 하고 말하고 싶지만, 프레데리
카가 못 이기는 상대한테 내가 돌진해 봤자 한순간에 시체가 될
뿐이라고!"

"우——."

"——그래서 나 대신에 되게 강한 원군을 보냈지."

한순간 말문이 막힌 페트라의 머리를 쓰다듬고 스바루는 사악한 표정으로 웃음을 지었다. 그리고 시선을 위로 올려서 검은 눈에 불안과 안심이 뒤섞인 감정을 드리우며 말했다.

"재회하는 장면치고는 방해꾼이 너무 방해되는 밤이지만."

2

그것은 사투라고 부르기에는 너무나도 조악한 전투였다.

"――쉭!"

오른팔을 휘두르며 철판에도 흠집을 내는 일격을 연속해서 때려 넣는다. 그 공격을 여자는 상하좌우로 몸을 흔들어 나뭇잎을 바람이 흔드는 듯 유려한 동작으로 유유히 회피. 중간에 내질러진 검은 칼날에 순간적으로 뒤로 도약하나 뛰는 몸을 노리고 날아온 쇠꼬챙이를 피할 수 없다.

날카로운 쇠꼬챙이는 짐승 털과 근육으로 더욱 두꺼워진 팔을 쉽게 꿰뚫었다. 프레데리카는 화상 같은 통증에 어금니를 짓씹고 팔을 휘둘러 쇠꼬챙이를 떨궈냈다.

치명적인 일격은 아니다. 하지만 서서히 상처는 늘고 체력은 깎여나갔다. 가쁜 숨을 쉬는 프레데리카에 비해 길게 땋아 내린 머리를 찰랑이는 여자는 숨 하나 헐떡이지 않았다.

전력 차는 명백. 그런데도 아직 목숨이 붙어있는 이유는 상대가 진심이 아니라는 점에 더해서――.

"――가슴 아래만 노리는 건, 도대체 무슨 고집이어요."

"굳이 말하자면 취미지. 삶의 보람일지도. 『창자 사냥꾼』인 걸. 배를 여는 주의야."

농으로 하는 소리가 아니라 진심으로 여겨지는 발언에 프레데리카는 몸서리쳤다. 놀리는 게 아니다. 여자는 진심이다. 그리고 이 방면의 이상자가 내세우는 주의에 모름지기 거짓말은 없는 법이다.

프레데리카가 가까스로 목숨을 부지하고 있는 건 여자의 표적이 복부로 일관된 덕분이었다.

"하지만 너무 오래 놀고 있을 여유는 없어. 가능하면 손발을 치고 나서 아까 애를 붙잡아야지. 사이좋으니까 나란히 열리는 쪽이 기쁘잖아?"

"안타깝지만 당신의 마음 씀씀이는 하나도 마음이 설레지 않아, 요──!"

여자가 놀고 있는 건 알았다. ──그렇다면 놀고 있는 틈에 결판을 내겠다.

뒷발을 폭발시켜 프레데리카가 여태까지 없던 속도로 여자에게 육박했다. 이 순간까지 두 다리의 수화는 숨겨왔다. 진심으로 달리면 프레데리카의 다리는 바람조차 추월한다.

그 속도로 접근해 급소를 헤집는다. 또는 몸에 발톱이 스치면 ──.

"──일직선으로 뛰어들다니, 그건 좀 안이하다고 보는데."

"아닛."

짐승 발톱이 여자를 포착한 그 순간, 여자의 모습이 허공으로 사라졌다. 융단을 찢어발길 만큼 세게 다리를 마루에 밟으며 천장을 쳐다본 프레데리카의 눈이 휘둥그레졌다. 수직으로 뛴 여자는 천장에 달라붙더니 거기서부터 다시 복도의 벽을, 천장을, 마루를, 마음껏 뛰어다니기 시작했다.

"——이, 거미녀!"

"그 소리, 왕도에서도 들었어. 실례라고 생각하는데."

불만스러운 목소리가 상하좌우로 접근한다. 일반인의 성능을 아득히 뛰어넘은 프레데리카의 동체시력이지만 달빛에 뛰노는 여자의 모습은 그림자조차 좇을 수 없었다. 그리고——.

"——쓰러진 다음에, 수화해서 내용물을 보여주면 기쁘겠어."

속삭이는 말을 들은 직후, 프레데리카는 죽음을 각오했다.

일순간에 뇌리에 갖가지 마음이 뛰어다닌다. 『성역』에 대해, 동료에 대해, 귀여운 후배에 대해, 섬기는 사람들에 대해, 가족에 대해, 남동생에, 대해. 그것이——.

"어머."

김이 빠진 목소리에는 벼락같은 충격음이 뒤따르고 있었다.

강철과 강철이 격돌하는 음향이 쩌렁쩌렁 울리고 창문에 금이 갈 정도의 충격파가 복도를 내달렸다. 그리고 그 충격이 미처 사라지지 않은 복도에 한 남자의 목소리가 울렸다.

"——대장이 말하기로는, 『공격은 최대의 방어』란 말이 있다더군."

나지막한, 그러나 흥분을 못 숨기고 있는 목소리다. 말하면서 남자는 그 두 팔—— 주먹을 감싸는 형상의 은색 방패로, 막아낸 여자의 나이프를 호쾌하게 튕겨냈다. 그 위력에 여자가 크게 뒤로 물러나자 남자는 이를 쫓지 않고 두 방패를 세게 가슴 앞에서 맞부딪쳤다.

"그럼 말이야. 방어하는 방패로 공격까지 할 수 있게 해버리면…… 최대의 공격과 최대의 방어가 모여서, 최대 두 개로 최강인 거 아니냐?"

그것은 안이하고 유치하며, 심지어 머리가 나쁜 어린애나 생각할 법한 이론이었다.

하지만 남자는 그 유치한 이론을 실천해서 한 손 방패를 두 팔에 장비해 자신의 무장으로 삼고 있었다. 짧은 금발을 곤두세운 남자는 당당히 가슴을 펴면서 프레데리카를 돌아보았다.

"그렇게 생각 안 해, 누님—— 어, 크다?!"

순간, 그때까지 풍기던 어엿한 전사의 분위기가 사그라지고 남자—— 아니, 소년은 녹색 눈을 호들갑스럽게 부릅뜨고 동요까지 드러내며 프레데리카를 위에서 아래까지 뜯어보았다.

"잠깐, 진짜야?! 이거 누님이야?! 이 어르신이 아는 누님은 좀더 쬐그맣고 좀 더 가늘고 좀 더 입매 온화했던 거 아니었어?! 이래선 누님이라기보다 형님이란 쪽이 가깝…… 으억?!"

"만나자마자 실례되는 소리 하지 말아요!"

초면에 무례하기 그지없는 소년의 배를 프레데리카의 무릎이 힘차게 찍었다. 일격에 소년이 웅크리며 "끄에에." 하고 신음하는 모습을 보다가 프레데리카는 깨달았다. 그 이마의, 하얀 흉터는.

"당신…… 가프, 여요?"

"그거 알기도 전에 차지 마라. 그쪽이야말로 진짜 프레데리카가…… 끄엑!"

"누나를 함부로 부르는 게 아니어요."

일어나는 동작 중에 목덜미에 주먹질을 맞은 가필이 다시 꿍 침했다.

그 모습에 프레데리카는 어린 시절을 떠올렸다. 『성역』에는 놀이도구가 적어서 남매는 곧잘 부딪치며 놀고 있었다. 그리고 아홉 살이나 나이 차이가 나던 프레데리카와 가필은 대체로 늘 누나의 압승으로 끝났다. 그때와 전혀 다름없다.

"아니요. 가프, 다 컸군요……"

"지금의 누님한테 들으면 약 올리는 소리로 들리는구만! 말해 두겠는데, 이 어르신은 아직 한참 더 커질 거라고! 언제까지나 가마 내려다보지 마시지!"

"후후후, 정정하겠어요. 몸은 좀 커졌어도 그릇은 작군요."

"뭐 어째?!"

이를 드러내고 프레데리카의 말에 반론하는 가필. 동생과 10년 만에 나누는 대화에, 프레데리카는 이럴 때인데도 믿을 수 없을 정도의 행복감을 느끼고 있었다.

기대는 하고 있었다. 언젠가 『성역』 밖에서 가필과 재회할 수 있는 날이 오기를.

아마 누군가가 이루어준 것이다. 람이거나, 에밀리아거나, 혹은 스바루가.

"그리고 오토 님도 있었지요."

"핫! 그 형씨도 꼬박꼬박 보답을 못 받는군. 『미글드족의 다리가 떨어지는 건 매번 있는 일』이라는데, 손해 보는 입장이라고 동정하고 싶어지기도 한다만."

남 말은 못하지만 지독한 말을 들은 것처럼 오토의 침울한 얼굴이 눈에 선하다. 그가 유능한 건 왠지 모르게 알만하다. 하지만 이런 소리 듣는 분위기인 것도 알만한 것이다.

"그래서, 슬슬 내가 재회를 방해해도 될까?"

"일부러 기다려 주고, 눈치가 있잖아. 뭐하면 그대로 일 따위 싹 잊고 가버리라고. 이 어르신도 여자는 때리기 싫다."

"어머, 상냥하구나."

남매의 대화에 복도 안쪽에서 끼어든 여자가 옅게 미소 지었다. 그 여자에게 벌레 쫓는 시늉으로 팔을 휘두른 가필. 그 모습에 프레데리카는 눈썹을 곤두세웠다.

"가프, 저 여자를 겉보기와 같은 여성이라고 얕봐서는 큰코다쳐요."

"핫, 이 어르신이 진짜 의미로 여자 대접해 주는 건 이 세상에서 람 한 명뿐이라고."

"그거, 멋있다고 생각하고 있겠지만 람에게 코웃음 살 걸요."

"뭐 어째?!"

어이없는 얼굴로 프레데리카가 한 말에 가필이 분개하며 돌아보았다.

그 순간, 여자의 손에서 어마어마한 속도로 칠흑의 원반——

아니, 원반이 아니다. 그것은 고속으로 회전하는 큼직한 나이프다. 바람 가르는 소리조차 젖히고 칼날은 가필의 머리로 날아갔다.

"저기 말이다."

머리를 깨기 직전, 가필의 왼팔이 가볍게 원반을 튕겨 올렸다. 교묘한 각도 변화에, 나이프는 수직으로 미끄러지듯이 흘러서 쉿소리와 함께 천장에 꽂혔다.

"이 어르신은, 얼른 집에 가라고 분명히 말 했거든?"

"──그래. 그 대답이 이거야."

투척된 나이프와 맞바꾸어 바닥을 기는 자세로 여자가 전진하고 있었다. 여자는 던진 것과는 다른 나이프를 잡고 가필의 발목을 양단하려 했다.

하지만 전투를 등 뒤에서 보는 프레데리카는 그 일격과는 다른 위협을 포착하고 있었다.

──천장에 박힌 나이프가 자루 끝에 매인 끈에 이끌려 떨어진다. 표적은 가필의 뒤통수. 완전히 사각에서 오는 공격이다.

"가프──." "까불지 마!!"

프레데리카의 비명을 덧칠한 것은 다름 아닌 가필의 포효였다.

울부짖는 가필의 왼팔이 순간 폭발적으로 커졌다. 금색 체모를 두른 통나무 같은 팔은 프레데리카의 수화와는 일선을 긋는 흉악한 것이었다.

"날아가버려, 까만 여자!!"

천하의 여자도 눈에 놀란 기색이 퍼지고, 가필은 그 틈을 놓치지 않았다.

등 뒤에서 오는 칼날에는 목을 기울여 급소만 피하는 대처로 공격을 우선. 굳센 팔을 가린 방패가 여자의 칼날을 막고 빠걱거리는 소리와 함께 여자를 호쾌하게 날려버렸다.

고통의 비명을 지르며 여자가 나뒹굴었다. 그 모습을 거들떠보지 않으며 가필은 어깨의 나이프를 뽑고 말했다.

"핫! 『쿠르강은 팔을 잃어도 적을 해치웠다』라지! 이 어르신이 겁먹고 팔이 쪼그라들 줄 알았으면 엄청난 착각이다, 브아보!"

"바보는 당연히 당신 쪽이죠!"

"아얏?!"

으쓱대는 가필의 뒤통수를 누나의 분노가 어린 철권이 후려갈겼다.

"그렇게 제 몸을 상처 입히는 싸움 방식……. 할머님이 보시면 우실 거예요."

"으, 윽……. 따, 딱히 할멈이 어떻게 생각하든 말든 내 알 바가 아닌데……."

프레데리카의 설교에 가필은 눈을 피하며 변명했다. 그런 친동생의 태도에 프레데리카는 한숨지으면서 그 강함에 놀라고도 있었다. 감동했다고 해도 좋다.

10년 동안 연마한 가필의 힘. 그리고 그 감동은 프레데리카만이 아니라──.

"──좋은걸, 당신. 아주 좋아. 엄청 팔팔한 아이네. 멋져라."

환희로 목소리를 떨며 일어서는 여자의 입술 끝에 피가 흐른다. 그러나 여자는 그 피를 기쁘게 핥아내고, 붉게 달아오른 뺨에 간드러진 미소를 머금었다.

이미 의심할 여지도 없이 상식 밖에 놓인 여자의 태도에 가필은 혀를 찼다.

"이봐, 누나…… 누님, 렘이란 여자는 알아?"

"──? 네, 네. 저택에 있지요. 람의 여동생이라고, 스바루 님 쪽에서."

갑자기 가필이 맥락 없는 화제를 던져 프레데리카는 곤혹에 빠졌다.

람의 동생. 외견을 보아 그 말에 의심할 여지도 없지만 프레데리카의 기억에 그 소녀는 존재하지 않는다. 잠자는 처지에 빠진 그녀와 자신 사이에 어떤 관계가 있었는지도.

"람하고 닮았어?"

"판박이여요. 그렇다고 대신으로 삼을 수는 없어요."

"그딴 개쓰레기 짓 하겠냐. 확인해 보고 싶었을 뿐이야. ──누님, 부탁이 있어."

말을 끊고 여자와 눈싸움을 이으며 가필은 프레데리카에게 말했다.

"빈틈 봐서 그 렘이란 여자를 데리고 나가줘. 이 어르신은 저 녀석 상대로 빠듯하다."

"무, 무슨 말이어요! 저도 싸울 거여요! 둘이 덤비면……."

"그건 글쎄?"

혼자서 싸우려는 가필의 의견에 반론하려던 프레데리카를 어이없게도 여자의 목소리가 방해했다. 프레데리카는 매섭게 여자를 노려보았다.

"무서운 표정 짓지 말았으면 하는데. 그리고 내 의견이 엉뚱하지만도 않은 건 당신 동생분이 증명해 줄 거야."

"……가프?"

여자의 말에 의아한 표정을 지으며 프레데리카가 동생을 불렀다. 그러자 가필이 대답했다.

"미안한데, 누님. 뒤쪽 신경 쓰는 채로 싸울 수 있을 만큼 어설픈 상대가 아니야."

"뭣……!"

"그렇게 착각하지 말라고, 누님. 딱히 누님이 짐덩이라는 말이 아니야."

그것 말고 어떻게 받아들이란 말인가. 프레데리카는 그렇게 생각했지만, 프레데리카의 미심쩍은 눈초리에 가필은 여자를 노려본 채로 말했다.

"이 어르신과 저치가 진짜로 붙었다간, 주위가 개난장판이 될 거거든."

가필이 자신을 가리키고 나서 여자에게 손가락을 돌렸다. 여자는 그 말을 긍정하듯 희열이 서린 웃음을 띠고, 길게 땋아 내린 머리채 끝자락을 조몰락거리면서 앞으로 몸을 숙인 자세를 잡았다.

"그러네. 분명히 그럴 거야. ……그러니까 당신은 물러나는 편이 나을걸."

"_____."

진짜배기, 현격한 힘을 가진 강자만이 이해를 나눌 수 있는 전장의 감각. 자신이 그 경지에 아득하게 못 미치는 것을 이해한 프레데리카는 분한 마음에 몸에 불타는 것만 같았다.

――10년 만에 재회한 동생을 위해서 아무 힘도 보태지 못하다니.

"쓰잘데기 없는 생각 하지 마셔, 누님."

"가프……."

"이 어르신의 팔이 보이지? 이 방패는 꼬마일 적 누나랑 내가 가지고 놀던 그거야. 내 최강의 출발점은, 누나랑 같이 뛰어다니던 때잖아."

가필의 말에 프레데리카는 이번에야말로 놀랐다.

배려하는 것 같기도 하고, 위로하는 것 같기도 하며, 그 양쪽 다 아닌 감정이 섞인 음성에 프레데리카는 헤어져 있던 동생의 확실한 성장을 느끼고 가슴이 뜨거워졌다.

"대장은 수의 힘으로 이 어르신을 때려잡았지만, 공교롭게도 극한 상태에선 얘기가 다르지."

누이의 시선을 등에 받은 가필은 적의 기대를 정면으로 받아내며 앞으로 나섰다.

방패를, 이를, 부딪혀 소리 내면서, 깨물어 소리 내면서. 그리고――.

"──덤벼 보시지, 까만 여자. 『성역』에서 나온 기념이다. 처음으로 최초의 벽이란 걸 이 어르신이 철저하게 깨부숴 주마!!"

3

──시간은 약간 거슬러 올라가 장면은 로즈월 저택으로 가는 용차로 전환된다.

"알겠어? 저택에 있는 구조 대상자는 다 해서 네 명, 전원 여자애야."

전속으로 달리는 용차의 차부석에서 스바루는 네 손가락을 세우고 설명 중이었다.

경치가 고속으로 흐른다. 용차는 『바람막이의 가호』에 의지해 황폐한 길을 달려 나간다. 몇 번이나 의지해온 지룡의 가호에 다시 의지하며 스바루는 진지한 표정으로 동행자들에게 끄덕였다.

"유예는 거의 없이⋯⋯리기보디 어느 타이밍이든 간에 자객은 우리가 도착한 시점에서 반드시 움직일 거야. 넷을 한꺼번에 구해낼 수밖에 없어."

"시간을 벌 수 있는 건⋯⋯ 누님 정도인가. 벌써 10년이나 얼굴 본 적도 없으니까⋯⋯."

스바루의 말을 듣고 콧잔등에 주름을 잡는 가필은 영 어색한 기색이다.

『성역』에 머무르며 고집을 부리던 가필이다. 바깥세상에 거처를 만들러 간 프레데리카는 배신자라고, 그렇게 단정 지었던 만큼 겸연쩍을 것이다.

"뭐, 그건 쓱싹 잊고 퍽 갈기는 느낌으로 부탁하자."

"쓱싹에 퍽이라니…… 대장, 좀."

"하지만 실제로 옥신각신하는 건 뒤로 미뤄야죠. 그런데 정말로 헤어지고 나서 한 번도 안 봤어요? 람 씨 말씀으론 『성역』과의 왕래는 있었던 것 같은데, 편지 같은 건요?"

"이 어르신 쪽에서 보낸 적 없고, 온 건…… 전부 안 읽고 할멈한테 맡겼어."

토라진 얼굴로 가필이 한 말에 스바루와 오토는 "아—." 하고 얼굴을 가렸다. 누이에 대한 그의 태도는 완전히 어린애였다. 재회는 자못 감동적이리라.

"프레데리카 씨도 걱정되지만 단순하게 가장 위험한 건 페트라라려나요."

"그렇지. 로즈월 저택 기대의 신인 메이드, 살짝 까진 페트라는 요주의야."

오토의 의견에 수긍. 실제로 현재 페트라의 사망률은 100퍼센트. 물론 다른 세 명도 위험하지만 페트라의 경우는 전투력이 없다는 점이 치명적이다.

그리고 저항할 수 없다는 조건으로 말하자면 마찬가지로 위험한 게——.

"렘……. 람의 여동생이야. 가필은 기억 못하겠지만."

"아직껏 이 어르신은 반신반의야. 람하고 똑 닮은 쌍둥이라고 그래도 말이지. 오래 알고 지낸 이 어르신이 잊는 일이 진짜로 있는 거냐고."

받아들이기 어려운 가필의 마음도 이해한다. 하지만 렘을 덮친 망각의 피해는 자매인 람의 인식에도 미친 판국이다. 그 생각을 하면 스바루의 가슴은 하염없이 삐걱거린다.

"다만 위안이 되는 점도 있지. 가정이지만 자객의 표적에 렘은 포함되지 않았어. 놈들에게 의뢰가 간 시점에서…… 렘이."

"……하지만 저택에 있는 렘 씨가 발견되면 그저 넘어가지 않는다. 그렇죠?"

세계에서 결여되었다고 덧붙일 수 없는 스바루에게 오토가 말을 받았다. 스바루는 힘없이 오토의 말에 끄덕여서 그의 의견을 긍정했다.

자객──엘자와 메일리에게 양식은 없다. 녀석들은 무관계한 인간을 끌어들이는 것쯤 아무렇지도 않게 여기는 성격 파탄자다. 렘이나 아람 마을의 사람도 도저히 안전하지 않다.

"상대가 우연히 처음에 렘 씨가 자는 방문을 열지 않기를 빌자. ……솔직히 상대에게 내맡기는 건 별로 득책이라곤 못하겠네요."

"……너희에게 의지하고 적에게도 의지한다. 이게 나츠키 스바루류 병법『역풍림화산』이야."

"머, 멋져……!"

스바루는 살짝 궁색한 느낌을 부정하지 못했지만, 가필은 눈을 빛내고 있다.

역시 너무 엉성한 게 마음 아팠기에 이번 일이 전부 원만하게 정리된 다음 다시 시간을 내서 가필에게는 진짜 풍림화산을 전수하자고 마음먹었다.

그리고 그런 미래의 전망을 그린 것은 좋지만———.

"그런데 아까부터 엄청 무섭다만, 진짜 그걸로 효과가 있는 거냐?"

"서두른다며. 별수 없잖아? 이 어르신도 좋아서 하는 짓이 아니라고."

미묘하게 꽁무니 빼는 스바루의 말에 가필이 불만스럽게 이를 딱 부딪쳤다.

가필의 의견도 이해하지만 스바루의 주장도 고려해 주길 원했다. 어쨌든 지금 가필은 용차 밖에 몸을 내밀어 창틀을 잡고서 회의에 참가 중이다.

창틀에 매달린 가필은 전력질주 중인 용차의 바퀴 바로 옆에서 지면에 호쾌하게 발바닥을 마찰하고 있었다. 당연히 무의미하게 고문하는 건 아니지만.

"나, 전에 바퀴로 적 쓰러뜨리고 나서 사고가 무서워……. 무슨 실수해서 네가 토막 나면 나는 PTSD 확정이고 저택도 손쓸 방법이 없어지는데."

"뭐야, 대장. 쓸데없는 걱정도 참 많다지. 괜찮다잖아. 이거 봐, 보라고, 봐!"

"그만둬어! 죽는다!! 너보다 먼저 내가 죽는다고!!"

매달린 채로 가필이 장난치기 시작하자 스바루가 솔직하게 비명을 터트렸다. 창틀이 일그러질 정도의 악력이다. 만에 하나도 그럴 일은 없을 거라 알고는 있어도 심장에 안 좋다.

"어쨌든 땅에 다리가 닿지 않으면『지령의 가호』의 효과는 없다니까요. 가필이 완벽하거나, 그에 가까운 상태로 있어 주려면 필요한 조치라고 넘어갈 건 넘어가죠."

"하지만 이거, 밖에서 보면 용차에 올라타려는 놈을 떨어뜨리려는 장면으로밖에 안 보인다고. 그리고 그 실태는 14세의 중2 남자를 질질 끌고 쓰러뜨리는 그림이다."

"그렇게 표현하면 남의 시선이든 실태든 눈도 못 둘 지경인데 말이죠?!"

고삐를 잡은 오토의 비명에 스바루도 끄덕였다. 만에 하나 이 모습이 신고당해서 발목이 잡히기라도 하면 못 배긴다. ──일단 가필의 곡예에는 그런 의미가 있었다.

스바루 일행과의 격전에서 입은 상처는 에밀리아의 마법으로 치료되었다. 그러나 체내에서 유실한 마나와 피, 체력 외 기타는 완전히 회복되진 않았다. 그것을『성역』에서 저택까지 가는 이동 시간 중에 메꾸려고 이 언뜻 악랄해 보이는 난행을 감행한 것이다.

『지령의 가호』의 힘을 통해 가필을 저택 공략을 위한『비장의 수』로 삼기 위해서.

"그래서 말이야, 대장. 얘기가 중단됐다고. ──아직 세 명밖에 못 들었어."

"──아아."

몸을 들어 올려 창문에서 용차를 들여다본 가필. 그의 의문이 향한 쪽은 스바루지만 의문의 눈초리는 오토에게도 돌아갔다. 그 눈초리에 오토는 고개를 가로젓고 대답했다.

"공교롭게도 저도 마지막 한 분과는 얼굴을 뵙지 못했어요. 단지 시마 씨로부터 들은 얘기에 따르자면…… 좀 까다로운 입장에 계신 분 같네요."

"얼굴도 본 적 없는 상대한테 얼굴도 보고 싶지 않을 만큼 미움을 사다니, 형씨, 괜찮은 거야?"

"아마도 그런 이유로 만나지 못한 건 아니라고 믿고 싶은데 말이죠?!"

가엾은 것을 보는 가필의 눈에 오토가 필사적인 표정으로 반론했다. 시끄러운 두 사람의 대화는 아마 스바루에 대한 배려일 것이다.

말하기 어려운 화제를 얘기하기 쉽게 하기 위한. 아마, 분명, 필시.

"마지막 한 명…… 베아트리스는 내가 아니면 못 데리고 나올 거야."

둘을 향해서 스바루는 『아마』하고 마음 약한 말은 붙이지 않았다.

행동 전에 말로 표현하는 단계에서 꽁무니를 빼고 있어선 얘기가 안 된다. 기필코 데리고 나온다. 그건 스바루여야만 한다. ──그녀의 과거를 듣고 스바루는 굳게 결심했다.

"베아트리스는 내가 데리고 나온다. 데리고 나와 줄 거야. 그래야만 해."

다름 아닌 스바루가 반드시 그렇게 해줘야만 한다.

설령 베아트리스가 그것을 거부하며 바라지도 않았다고 행동하더라도.

"대장이 그렇게 말한다면 그렇겠지."

"근처의 마을 분들도 피난을 잘 유도해야겠어요. 예측 못한 사태는 피하고 싶으니 그건 제가 그럴싸하게 맡아보죠."

스바루의 각오를 듣고 가필과 오토는 각자의 태도로 협력을 약속했다.

스바루에게는 스바루의 역할을. 그리고 자신들에게는 자신들의 역할을.

나 참, 정말로, 의지가 되는 동료들이다.

"고맙다, 바보 두 명."

"솔직하게 고맙단 말도 못하나요, 바보 한 명!!"

4

──열린 문 너머로 낡은 종이의 냄새가 농밀하게 넘쳐 나온다.

그것은 책이 오랜 시간을 그 장소에 지낸 세월의 무게인가. 아니면 『시간이 정지한 방』이라는 통칭을 믿는다면 세월의 경과와는 아무 관계도 없는가.

"그 부분에 관해 『성역』에서 이런저런 생각이 들었거든. 사서로서 넌 어떻게 생각해?"

"──어떻게."

방 주인의 허가도 없이 스바루는 성큼성큼 서고 안에 발을 디뎠다.

변함없이 고요함과 음울함이 같이 자리 잡은 공기였다. 햇빛이 비치는 창문도, 환기용의 작은 구멍조차 없다. 오래 있으면 속이 안 좋아지고 우울해질 게 틀림없다.

그래서 스바루는 늘 소녀를 여기서 데리고 나오고 싶다고 생각했었을까.

"……너, 어떻게 여기 올 수 있던 것이야. 초대해 준 기억은 없어."

"미안하지만 초대 안 하셔도 나타나는 게 나란 남자다. 중학생 때 초대 못 받은 반 친구 생일에 얼굴 내밀고 미묘한 분위기로 만들어줬을 때를 잊을 수 없더라."

천하의 스바루라도 다음부터는 자중하자고 마음먹은 분위기였다. 물론 그 날은 텄다 치고 누구보다 떠들었기에 그다음부터는 한 번도 생일에 초대 받은 적은 없지만.

"안타까워서 가슴이 터질 것만 같으니 그 얘기는 또 다음에 하자고."

"다음이고 자시고, 네가 맘대로 시작한 얘기라고……. 뭐든 다 한결같이 제 맘대로 구는 녀석인 것이야."

"아아, 내 맘대로 굴지. 그러니까 네가 아무리 싫어해도 난 여기에 와."

정면에서 소녀가 숨을 집어삼키는 것을 알 수 있었다.

그 소녀의 파란 눈에 비치듯이 스바루는 연극조의 몸짓으로 인사했다.

그리고——.

"널 데리고 나갈 거다, 베아트리스. ——이번에야말로 넌 내 손으로 해님 아래에 끌려 나가서, 그 드레스를 진흙투성이로 만들고 새까매질 때까지 놀 거야."

스바루의 장담에 소녀—— 베아트리스는 평소처럼 접사다리 위에 앉은 채로 자기 몸을 껴안았다.

그 팔에, 검은 표지의 책을 안은 채로 떨리는 눈이 스바루를 바라보고 있었다.

(계속)

작가 후기

여어, 안녕하세요! 나가츠키 탓페이와 네즈미이로네코, 두 얼굴을 가진 작가입니다!

리제로 14권 이번에도 따라와 주셔서 감사합니다! 누구야, "14권은 후기 3페이지 남길 수 있을 것 같아요." 라고 말하던 작가!

또 이 패턴이라고, **빡빡하다고**!

전권에서도 전해드린 대로 이번은 주로 과거의 문제가 중심인 내용입니다. 과거와 현재 사이에 강렬하게 캐릭터가 바뀐 사람이 있거나 좋든 나쁘든 변하지 않은 사람이 있는 등, 과거 설명의 진수죠!

어쨌든 짐작하신 대로 드디어 4장도 클라이맥스! 『성역』과 로즈월 저택, 두 군데에서 동시에 진행된 이야기의 전말을 모쪼록 기대하며 기다려 주십시오!!

기대라고 하니, 일러스트를 담당하신 오츠카 선생님의 리제로 일러스트를 정리한 화집이 이번 권과 동시 발매됩니다! 지금은 입수하기 힘든, 서적 초창기의 점포 특전을 정리한 특전 소설도 딸려서 나오니까 일러스트와 소설로 양껏 즐길 수 있습니다! 부디 같이 사 줘요!

네! 그런 이유로 시간이 다 됐습니다. 즉, 감사의 말입니다. 이번에도 많은 분께 도움받았습니다.

담당자 I님, 벌써 매번 말씀드리지만 14권도 힘들었어요! 이제 힘들지 않은 권이 없는 것 같기도 한데, 앞으로도 밤중에 전화하게 해 주세요. 감사합니다!

일러스트 오츠카 선생님, 이 마당에 이르러 신 캐릭터 팍팍 늘어난 14권 수고하셨습니다! 하지만 덕분에 적의 거물 분위기와, 그 남자의 비극성이 크게 강해져서 감사, 감사합니다! 14권과 동시 발매하는 화집 작업 또한 정말 수고하셨습니다. 완성된 화집의 디자인을 보고 정말 뇌가 떨리는…… 아니, 마음이 떨리는 완성도더군요! 다음에 사인 주세요!

디자인 쿠사노 선생님, 지금까지 나온 표지 중에서 가장 『행복한 한 장』이란 일러스트, 완성도가 압권입니다. 매번 있는 일이지만 늘 시행착오 감사합니다!

만화 담당 마츠세 다이치 선생님, 후게츠 마코토 선생님도 아직 더 함께해 주시죠! 여하튼 애니메이션 신작 에피소드의 제작이 결정됐어요! 앞으로도 두 분께 도움을 받겠습니다. 오오, 이 어찌나 고마우신 말씀! 고맙소, 고맙소! (맘대로)

그리고 살짝 앞질러 밝혔습니다만 애니메이션 신작 에피소드 제작이 결정됐기에 다시 애니메이션 관계자 여러분께도 신세를 집니다! 정말로 영광입니다. 감사합니다!

그 밖에도 MF 문고 J 편집부 여러분, 각 서점과 영업 담당자님, 늘 감사합니다!

쓰고 싶은 대로 계속 써 나갈 수 있는 건 정말로 수많은 관계자 여러분 덕분이죠. 앞으로도 더 팍팍 즐겁게 쓰겠습니다!

그리고 그것은 물론 본서를 끝까지 읽어 주시고 후기까지 좇아와 주신 독자 여러분 덕분입니다. 여러분께 최대급의 감사를. 항상 고마워요!

그럼 또 다음 15권에서. 4장에서, 가장 쓰고 싶던 대목이 온다!

2017년 8월
《서늘한 여름이 종료! 더운 여름에 지지 않을 기합과 근성으로》

ARACTER
ESIGN

핵토르
디자인

웅얼웅얼
우울우울...

• 눈 아래 다크서클
• 오므린 입

드라
디자인

짧다 ← → 길다

머리카락은 백금의
질감

구멍

천

속눈썹 길다

알몸

쥬스
초기 디자인
18세 정도의
느낌입니다.

Geuse

쥬스

"황공하게도 이와 같은 큰 역할을…… 그것도 포르투나 님과 같이 참가하라는 명령을 받고 말았습니다. 과분한 영광에 무릎이 떨리는 것만 같군요."

"웬 호들갑이야. 아니면 나랑 같이 하는 건 싫단 의미야?"

"당치도 않습니다! 오히려 포르투나 님이야말로 저로는 불만이시지 않을까 전전긍긍할 따름이어서요."

"내가 쥬스에게? 안 그래. 자, 서로 아무 불만도 없다고 알았지? 그럼 얼른 일 끝마치고 에밀리아를 마중하러 가자."

"……네! 그렇군요. 그러도록 하죠. 그럼 이번 소개 내용이 되겠습니다만 우선은 서적 정보부터 이 14권에 이어지는 리제로 본편 15권의 발매는 12월일 예정입니다만 놀랍게도 12월에는 동시에 단편집 3도 발매합니다!"

"월간 코믹 얼라이브에서 연재한 리제로 단편 소설, 그 내용을 모은 단편집 제3탄이지. 하지만 같은 달에 발매라니 가능해?"

"문제없습니다. 놀랍게도 단편집 3은 만화판 제2장을 담당하신 후게츠 마코토 선생님이 일러스트를 담당! 다른 화풍으로 리제로를 즐길 수 있죠!"

"흐응, 그거 엄—청 놀랍네. 하지만 엄—청 기대돼. 에밀리아도 좋아하겠어."

"성장하신 에밀리아 님의 활약도 수록되었을 터. 자못 아름답고 총명하며, 예절을 중시하는 정숙한 여성이 되셨겠죠."

"그러려나? 세상에서 제일 귀여운 건 확실하지만 정숙하고 지적으로 자랄지는……"

포르투나

"또, 서적 외에도 중대한 정보가! 대호평을 일으킨 『Re:제로부터 시작하는 이세계 생활』의 애니메이션 말입니다만, 신작 에피소드의 제작이 결정되었습니다!"

"그래! 그건 엄―청 중요한 소식이구나. MF분고J 여름의 학원제에서 상영된, 신작 에피소드 제작 결정 PV! 이로써 또, 움직이며 말하는 에밀리아를…… 어흠, 리제로의 캐릭터들을 볼 수 있어. 자세한 건 리제로의 공식 홈페이지 및 공식 트위터를 확인해 줘. 부탁할게."

"서적의 새로운 시도나 애니메이션 신작 에피소드, 아직도 리제로의 전개는 뜨거워서 눈을 뗄 수 없군요. 관계자 여러분은 실로 근면합니다!"

"그러게, 근면…… 이상한 표현인걸. 갑자기 왜 그래?"

"아, 아뇨. 저도 갑자기 왜 그런 말이 나왔는지……."

"피곤한 걸지도 모르겠네. 자, 그러면 여기서 공지는 종료! 얼른 에밀리아 있는 데로 가자. 그 애랑 만나면 좀 기운 나지?"

"……하하, 그렇군요. 네, 그렇고말고요! 에밀리아 님께 피곤한 얼굴을 보여드릴 수 없죠. 그럼 가죠, 포르투나 님."

"……그건 그거대로 살짝 에밀리아에게 질투해버리는 나인데 말이죠. 아유."

※일본어판 발매 당시 내용입니다

Re:제로부터 시작하는 이세계 생활 14

2018년 01월 25일 제1판 인쇄
2021년 05월 25일 제6쇄 발행

지음 나가츠키 탓페이 | **일러스트** 오츠카 신이치로

옮김 정홍식

발행 영상출판미디어(주)
등록번호 제 2002-000003호
주소 21311 인천광역시 부평구 평천로 132 (청천동)
전화 032-505-2973(代) | **FAX** 032-505-2982

ISBN 979-11-319-7029-4
ISBN 979-11-319-0097-0 (세트)

Re : ZERO KARA HAJIMERU ISEKAI SEIKATSU volume 14
ⓒTappei Nagatsuki 2017
First published in Japan in 2017 by KADOKAWA CORPORATION, Tokyo.
Korean translation rights arranged with KADOKAWA CORPORATION, Tokyo.

 노블엔진(NOVEL ENGINE)은 영상출판미디어(주)의 라이트노벨 및 관련서적 브랜드입니다.

나가츠키 탓페이
작품리스트

———————◆———————

Re : 제로부터 시작하는 이세계 생활 1~14
Re : 제로부터 시작하는 이세계 생활 단편집 1~2
Re : 제로부터 시작하는 이세계 생활 Ex 1~2
Re : 제로부터 시작하는 이세계 생활 Re:zeropedia

[코믹스]

Re : 제로부터 시작하는 이세계 생활 제1장 왕도의 하루 1~2 (완)
· 만화 : 마츠세 다이치 (원작 : 나가츠키 탓페이/캐릭터 원안 : 오츠카 신이치로)

Re : 제로부터 시작하는 이세계 생활 제2장 저택의 일주일 1~3
· 만화 : 후게츠 마코토 (원작 : 나가츠키 탓페이/캐릭터 원안 : 오츠카 신이치로)

나설 때예요! 카구야 님

2

◆

아이소라 만타
illust 펄프 피로시

달의 예전 여왕, 카구야가 지구로 찾아온 뒤 며칠. 유타와 카구야는 여전히 달에서 온 암살자에게 쫓기는 나날을 보냈다.

전혀 오르지 않는 카구야의 선행치, 그리고 집으로 밀어닥친 더부살이들과 그들을 너그러이 받아주는 어머니에게 유타가 골머리를 앓고 있을 때…….

"여전하시네요, 여왕."

"오랜만이구나, 여동생."

유타 일행 앞에 돌연 나타난 소녀는 사쿠야 X 하인라인. 카구야의 여동생이었다.

카구야의 『흑과학』과 반대되는 초 기술 『백리력』을 사용하는 사쿠야의 목적은── 언니를 없애는 것?!

© 2016 Manta Aisora
Illustrations Copyright © 2016 pulppiroshi
All rights reserved.
Original Japanese edition published in 2016 by SB Creative Corp.

아이소라 만타 지음 | 펄프 피로시 일러스트 | 2018년 1월 출간

청춘의 상상, 시동을 걸어라!

다시 비상하려는 히무로 의숙, 그리고 시동하는 에이룬의 계획.
그 이면에서 한 반역자와, '14번째 네이버'가 움직인다!

에이룬 라스트 코드
~가상의 세계에서 전장으로~

4

히무로 나츠키(=에이룬)이 나타난 이후로 초월적인 실력자들이 전선에 복귀하고 능력을 발휘하면서 히무로 의숙은 맬리스를 상대로 연전연승을 기록해 전성기 수준의 성과를 거두기 시작했다. 그 사실을 알고 경악하는 전기병부 3번대 대장 나나오기 야마토. 초대 기병부 대장 칸나기 미도리, 그리고 수많은 동료를 잃고 과거의 원념에 사로잡힌 채 히무로 의숙 파괴를 꾀하던 야마토는 에이룬에 대해 조사하기 시작하는데──.

한편, 에이룬은 헥사를 차별하고 핍박하는 세계를 바꾸기 위해, 살아남은 기병부 네임드들을 모아 장대한 계획을 세운다!

Illustration : Akemi Mikoto
©Ryunosuke Azuma 2016

아즈마 류노스케 지음 │ 미코토 아케미 외 일러스트 │ 2018년 1월 출간
청춘의 상상, 시동을 걸어라!

주종관계가 뒤바뀐 암살교사와 무능영애.
여행이라는 '비일상'에 흔들리는 두 사람의 마음은——.

어새신즈 프라이드
~암살교사와 앵란철도~

4

"나 대신 죽어줄 수 없겠나."
사건의 발단은 세르주 쉬크잘 공작과의 거래.
무능영애의 비밀을 지키기 위해 그의 대역으로
서 쿠퍼는 여정에 오르게 되는데…….
그 여정에 동행하는 것은 공작의 여동생 살라샤
와 그 친구 뮬, 여기에——.
"…………메, 메, 메리다." "네엡, 주인님!!"
메이드로 분장한 메리다와 엘리제까지. 기묘한
일행의 호화 열차 여행에 사건은 따르게 마련.
공작을 노리는 암살자의 습격, 광산에서의 괴물
퇴치. 그리고 온천에서의 걸즈 토크——.
"난 선생님에 대해 하나도 모르는 것 같아."
"선생님의 이름이 가명이라면, 어때?"
용기사 공작을 둘러싸고 벌어지는 소동과 요동
치는 소녀의 마음을 태우고 열차는 달린다——.

 아마기 케이 지음 | **니노모토니노** 일러스트 | **2018년 1월** 출간
청춘의 상상, 시동을 걸어라!

필승 던전 운영방법

5

◆

드디어 던전 독립국 위드가 탄생하고 유키는 아내들 14명과 결혼식을 올려 정식으로 부부가 되었다.

그러나 건국제를 전후하여 잇달아 문제가 터져 나온다. 이세계에서 온 용사를 품은 국가 란크스의 폭주. 또 다른 마왕의 준동. 그리고 사랑의 힘으로 각성한다는 미소녀 용사가 던전에 오는데?!

낮에는 던전 운영으로, 밤에는 아내들과 보내느라 눈코 뜰 사이 없는 던전 운영기!

©Yukidaruma 2016
illustration by Farumaro
Originally published by Futabasha Publishers Ltd.

유키다루마 지음 | 파루마로 일러스트 | 2018년 1월 출간
청춘의 상상, 시동을 걸어라!

인기 카드 배틀 모바일 RPG
『큐라레: 마법도서관』을 라이트노벨로 만난다!

큐라레: 마법도서관

2

◆

마법도서관, 큐라레.
다중차원우주의 데이터를 관리하는 신비로운 존재 마법사서들이 살고 있는 곳.

다정하고 무슨 일이든 잘 될 거라고 믿는 정사서 미우, 실수투성이지만 언제나 자신만만한 수습사서 셀라, 냉철한 전투 전문가이지만 부끄러움이 많은 특수사서 델핀.

세 명의 사서들과 함께 하는 마법도서관 큐라레의 요란하고 시끌벅적한 이야기!

불멸의 검은 개를 이끄는 마담 버지니아 울프, 그리고 그녀의 힘을 빌린 혼돈의 추종자 하데스에의해 심각한 위기를 맞이한 큐라레. 모두가 분투하는 가운데, 일곱 외경 중 하나라는 의혹에 중앙 도서관에 구속되었던 장자가 큐라레로 향한다!

이금영 지음 | 나묘 일러스트 | 2018년 1월 출간 |
스마일게이트 엔터테인먼트, 스마일게이트 메가포트 원작 |
청춘의 상상, 시동을 걸어라!